Dämonen der Ewigkeit
(Gay Fantasy)

Kyo Sander

Impressum

K.Sangster
Dombachstr.6
91522 Ansbach

Coverartwork und Umschlaggestaltung:

Kira Yakuza (www.the-art-of-kira.de)

Illustrationen:

Der Hexenkönig
(https://www.facebook.com/DerHexenkoenig1)

ISBN: 978-1719316903
ISBN-10: 1719316902

Inhalt

Camil

Pascal

Leian

Kapitel 1:

Abgeschoben

Im schwachen Licht der Straßenlaternen, schlenderte Camil durch die Kleinstadt, in der er mit seinen Eltern wohnte. Als gebürtiger Rumäne war er mit ihnen schon im Kleinkindalter nach Deutschland gezogen, da sein Vater einen Job angenommen hatte, in einer relativ gut zahlenden Fabrik für Autoteile.

Im Gegensatz zu seinen Eltern sprach er perfekt Deutsch und vermisste sein Herkunftsland keineswegs, im Gegenteil, auf die jährlichen Besuche bei seiner rumänischen Verwandtschaft, verzichtete er schon seit einigen Jahren. Als Kind hatte er sich immer auf die Sommerferien gefreut, auf seine Tante, die ihn mit Leckereien vollstopfte in dieser Zeit und die Kinder, mit denen er auf den Straßen gespielt hatte.

Endlich sechzehn Jahre alt, fast siebzehn, ließ er sich von seinen Eltern zu den Besuchen im abgelegenen Dorf in Transsilvanien nicht mehr breitschlagen. Er hasste die Einöde, die überwiegend alten Menschen und das verarmte Steinzeitleben, das diese dort führten. Als Kind war es für ihn etwas Besonderes gewesen im Dreck herum zu tollen, auf der Suche nach naturgegebenen Spielsachen. Für einen Jugendlichen bot das Kaff jedoch rein gar nichts.

Freunde hatte er in Rumänien so gut wie keine, sein Leben spielte sich hier ab, in Deutschland, wo er aufgewachsen war. Etwas mehr als ein Jahr musste er die tadelnden Worte seiner Eltern noch ertragen, stimmte er den Verwandtschaftsbesuchen nicht wie sie es sich wünschten zu, dann war er endlich volljährig und konnte selbst entscheiden, wie und wo er seine Ferien verbrachte. Mit ein wenig Glück bekam er als sehr guter Schüler, direkt nach dem Gymnasium, einen guten Ausbildungs- oder Studienplatz und konnte sein Elternhaus verlassen.

Er liebte seine Eltern, doch sie waren streng und zu sehr auf ihre alten Traditionen fixiert. Ein Graus für einen integrierten jungen Mann, der zusammen mit seinem besten Freund Pascal, am liebsten auf Partys ging und einen draufmachte.

Sein Handy zeigte bereits zwei Uhr nachts an, trotzdem setzte er sich auf eine Bank und stütze den Kopf auf seinen Händen ab. Eine Standpauke war sowieso zu erwarten, da konnte er sich auch noch Zeit lassen nach Hause zu kommen.

Was ihn mehr belastete als die Wut seiner Eltern über sein Zuspätkommen, war der Grund für sein langes Fortbleiben – Pascal. Sein bester Freund war ein paar Monate älter als er selbst, doch sie gingen in die gleiche Schulklasse. Im Gegensatz zu ihm, war sein Kumpel nicht sonderlich fleißig und hatte eine Klasse wiederholen müssen. Sie kannten sich seit acht Jahren durch den örtlichen Sportverein und waren seither unzertrennlich.

An diesem Abend war etwas passiert, das Camil sich zwar schon lange gewünscht hatte, aber nie in die Tat umzusetzen gedachte. Sie hatten sich geküsst. Es war nicht mehr als ein seltsamer Zufall gewesen, doch in ihm hatte es ein wahres Feuerwerk an Gefühlen ausgelöst.

Sie waren zusammen mit anderen Mitschülern in ihrem Lieblingscafé gewesen und hatten dort ein paar Bier getrunken. Samuel, der Klassenclown, kam plötzlich mit der Idee, eine Wette ins Leben zu rufen und ohne nachzudenken stimmten er und sein bester Freund zu, Alkohol sei Dank. Der Einsatz war ebenso einfach wie fatal, sollten sie verlieren mussten sie sich küssen.

Er war sich so sicher gewesen, dass er den neuen Kellner davon überzeugen konnte, alt genug für einen Schnaps zu sein, dass er die Wette einging. Natürlich glaubte ihm der Kellner kein Wort und verweigerte ihm das hochprozentige Gesöff. Damit war die Sache besiegelt, er und Pascal mussten unweigerlich einen Kuss miteinander teilen.

Glücklicherweise stimmte Samuel zu, in den nächstgelegenen Park zu gehen, vor der Menschenmasse im Café war es ihnen doch zu peinlich. Aber auch im Park wurde Camil zunehmend nervöser und bekam ganz verschwitzte Hände. Seinem besten Freund schien es ähnlich zu ergehen, denn er sagte auf dem Weg kein einziges Wort und starrte abwesend zu Boden.

Im Schutz einiger Bäume standen sie sich schließlich gegenüber, beobachtet von ihrem Mitschüler, der sich halb totlachte. Immer näher waren sie sich gekommen, bis sich letztendlich ihre Lippen trafen. Die Augen fest verschlossen, hatte er die weichen Lippen an seinen gespürt, den süßlichen Duft durch seine Nase gesogen und unruhig geatmet.

Zaghaft hatten sich ihre Münder gegeneinander bewegt und sein Herzschlag war immer schneller geworden. Die Hände fest in Pascals halblangen, braunen Haaren vergraben, war der Kuss bald leidenschaftlicher geworden, so dass Samuel nach einigen Minuten angewidert von dannen gezogen war.

Schon früh hatte der gebürtige Rumäne festgestellt, dass er anders war, sich nicht zu Mädchen hingezogen fühlte und nur Augen für seinen besten Freund hatte. Dieser Kuss verfestigte das in ihm keimende Gefühl, sich in Pascal verliebt zu haben. Er vergötterte dessen eisblaue Augen, konnte sich ewig in ihnen verlieren und hielt sie so oft er konnte auf Fotos fest.

Minutenlang hatte das Zungengefecht angedauert, hatten sie engumschlungen unter den Bäumen gestanden und sich gierig geküsst. Nachdem sie sich voneinander gelöst hatten, waren Camil spontan die drei Worte über die Lippen gekommen. Ein zaghaft geflüstertes ´Ich liebe dich´

hatte Pascal dazu veranlasst, Hals über Kopf davon zu stürmen und ihn mit gebrochenem Herzen zurück zu lassen.

Nun saß er auf der Bank, den Tränen nahe, und versuchte zu verstehen, wieso sein bester Freund ihn so leidenschaftlich geküsst hatte, nur um ihn danach vor den Kopf zu stoßen. Zum ersten Mal war er verliebt, unglücklich verliebt und hegte den Wunsch sich einfach in Luft aufzulösen.

Es war Samstag und am nächsten Tag hatten sie einen Ausflug zum Baggersee geplant, auf den er sich schon die ganze Woche gefreut hatte. Jetzt stand alles in den Sternen. Würde Pascal überhaupt noch mal mit ihm reden oder ihn von nun an ignorieren?

Schluchzend erhob er sich nach einer Weile und ging nach Hause, um sich die Standpauke von seinen Eltern abzuholen, die an ihm vorüber ging, als wäre er gar nicht anwesend. Die restliche Nacht bekam er kein Auge zu, in seinem Kopf kreisten die Gedanken um den Kuss, den er noch immer auf seinen Lippen spüren konnte.

Dementsprechend ausgelaugt fühlte er sich am nächsten Morgen, als er am Frühstückstisch saß und lustlos an einer Scheibe Brot knabberte. Er hütete sich davor, seinen Eltern die Misere zu erzählen, zu große Angst hatte er vor ihrer Reaktion. Noch nie hatten sie über Homosexualität gesprochen, daher wusste er nicht, wie die beiden dazu standen und wollte es so schnell auch nicht herausfinden.

„Eigentlich hast du Hausarrest verdient für dein Verhalten gestern Nacht“, brummte sein Vater und sah von der Zeitung auf. Desinteressiert zuckte Camil mit den Schultern, Hausarrest war eigentlich gar keine so schlechte Idee, so konnte er der Scham entgehen, Pascal nach dem Ausflug zum Baggersee zu fragen.

„Allerdings bringst du trotz deines seltenen Ungehorsams immer sehr gute Noten mit nach Hause, deshalb will ich davon absehen. Mach dir einen schönen Tag mit Pascal am See.“ Camil nickte ergeben und verließ geknickt das Esszimmer.

Zurück in seinem Zimmer, warf er sich seufzend auf sein Bett und nahm das Handy vom Nachttisch. Es blinkte penetrant vor sich hin, das Zeichen für eine erhaltene Nachricht. Ihm rutschte das Herz in die Hose als er Pascals Namen auf dem Display las und wollte gar nicht wissen, was ihm sein bester Freund zu sagen hatte.

Die Neugier siegte und er öffnete die Nachricht mit pochendem Herzen. Wie schon befürchtet, schrieb sein Kumpel ihm, er hätte keine große Lust zum Baggersee zu fahren. Enttäuscht und verletzt warf er sein Handy ans Bettende ohne den Rest der Nachricht zu beachten.

Am liebsten hätte er sich für den nächsten Tag krankgestellt oder die Schule geschwänzt, die

Angst vor der Reaktion seines besten Freundes bei ihrer nächsten Begegnung machte ihn fast verrückt. Dummerweise standen demnächst Klausuren an, also konnte er es sich nicht leisten im Unterricht zu fehlen.

Versunken in traurigen Gedanken, bemerkte er plötzlich das Klingeln seines Handys, das am Ende des Bettes auf der Decke lag. Genervt richtete er sich auf und schnappte das klingelnde Teil. Er rollte knurrend mit den Augen, als er Pascals Namen erneut auf dem Display flackern sah. Konnte der ihn nicht einfach in Ruhe traurig sein lassen?

Entschlossen drückte er den Anrufer weg und hielt das Handy nachdenklich in der Hand fest. Doch sein Kumpel gab nicht so schnell auf. Keine Sekunde später klingelte sein Telefon ein weiteres Mal und er nahm den Anruf mit einem müden ´Hallo´ entgegen.

„Hey du Idiot, warum antwortest du nicht?“, fauchte Pascal ihn durchs Handy an. Camil war sich keiner Schuld bewusst, die Nachricht war eindeutig gewesen und erforderte seiner Meinung nach keine weitere Reaktion.

„Wieso sollte ich? Du hast keine Lust auf Baggersee mit mir, ist schon okay.“ Trotzig verzog er seine Lippen zu einem süßen Schmollmund, den sein bester Freund gar nicht sehen konnte.

„Hör auf zu schmollen. Wenn du schmollst siehst du immer so süß aus.“ Sie kannten sich einfach schon zu lange, jede Reaktion, jeder Gesichtsausdruck des anderen war ihnen geläufig. Die lieben Worte veranlassten sein Herz dazu einen Extraschlag zu absolvieren. Hatte er eventuell gar nichts Schlimmes zu befürchten von seinem Freund?

„Du hast wohl nur die halbe Nachricht gelesen, du Pappnase?", kicherte Pascal am anderen Ende der Leitung. Er sagte nichts dazu, schließlich entsprach es der Wahrheit.

„Ich habe dich gefragt, ob du stattdessen Lust hast zu mir zu kommen, ich habe heute sturmfrei", berichtete sein Kumpel vom Rest der Nachricht und Camil fielen fast die Augen aus dem Kopf, als er den Wahrheitsgehalt dieser Aussage in der vorangegangenen SMS überprüfte.

„Klar habe ich Lust. Bin sofort bei dir", rief er ins Handy und sprang voller Tatendrang vom Bett auf. Dabei stolperte er ungelenk über seine eigenen Füße und legte sich der Länge nach auf den Boden. Seine Euphorie litt darunter keineswegs, ein paar blaue Flecken konnten ihn nicht davon abhalten seinen Liebsten zu sehen.

Sein bester Freund, die Liebe seines Lebens, wollte ihn nach dem Kuss wiedersehen und das auch noch alleine, ohne störende Mitmenschen. In seinem Bauch tanzten hunderte kleine Schmetterlinge Tango, genau wie er, als er in Windeseile seine dunkelblonden, gewellten Haare mit Haargel in

Form brachte und in alltagstaugliche Klamotten schlüpfte. Freudig rannte er durch die Wohnung zum Ausgang und verabschiedete sich im Vorbeigehen von seinen Eltern, die ihm verwirrt hinterher blickten.

Bis zu seinem besten Freund war es nicht weit, der wohnte nur vier Querstraßen weiter, trotzdem konnte es Camil nicht schnell genug gehen ihn zu sehen. Komplett aus der Puste kam er an dem Reihenhäuschen an, in dem Pascal mit seinen streng katholischen Eltern wohnte und klingelte Sturm.

„Schon gut, kannst aufhören zu klingeln. Man, so schnell warst du noch nie hier“, grinste sein hübscher Mitschüler und ließ in herein. Peinlich berührt stand er im Flur herum und spielte an seinen Haaren. Er hatte seinen Kumpel unbedingt sehen wollen, nun wusste er nicht, wie er sich ihm gegenüber verhalten sollte und schwieg vorerst.

„Komm mit, ich habe eine Überraschung für dich.“ Auf einmal schien auch Pascal unsicher und nervös, was Camil ziemlich verwunderte. Sein bester Freund war ein Draufgänger, selbstbewusst, laut und kaum in Verlegenheit zu bringen. In diesem Moment jedoch wirkte er beinahe ängstlich und so zerbrechlich.

„Eine Überraschung?“, wollte er wissen und hoffte auf mehr Details. Statt einer Antwort nahm ihn sein Kumpel bei der Hand und zog ihn hinter sich her in dessen großzügiges Jugendzimmer.

Schon in der Tür blieb er staunend stehen und konnte kaum die Augen von der Überraschung abwenden.

„Das ist...wunderschön“, stammelte er hilflos und machte einen Schritt ins Zimmer, das nur von zahlreichen flackernden Kerzen beleuchtet wurde. Das Bett war überzogen mit einer dunkelroten, samtweichen Decke, auf der duftende Rosenblätter verstreut lagen. Auch der Boden war mit diesen Blüten ausgelegt und bot einen romantischen Anblick.

„Gefällt es dir?“, fragte Pascal ihn unsicher und zog ihn zum Bett. Er nickte benommen, als er sich auf die weiche Decke setzte und den Blick noch immer ungläubig durchs Zimmer schweifen ließ. So was Schönes hatte noch nie jemand für ihn gemacht.

Plötzlich wurden seine Augen noch ein Stück größer. Auf dem Nachttisch hatte er etwas entdeckt, das eindeutig auf gewisse Aktionen hinwies, die Pascal mit ihm durchzuführen gedachte. Seine Hände begannen zu zittern und seine Lippen bebten.

„Pascal, heißt das...?“, hauchte er leise und schaute seinen besten Freund aus glasigen Augen an. Gleich würde er sein erstes Mal erleben, mit dem Mann, den er über alles liebte und begehrte. Er wollte es definitiv, doch bisher hatte er kaum einen Gedanken daran verschwendet, wie es mit einem Mann sein würde.

„Camil, ich liebe dich auch!", flüsterte Pascal, während dessen Lippen sich seinem Gesicht näherten. Seine Augenlider flatterten zu, als ihre Lippen sich zu einem zärtlichen Kuss verschlossen. Ohne Verlangen küssten sie sich und ließen sich eng umschlungen auf das Bett nieder.

Es fühlte sich neu, aber unglaublich schön an, den Mann seiner Träume auf sich liegen zu spüren und dessen Hüfte sanft gegen die eigene zu drücken. Camil erzitterte, als er das bereits steife Glied an seinem fühlte, wie es sich kaum merklich gegen seines bewegte und eine Welle der Erregung floss durch seinen Körper. Glücklicherweise war auch sein Freund, soweit er wusste, sexuell unerfahren, so brauchte er sich für seine Erregbarkeit nicht zu schämen, denn Pascal erging es nicht anders.

Sie küssten sich lange und intensiv, ihre Lippen pressten sich immer feuriger gegeneinander und die zaghaften Bewegungen ihrer Hüften gewannen an Geschwindigkeit und Intensität. Camil keuchte leise und strich seinem Liebsten zärtlich über die nackte Haut am Rücken. Im Eifer des Gefechts war dessen Oberteil nach oben gerutscht und er genoss die Wärme, die von der seidigen Haut ausging, an seinen Fingerspitzen.

Er lächelte schüchtern, beobachtete jede Bewegung, als Pascal sich von ihm löste und aufsetzte. Etwas ungeschickt zog sein Freund sich das Oberteil über den Kopf, gab so den Blick auf die flache, unbehaarte Brust frei, die seine Hände magisch anzog.

Ermutigt von der Unbeholfenheit seines Freundes, legte er beide Hände an dessen Brust und fuhr andächtig über die erhärteten Brustwarzen. Ein scheues Grinsen war die Reaktion auf die Streicheleinheiten und Camil biss sich errötend auf die Unterlippe.

„Darf ich?" Pascal nestelte am Reißverschluss seiner Hose herum, woraufhin er schnell nickte. Der störende Stoff landete samt seiner Unterhose auf dem Boden, nun spürte er die weichen Rosenblätter an seinem nackten Hintern und es fühlte sich toll an.

„Deine aber auch, okay?" Kichernd stemmte Camil sich hoch und befreite seinen Freund ebenfalls von der Hose, nicht ohne einen prüfenden Blick auf dessen steil aufgerichtete Länge zu werfen, die sich bald schon in ihm austoben würde.

„Wenn du Angst hast…also…du kannst natürlich auch…", stammelte Pascal auf einmal, der seinen Blick wohl bemerkt hatte und ihm anbot, selbst den aktiven Part zu übernehmen. Er fühlte sich geschmeichelt, dass sein Liebster sich so um ihn sorgte, doch war er ehrlich, wollte er schon immer passiv sein und hatte schon des Öfteren geübt. Dahingehend war sein Hintern schon mal keine Jungfrau mehr.

„Nein, nein, alles gut“, beschwichtigte er Pascal und zog ihn in einen weiteren leidenschaftlichen Kuss. Zwischen den wilden Zungengefechten entledigte er sich seines Oberteils und schmiegte sich an den Körper seines wunderschönen Freundes.

Camils Augen wurden glasig vor Erregung, als er eine Hand an seiner Länge spürte, die begann ihn unglaublich langsam und gründlich zu verwöhnen. Seine eigenen Finger schlossen sich um das pochende Glied seines Liebsten und gaben diesem alles zurück, was er selbst erhielt.

Trotz der Unerfahrenheit und den anfänglichen Hemmungen, ging es ihm bald doch ein wenig zu langsam voran, seine Erregung hatte bereits begonnen ihm Schmerzen zu bereiten. Demonstrativ legte er sich zurück ins Laken und winkelte die Beine auseinandergespreizt an, um Pascal zu signalisieren, dass er bereit war.

Der ließ ihn nicht länger zappeln und bereitete ihn mit den Fingern vorsichtig vor auf das, was kommen würde. Im ersten Moment war es unangenehm für Camil, doch er versuchte sich so gut es ging zu entspannen.

„Bereit?“, fragte sein Freund, nachdem dieser sich genügend Gleitmittel auf seine Länge geschmiert hatte und setzte diese an Camils feuchten

Eingang an. Er nickte entschlossen und schloss die Augen, um sich entspannen zu können.

Mit jedem Zentimeter, den sein Liebster in ihn vordrang, wurde die Erregung größer, so gut fühlte es sich an, endlich den Mann seiner Träume in sich spüren zu dürfen. Bald schon war die Länge bis zum Anschlag in ihm versunken und begann vorsichtig in ihn zu stoßen.

Ihr leises Keuchen erfüllte das Zimmer, während sie sich immer weiter hochschaukelten und bald schon ihre Lust den Höhepunkt erreichte. Überglücklich küssten sie sich, nachdem ihre Erregung verebbt war und konnten die Blicke nicht voneinander abwenden.

„Sind wir dann jetzt zusammen?“, wagte Camil die Frage zu stellen, wie es nun weitergehen sollte. Pascal hatte den Arm um seinen nackten Körper gelegt und ihn nah an sich herangezogen. Schnurrend genoss er die sanften Streicheleinheiten, die ihm zuteilwurden, während er ungeduldig auf eine Antwort wartete.

„Ich wäre wirklich sehr gerne dein fester Freund, seit Jahren wünsche ich mir das schon“, flüsterte sein bester Freund gegen seine verwuschelten Haare. Das klang zwar vielversprechend, dennoch wartete er auf das große Aber, das unweigerlich folgen musste.

„Aber könnten wir unsere Beziehung vielleicht geheim halten? Du kennst meine Eltern, sie sind so christlich, dass sie es ganz bestimmt nicht guthei-ßen würden, wenn ich schwul wäre.“ Nachdenklich kuschelte er sich an den schlanken Körper seines Freundes.

Natürlich konnte er selbst ebenfalls nicht mit Gewissheit sagen, wie seine Eltern auf ein Coming Out reagieren würden. Zudem war noch genug Zeit diesen großen Schritt zu machen, sie mussten nichts überstürzen.

„Einverstanden! Mir ist alles recht, solange ich mit dir zusammen sein kann“, stimmte er entschlossen der Bedingung zu und stahl sich einen Kuss von den weichen Lippen seines nun festen Freundes.

„Danke, irgendwann werde ich es ihnen beichten, aber ich brauche einfach noch ein bisschen Zeit.“ Camil wollte sich gar nicht ausmalen, was Pascals Vater mit seinem Sohn anstellen würde bei einem Coming Out.

Der Mann war schon immer aggressiv und cholerisch gewesen und hatte auch bei Nichtigkeiten gerne mal zugeschlagen. Somit war es beschlossene Sache, sie waren endlich ein Paar und liebten sich heimlich, still und leise.

Überglücklich ging der frischverliebte Junge am Abend nach Hause. Doch an Schlaf war in dieser Nacht nicht zu denken. Obwohl sie sich am nächsten Tag in der Schule wiedersehen konnten, vermisste er seinen Freund schon nach wenigen Stunden und verbrachte die halbe Nacht damit, Pascal Liebesbekundungen per SMS zu schreiben, die dieser fleißig erwiderte.

Am nächsten Morgen trafen sich die beiden frisch Verliebten und gingen gemeinsam den kurzen Weg zu ihrer Schule. Camil fiel es unglaublich schwer, seinen Freund zur Begrüßung nur kurz freundschaftlich umarmen und nicht küssen zu dürfen, doch er hielt sich brav an ihre Abmachung.

Als sie das Klassenzimmer betraten, war jedoch die gute Stimmung, die sie durch die neugewonnene Liebe verspürten, mit einem Mal wie weggeblasen. Sie waren spät dran und all ihre Mitschüler bereits anwesend. In einer tuschelnden Gruppe standen Mädchen und Jungen beisammen und verstummten, als sie hereinkamen.

Camil sah sich verwirrt um, bis sein Blick auf die Tafel fiel. Ungläubig stieß er seinen Freund an, der nun seinerseits die vollgeschmierte Tafel anstarrte. Mit bunter Kreide standen groß ihre Namen auf dem dunkelgrünen Grund, verbunden mit einem überdimensionalen Pluszeichen. Drumherum hatte jeder Mitschüler seine eigene Meinung in diversen Worten hinterlassen, von ´Schwuchteln´ bis zu Dingen, die weit unter die Gürtellinie gingen, war alles dabei.

„Was soll die Scheiße?“, brauste Pascal wütend auf und nahm sich das vermeintliche Plappermaul

Simon zur Brust, der die Einlösung des Wetteinsatzes mit eigenen Augen beobachtet hatte.

„Na, wie ihr euch am Samstag abgeschleckt habt, bin ich mir sicher, dass ihr zwei Schwuchteln aufeinander steht. Widerlich!“ Simon verzog angewidert das Gesicht zu einer fiesen Grimasse und schubste Pascal von sich weg.

Camil beobachtete die Szene aus sicherer Entfernung und schüttelte entsetzt den Kopf. Doch das Schlimmste erwartete ihn erst noch, als sein Freund zu einer verletzenden Schimpftirade ansetzte und ihre frisch aufgeblühte Liebe in den Schmutz zog.

„Ich bin keine verdammte Schwuchtel! Ich stehe ganz normal auf Mädchen, nicht auf Schwänze, also halte gefälligst die Fresse!“ Jedes einzelne dieser bösen Worte riss ein Stück seines blutenden Herzens aus seiner Brust und vergrößerte den bereits dicken Kloß, der ihm gerade die Kehle zuschnürte.

„Du bist so ein mieses Arschloch!“, brüllte er den Tränen nahe und rannte aus dem Klassenzimmer. Bis ans Ende des langen Ganges konnte er noch die Stimmen von Pascal und Simon hören, die sich über ihn lustig machten.

„Willst du der zickigen Schwuchtel nicht lieber hinterher laufen?“, hörte er Simon lachend sagen und hoffte sein Freund würde ihn doch noch in

Schutz nehmen. Weit gefehlt, Pascal stimmte in das allgemeine Gelächter mit ein und verhöhnte ihn.

„Soll der doch woanders rumschwuchteln“, lautete dessen miese Antwort und Camil hasste sich dafür, diesem ignoranten Idioten sein erstes Mal geschenkt zu haben. Klausuren hin oder her, er würde definitiv keinen Fuß mehr in diese Schule setzen. Am besten überzeugte er seine Eltern davon, in eine andere Stadt zu ziehen, wo er einen Neuanfang starten konnte.

Heulend lief er den Weg zurück, den er gerade noch mit seinem Freund bestritten hatte. Waren die Gehwege leer gewesen, hatte Pascal ihn sogar bei der Hand genommen und ihm einen flüchtigen Kuss auf die Wange gedrückt. All diese liebevollen Gesten waren mit einem Schlag zunichte gemacht worden und bedeuteten nichts mehr.

Dass er die Stadt nicht einfach so verlassen konnte, war ihm klar, doch nichts und niemand konnte ihn davon abhalten, sich für den Rest seines Lebens im Zimmer zu verkriechen. Glücklicherweise waren seine Eltern zu dieser Zeit auf der Arbeit. Um ein bisschen Geld zur Haushaltskasse beizusteuern, hatte seine Mutter eine Halbtagsstelle als Reinigungskraft angenommen und kam jeden Tag unter der Woche erst mittags nach Hause.

Den Schulranzen schmiss er achtlos unter seinen Schreibtisch und sich selbst auf das Bett. Seit er aus der Schule geflohen war, klingelte sein Handy ununterbrochen und er musste mindestens zehn Nachrichten erhalten haben. Sie interessierten ihn nicht. Auf Pascals halbherzige Erklärungen und Entschuldigungen konnte er getrost verzichten.

Mehrere Stunden lag er rittlings auf der Matratze und starrte an die Zimmerdecke. Ja, sie hatten ausgemacht niemanden über ihre Beziehung in Kenntnis zu setzen, doch war das kein Grund oder Freifahrtschein, ihn auf diese Weise herabzusetzen und zu verletzen.

Es war schon kurz nach Mittag als ihn ein lautes Klopfen an der Tür aus seinen trostlosen Gedanken riss. Er schaute auf die Uhr und mutmaßte, dass es seine Mutter war, die ihn störte. Brummend bat er sie herein und musste entsetzt feststellen, dass sie seinen besten Freund im Schlepptau hatte.

„Pascal ist hier, er sagt du bist krank und früher von der Schule heim gegangen? Wie geht es dir jetzt? Soll ich einen Arzttermin für dich ausmachen?" Seine überfürsorgliche Mutter betrachtete ihn besorgt und würde ihm bestimmt gleich eine Kanne Tee und diverse Hausmittelchen andrehen wollen. Seine vom Heulen geschwollenen Augen ließen auf eine beginnende Erkältung rückschließen.

„Alles gut, es geht schon wieder, aber den da will ich nicht sehen, schmeiß ihn bitte raus." Knurrend deutete er auf den miesen Verräter, der zusammen mit seiner Mutter das Zimmer betreten hatte. Etwas verwirrt schaute sie zwischen den beiden hin und her, dann schnaubte sie erzürnt.

„So kannst du doch deinen besten Freund nicht behandeln, sei gefälligst nett zu ihm." Mit diesen Worten verließ sie sein Zimmer und knallte die Tür hinter sich zu. Alleine im Raum mit dem Kerl, der ihn so sehr verletzt hatte, zu sein, behagte Camil überhaupt nicht. Sein Freund ließ sich davon nicht beirren und setzte sich zu ihm auf die Matratze.

„Ich kann verstehen, dass du sauer bist, aber ich wollte einfach nicht, dass alle denken wir sind ein schwules Paar. Du weißt doch, dass Simon in der gleichen Straße wohnt wie ich und unsere Eltern sich kennen. Wenn der was ausplaudert bin ich tot." Reumütig legte Pascal den Kopf schief und sah aus traurigen Hundeaugen zu ihm auf. Camil hatte nicht vorgehabt so schnell klein beizugeben, konnte diesem Blick jedoch nicht lange widerstehen.

„Schon gut, du Idiot. Aber sei ab sofort ein bisschen vorsichtiger, Worte können ganz schön wehtun", seufzte er versöhnlich und kuschelte sich in die einladend ausgebreiteten Arme seines Freundes. Trotz seiner Wut hatte er Verständnis für die Situation seines Freundes und wollte nicht unnötig zickig sein.

„Versprochen!“, murmelte dieser und vergrub die Nase in seinen Haaren. Es würde eine ganze Weile dauern, bis er diesem Idioten komplett vergeben konnte, doch sollte der so eine Show kein weiteres Mal abziehen, sah er kein Problem darin.

„Jetzt denken nur alle ich bin schwul und stehe auf dich. So kann ich mich doch in der Schule nicht mehr blicken lassen“, dachte Camil laut nach, noch immer dicht an seinen Freund gekuschelt, der ihm diesen Mist überhaupt erst eingebrockt hatte.

„Keine Sorge, ich habe das schon geklärt. Die denken jetzt, dass du mit der Situation einfach nur überfordert warst.“ Besonders überzeugend klang das jedoch nicht, die Schule würde ab sofort zur Tortur werden.

„Und wenn wenigstens ich einfach zugebe, dass ich schwul bin? Gemobbt werde ich doch so oder so, doch auf diese Weise gäbe es keine abartigen Gerüchte“, meinte Camil auf einmal und löste sich von Pascal, der darüber nicht erfreut zu sein schien.

„Ich finde das keine gute Idee. Wenn ich dann trotzdem zu dir als meinen besten Freund stehe, gibt es auf jeden Fall Gerüchte und irgendwann würden meine Eltern davon Wind bekommen und mir die Freundschaft mit dir verbieten.“ Soweit wollte er es eindeutig nicht kommen lassen und verwarf die Idee eines Outings schnell wieder.

Das Gefühl, auf lange Sicht dem Druck dieser Heimlichtuerei nicht standhalten zu können, lag ihm allerdings schwer im Magen. Schweigend verbrachten sie den Nachmittag kuschelnd im Bett und mussten sich für den Abend und die Nacht voneinander verabschieden.

Beim Abendessen mit seinen Eltern war Camil ungewöhnlich ruhig, doch sie störten sich nicht daran, da er seine Mutter weiterhin im Glauben ließ, er wäre krank. Je länger er mit ihnen beisammensaß, desto größer wurde der Wunsch bei Ihnen anzufragen, wie sie zu Homosexualität standen. Vielleicht gab es ihm eine gewisse Sicherheit, wenn sie offen dafür waren und er brauchte sich vor einem Outing zu einem späteren Zeitpunkt nicht zu fürchten.

„Pascal hat mir heute übrigens erzählt, dass sich ein Mitschüler von uns als schwul geoutet hat“, warf er plötzlich in den Raum, während er auf seinem Brot herumkaute. Sofort kam Leben an den Esstisch. Sein Vater rümpfte pikiert die Nase und hörte auf zu essen.

„Halt dich bloß von dem fern, nicht dass er sich an dich ran macht und dich mit dieser abartigen Neigung ansteckt“, wetterte sein Vater drauf los und Camil verschluckte sich an einem Stück Brot. Hustend starrte er seinen alten Herren an, konnte nicht fassen was dieser hier von sich gab.

„Am besten mache ich gleich einen Termin mit dem Schulleiter aus, sowas ist völlig inakzeptabel. Ich werde dafür sorgen, dass du die Klasse wechseln kannst." Das war zu viel für den entsetzten Jungen. Wütend sprang er auf und funkelte seinen Vater böse an.

„Du spinnst doch! Ich werde auf keinen Fall die Klasse wechseln, nur weil du ein intoleranter Bastard bist", schrie er aufgebracht und war dermaßen fassungslos, dass er kaum einen klaren Gedanken fassen konnte.

„Willst du etwa auch schwul werden? Dann bist du nicht mehr unser Sohn, das kann ich dir versichern." Sein Vater hatte sich ebenfalls erhoben, nun standen sie sich Auge in Auge gegenüber. Zu allem Übel mischte sich auch noch seine Mutter ins Gespräch ein und ließ ihn an ihrer ebenso engstirnigen Meinung teilhaben.

„Du kannst in der Klasse bleiben, aber sollten wir auch nur das Geringste feststellen, dass du anfängst schwul zu werden, schicken wir dich zurück nach Rumänien." Diese Drohung verfehlte ihre Wirkung nicht. Camil hasste das winzige Dorf, aus dem er stammte, und konnte sich beim besten Willen nicht vorstellen dort zu leben.

Ihm hatte es komplett die Sprache verschlagen und statt zu antworten verschwand er frustriert auf sein Zimmer. Irgendwie hatte er sich eingebildet, seine Eltern wären toleranter. Ihre grenzenlose Intoleranz war für ihn ein bitterer Schlag ins Gesicht. Wenigstens konnte er jetzt Pascals Angst vor dessen Eltern richtig nachvollziehen und hatte kein Problem mehr damit, die Beziehung geheim zu halten.

Trotz aller Widrigkeiten wagte er sich am nächsten Tag in die Schule, wo er von seinen Mitschülern skeptisch beäugt und vorerst gemieden wurde. In der ersten Pause unterhielt er sich gerade mit Pascal über ihre Pläne für das kommende Wochenende, als Christian, der Klassensprecher, an ihren Tisch trat und sich vor ihm aufbaute.

„Als Klassensprecher bin ich für das Wohlergehen aller Mitschüler verantwortlich und möchte dich bitten, dich freiwillig nach hinten zu setzen, damit dich im Unterricht keiner sehen muss." Camil hasste diesen arroganten Kerl und dessen übertrieben gehobene Ausdrucksweise. Genervt erhob er sich und blieb vor Christian stehen.

„Warum sollte ich?" Gepeinigt von den harschen Worten seiner Eltern, war er nicht gewillt, auch noch in der Schule das Opfer zu spielen. Der Klassensprecher war einen guten Kopf kleiner als er und schien verwundert über seinen trotzigen Widerstand.

Normalerweise war Camil ein ruhiger, unscheinbarer Junge, der Streitigkeiten gern aus dem Weg ging, nicht jedoch diesmal. Christian schien seine Entschlossenheit zu spüren, was diesen jedoch nicht davon abhielt einen drauf zu setzen.

„Wir wollen eine eklige Schwuchtel wie dich eben nicht sehen, also beweg gefälligst deinen gevögelten Arsch nach hinten." Mit offenem Mund staunte Camil über die Dreistigkeit des kleinen Kerls und plötzlich legte sich in seinem Gehirn ein Schalter um.

Ohne Vorwarnung holte er aus und schlug ihm mit der geballten Faust mitten ins Gesicht. Er konnte die Nase unter seinen Fingern brechen fühlen und beobachtete mit Genugtuung, wie das Blut aus der Nase des Klassensprechers quoll.

„Scheiße Camil, bist du bescheuert? Dafür kannst du einen Schulverweis bekommen", fluchte Pascal mit großen Augen, auch er schien ihm das nicht zugetraut zu haben. Er wollte gerade etwas erwidern, als der Deutschlehrer zu ihnen trat und entsetzt das Desaster betrachtete.

„Mitkommen, sofort!", rief der Lehrer und schob Camil aus dem Klassenzimmer. Auf dem Weg zum Schulleiter verständigte er einen Krankenwagen für Christian, da die Nase mit hoher Wahrscheinlichkeit gebrochen war.

Wortlos ließ der gemobbte Junge die Schimpftirade des Rektors über sich ergehen, der ihm einen Schulverweis von einer Woche und einen Elternbrief auferlegte. Er nahm es schulterzuckend hin und marschierte im Anschluss nach Hause. Eine Woche seine dämlichen Mitschüler nicht sehen zu müssen kam ihm ganz recht.

Seine Eltern würden nicht sonderlich begeistert sein, aber vielleicht konnte er seinem Vater auftischen, dass er auf diese Weise klargemacht hatte, nicht schwul zu sein. Er war sich sicher, dass sein Vater homosexuelle Männer für absolute Weicheier hielt, wenn er schon all die anderen Klischees bediente. Eine anständige Prügelei kam ihm daher sehr zu Gunsten.

Er sollte tatsächlich Recht behalten mit seiner Vermutung. Als der Vater am Abend von seinem Ausraster erfuhr, war dieser zunächst nicht erfreut, lenkte jedoch ein, nachdem sein Sohn ihn über den Sachverhalt aufgeklärt hatte. Am Ende bekam er fast schon so etwas wie ein Lob für seine Tat und wiegte sich nun in Sicherheit, seine Homosexualität vor den Eltern gut versteckt halten zu können.

Die Woche daheim verging wie im Flug und er genoss die kurze Auszeit von den Mobbingattacken seiner Mitschüler. Er sehnte sich jedoch nach dem Wochenende. Er hatte für unter der Woche Hausarrest bekommen, Strafe musste eben doch sein, und durfte seinen Freund erst am Samstag wieder treffen, schrecklich für den frischverliebten Jungen.

Voller Vorfreude begab er sich Samstag früh zum Frühstückstisch und schmierte sich ein Marmeladenbrötchen, ein glückliches Lächeln zierte sein rundes Gesicht. Er konnte es nicht erwarten die zarten Lippen seines Freundes wieder auf seiner Haut zu spüren.

„Wir fahren heute ins Möbelhaus und schauen nach einer neuen Couch, die alte hat echt ausgedient“, eröffnete ihm sein Vater kauend. Camil konnte schon gar nicht mehr glücklicher werden, als er sich darauf besann, dass besagtes Möbelhaus eine gute Stunde Autofahrt entfernt lag.

Wie er seine Mutter kannte, würde sie mit Sicherheit einige Stunden zusätzlich im Geschäft verbringen. So konnte er ungestört den Tag mit seinem Liebsten verbringen, ohne die ständige Angst, jemand könnte ins Zimmer platzen und sie beide bei Intimitäten erwischen.

„Ist gut, ich treffe mich heute mit Pascal.“ Er versuchte ein verräterisches Grinsen zu unterdrücken, doch das Leuchten in seinen braunen Augen, konnte er nicht verhindern. Zügig würgte er das letzte Stück Brot herunter und spülte mit einem großen Schluck Tee nach.

Bevor er unter die Dusche sprang, informierte er seinen Freund über die freudigen Umstände und dieser versprach, schon bald bei ihm auf zu kreuzen. In der Hoffnung, mit seinem Liebsten einen romantischen Tag im Bett verbringen zu dürfen, wusch er diverse Körperstellen besonders intensiv. Er wollte auf alles vorbereitet sein.

Gerade als er mit dem Föhnen der Haare fertig war, klingelte es an der Tür und seine Eltern ließen Pascal herein. Im gleichen Moment verabschiedeten sie sich von ihm und wünschten ihnen einen schönen Tag.

Kaum waren die Störenfriede aus der Haustüre hinausgetreten, fiel Camil seinem Freund freudestrahlend um den Hals. Er krallte sich regelrecht an dessen zierlichem Körper fest, so sehr hatte er den Mann seiner Träume in dieser Woche vermisst.

Kichernd drückte Pascal ihn an sich und hauchte Schmetterlingsküsse auf seinen entblößten Hals. Schon allein diese Geste bescherte ihm eine angenehme Gänsehaut an den Armen. Die letzten Tage konnten sie nur per Handy miteinander kommunizieren, da war es ein berauschendes Gefühl, den anderen wieder spüren zu können.

Überglücklich zog er seinen Freund mit in sein frisch aufgeräumtes Zimmer. Aufgrund des Hausarrests konnte er nicht mit Rosenblättern oder sonstigen romantischen Dekorationen dienen, doch das tat ihrer Freude einander zu sehen keinen Abbruch.

„Da hat es wohl jemand eilig?“, lachte Pascal, als er ihn zum Bett führte und sich ein wenig nervös darauf niederließ. Ihr erstes Mal war wundervoll gewesen, dennoch spürte er noch immer dieses unsichere Kribbeln im Bauch, wenn sie sich näher kamen.

„Ähm, wir müssen nicht, wenn du nicht willst?“, stammelte er verlegen und lächelte schüchtern, die Augen hatte er beschämt zu Boden gesenkt. Er schalt sich dafür, dass er davon ausgegangen war, auch sein Freund konnte es nicht länger erwarten, wieder mit ihm intim zu werden.

„Natürlich will ich! So war das doch gar nicht gemeint“, lenkte der Ältere schnell ein und nahm ihn in den Arm. Erleichtert atmete er auf und suchte ungeschickt die Lippen, nach denen er sich so sehr verzehrte. Zurückhaltend bewegte er seinen Mund gegen den seines Liebsten und schloss genießerisch die Augen.

Flinke Hände wanderten unter sein T-Shirt und erkundeten jeden Zentimeter seiner warmen Haut. Um selbst aktiv zu werden zupfte er zaghaft am störenden Hemd seines Freundes, der es sich sofort über den Kopf zog und den Stoff zu Boden beförderte.

Scheu lächelten sich die beiden frisch Verliebten an und ihre Augen strahlten. Bedächtig ließ Camil seine Finger über die entblößte Haut wandern, bevor er ein Stück wegrutschte, um mit den Lippen den zierlichen Oberkörper erforschen zu können.

Pascal keuchte zurückhaltend unter den zärtlichen Berührungen, spornte ihn mit diesen Lauten an und er wurde immer selbstsicherer. Ungeduldig nestelte er am Reißverschluss der Hose seines

Liebsten, bis er ihn schließlich öffnete und die harte Länge darunter freilegte.

Seine Zunge glitt gierig über seine Lippen, als er sich runter beugte und zunächst kleine Küsse auf die glänzende Spitze hauchte. Er beobachtete freudig, wie sein Freund alle Muskeln anspannte und die Behandlung sichtlich genoss.

Ermutigt durch Pascals leises Stöhnen, befahl er ihm, den Hintern ein wenig zu heben, damit er ihm die Hose von den Beinen streifen konnte. Im Schutz seiner lockigen Haare machte er sich über die Länge her und nahm sie soweit er konnte in seine Mundhöhle auf.

Die Finger in seine Haare gekrallt, beobachtete sein Freund ihn mit leicht geöffnetem Mund dabei und keuchte erregt. Hin und wieder ließ er seine Zunge um die Spitze kreisen, saugte an der zarten Haut und bewegte den Kopf immer schneller auf und ab.

„Oh nein, ich komme gleich", warnte ihn sein Liebster plötzlich, doch es war schon zu spät. Camil schmeckte den warmen Samen auf seiner Zunge und schluckte brav die gesamte Ladung herunter. Grinsend entfernte er sich von der Länge und zwinkerte seinem Freund schelmisch zu.

„Das kann doch nicht dein Ernst sein?", drang auf einmal die Stimme seines Vaters zu ihnen durch und er sah erschrocken zur Tür. Dort stand sein Alptraum, hochrot angelaufen und kurz vorm platzen.

„Scheiße!“, fluchte er laut und sah hilflos zu seinem Freund, der genauso geschockt neben ihm saß und sich schnell die Hose wieder anzog. Sein Vater knallte von außen die Tür zu, doch er wusste was auf ihn zukam, würde er sein Zimmer verlassen.

„Was machen wir denn jetzt?“ Er hoffte Pascal hatte eine Lösung parat, er selbst war heillos überfordert. Sein Freund jedoch zuckte nur verzweifelt mit den Schultern, die Angst stand ihm ins Gesicht geschrieben.

Camil hatte ihm noch nicht von den Ansichten und der Androhung, nach Rumänien geschickt zu werden, berichtet. Er verzichtete in diesem Moment darauf, da er die Hoffnung hatte, seine Eltern umstimmen zu können.

Ohne ein weiteres Wort zu verlieren verließ Pascal sein Zimmer und anschließend die Wohnung. Nun war er auf sich allein gestellt und musste mit den Konsequenzen zurechtkommen, ein Ding der Unmöglichkeit.

„Gehe ich richtig in der Annahme, dass du dieser Junge bist, der sich bei dir in der Klasse geoutet hat? Wie lange läuft das mit dir und Pascal schon?“ Die Augen seines Vaters hatten sich zu kleinen Schlitzen verengt und die cholerisch rote Farbe auf den Wangen, war auch nach einer halben Stunde noch nicht verblasst.

Camil saß mit gesenktem Kopf auf dem Sofa im Wohnzimmer und zitterte unter der lauten Stimme, die ihn anbrüllte. Er atmete hörbar flacher, so wütend hatte er seinen Vater noch nie erlebt. Nicht mal, als er zusammen mit Pascal vor einigen Jahren in der Schule beim Rauchen erwischt worden war.

„Gott sei Dank ist unser Auto kaputt und wir mussten umkehren, sonst hätten wir wohl nie von deiner kranken Neigung, mit Kerlen ins Bett zu steigen, erfahren“, wetterte das Familienoberhaupt, während er immer kleiner wurde auf dem Sofa.

„Ich werde sofort Pascals Eltern darüber informieren, die müssen wissen, was ihr Sohn hinter ihrem Rücken so treibt.“ Ruckartig riss er den Kopf nach oben und starrte seinen Vater aus großen, erschrockenen Augen an.

„Nein, bitte nicht!“, flehte er, die Finger ineinander verhakt und mit Tränen in den Augen. Er wusste, die Eltern seines Freundes würden diesen zu Brei schlagen, wenn sie davon erfuhren, das wollte er ihm nicht antun.

„Und ob ich das tun werde. Du kannst übrigens schon mal deine Sachen packen, sobald unser Auto in der Werkstatt war, fahre ich dich höchstpersönlich zu Tante Anyana nach Sebes.“ Innerlich verfluchte er ihre Unachtsamkeit, sie hätten sich auf

Orte außerhalb ihres Zuhauses beschränken sollen oder wenigstens sicher sein, dass niemand verfrüht nach Hause kam.

Sein Vater erstickte jegliche Widerworte im Keim und schickte ihn zurück auf sein Zimmer. Doch als er sich sein Handy schnappen und Pascal über die schrecklichen Neuigkeiten informieren wollte, riss ihm seine Mutter das Handy aus der Hand und verpasste ihm eine schallende Ohrfeige. Sie war ihm gefolgt, doch Mitgefühl hatte er von ihr anscheinend nicht zu erwarten.

„Kein Kontakt mehr zu ihm, hast du verstanden? Das Handy bleibt hier, du fährst ohne das Teil nach Rumänien." Sie hatte sich nie viel mit den neuen Medien beschäftigt, dachte jedoch auch daran, ihm den Laptop wegzunehmen, so dass er ab sofort auf dem Trockenen saß.

Eine Mischung aus Wut und Verletzung veranlasste ihn dazu, nach ihrem Verschwinden, sein Zimmer in alle Einzelteile zu zerlegen. Fluchend schlug er auf jeden Gegenstand, den er finden konnte, ein, fegte Bücher aus den Regalen und entleerte seinen Kleiderschrank.

Im Kopf ging er seine Möglichkeiten durch, die leider ziemlich mager ausfielen, da er immerhin noch minderjährig war. Davonzulaufen brachte demnach rein gar nichts. Ohne Schulabschluss war es kaum möglich an einen Job ranzukommen, mit dem er sich über Wasser halten konnte und auf der

Straße zu leben kam für ihn nicht in Frage, dann doch lieber Rumänien.

Dank des Wochenendes dauerte es vier Tage, bis das Auto wieder aus der Werkstatt kam und startklar war. In dieser Zeit hatte er nichts von seinem Freund gehört, wie auch, ohne Handy und Laptop war er gestrandet. Seine Eltern hatten in der Wohnung abwechselnd Wache gehalten und seine Bewegungen innerhalb der Zimmer strengstens kontrolliert. An das Festnetztelefon war er also auch nicht herangekommen.

Leider kannte er Pascals Nummer nicht einmal auswendig. Im Zeitalter der neuen Medien wurde den Menschen das Denken abgenommen, merken musste man sich nichts mehr und auch aufgeschrieben hatte er sie nie, sondern damals direkt ins Handy eingespeichert. Das hieß, in Rumänien konnte er noch so viele Telefone finden, anrufen würde er nicht können.

Zwei prall gefüllte Reisetaschen waren seine einzigen Begleiter in sein neues Leben, in den Kofferraum gequetscht und zuvor von seinen Eltern akribisch begutachtet. Auf der langen Fahrt in die Karpaten sprach sein Vater kein einziges Wort mit ihm, was Camil ganz recht war. Zum ersten Mal hasste er diesen Mann aus tiefstem Herzen und wünschte ihm den sofortigen Tod.

Früh morgens, um sechs Uhr, waren sie von zuhause losgefahren und kamen aufgrund einiger Staus erst am späten Abend in Sebes an. Es war bereits zweiundzwanzig Uhr, als sie an Tante Anyanas Tür klingelten und bereits sehnsüchtig erwartet wurden.

„Camil, mein Junge, wie schön dich zu sehen. Aber was machst du denn für Sachen?“ Die Begrüßung fiel mäßig herzlich aus, die gesamte Verwandtschaft war konservativ eingestellt und hatte nichts für Homosexualität übrig. Im Gegenteil, sie verteufelten gleichgeschlechtliche Liebe aufs Äußerste. Komisch, dass er von seinen eigenen Eltern anderes erwartet hatte, doch sie lebten schließlich in Deutschland, schon seit Ewigkeiten.

Er erwiderte nichts, ließ sich sein Zimmer zeigen und legte sich gleich schlafen. Die Fahrt war anstrengend gewesen, obwohl er nur Beifahrer spielen musste. Außerdem spukten in seinem Kopf noch immer Bilder seines geliebten Freundes, zusammen mit einigen erschreckenden Szenarien, die ihn in Rumänien erwarten konnten.

Unglücklich schloss er die Augen und sehnte den Schlaf herbei, um an nichts mehr denken zu müssen. Trotz der Müdigkeit schlief er sehr unruhig und hörte von draußen die Stimmen seines Vaters und seiner Tante, die noch bis spät in die Nacht hinein miteinander redeten, wahrscheinlich darüber, wie es nun mit ihm weitergehen sollte.

Als er am nächsten Morgen die Augen aufschlug, brauchte es einen Moment, bis ihm wieder klar wurde, wo er sich befand. Für einen kurzen Augenblick hatte er das Gefühl gehabt, zuhause in seinem eigenen Bett zu liegen und bald in die altbekannte Schule gehen zu dürfen.

Die bittere Erkenntnis, dass dem nicht so war, sorgte für einen riesigen Kloß in seinem Hals, als er sich aufsetzte und in seinem neuen, sparsam eingerichteten Zimmer umsah. Das Haus, in dem seine Tante lebte, war klein und alt. Von den Wänden bröckelten die vergilbten Tapeten und jedes Zimmer hatte einen auffallend schiefen Boden.

So auch sein Zimmer, das offensichtliche, tragende Balken unter der Decke hatte, da er im Dachgeschoss nächtigen musste. Früher war es das Rückzugszimmer für ihren Mann gewesen, der allerdings schon vor vielen Jahren an einer Krebserkrankung verstorben war.

Seither wohnte sie alleine in diesem winzigen Häuschen und kam mit all den nötigen Renovierungen, schon wegen der hohen Kosten, nicht zurecht. Also verfiel das Haus nach und nach in seine Einzelteile und machte keinen sonderlich sicheren Eindruck auf den Jungen, der bei jedem Schritt Angst hatte, der Boden würde unter ihm brechen.

„Guten Morgen", grüßte ihn seine Tante, als er in die Küche kam, um sich einen Tee zu machen. Verschlafen murmelte er ein unfreundliches

´Morgen´ zurück und suchte den Wasserkocher. Er fragte erst gar nicht nach seinem Vater, der war höchstwahrscheinlich schon in den frühen Morgenstunden nach Hause aufgebrochen und hatte ihn tatsächlich in dieser dreckigen Stadt zurückgelassen.

Camils Stimmung war sehr gedrückt, als er den frisch aufgebrühten Tee schlürfte und dabei aus dem Küchenfenster starrte. An sich war Sebes eine aufstrebende, hübsche Stadt, mit vielen alten Gebäuden, die gepflegt und doch geschichtsträchtig anmuteten.

Seine Tante wohnte jedoch im ärmlichsten Viertel am Rande der Stadt und dort war nichts von der Schönheit zu erkennen. Alte, dem Verfall preisgegebene Häuser, säumten die schmutzige Straße des Vororts und luden nicht, wie die Altstadt im Inneren, zum Bummeln oder flanieren ein.

Anyana setzte sich zu ihm an den Küchentisch und machte den Anschein, ihn in ein ernstes Gespräch verwickeln zu wollen, worauf er absolut keine Lust hatte. Er wusste, was sie ihm zu sagen hatte und wollte es einfach nicht hören.

„Ach Camil, du warst immer so ein guter Junge und hast deinen Eltern nie Probleme bereitet. Wie konnte das nur passieren?“ Seine Tante seufzte theatralisch und schaute ihn bedrückt in die Augen. Er schnaubte aufgebracht und wollte es nicht auf sich sitzen lassen, für einen schlechten Jungen gehalten zu werden, nur weil er schwul war.

„Ich kann verstehen, dass du dich ausprobieren wolltest, aber jetzt ist es an der Zeit, dir ein hübsches Mädchen als Freundin zu suchen. Glaub mir, in Rumänien gibt es die schönsten Frauen, da wird jeder Kerl schwach." Sie überspielte ihre Zweifel mit einem kratzigen Lachen und schenkte sich Kaffee nach.

„Wie du meinst", fauchte er und stand auf. Er hatte keine Lust, sich weiter mit seiner Tante zu unterhalten, die ihre Augen vor der Wahrheit verschlossen hielt. Niemals konnte er sich vorstellen mit einer Frau zusammen zu sein, sie zu küssen oder zu berühren. Er stand nun mal auf Kerle und das ließ sich nicht einfach so ändern.

Aufgewühlt verschwand er in das winzige Badzimmer, das einzige im Haus, und machte sich frisch. Es konnte nicht schaden, sich die Umgebung seines neuen Zuhauses noch mal genau anzuschauen. So oft, wie er als Kind hier gewesen war, kannte er zwar so gut wie alles, doch als Urlauber hier zu sein oder plötzlich hier zu wohnen, war ein Riesenunterschied.

„Ich bin dann mal unterwegs, mir die Mädchen anschauen", rief er, bereits an der Haustüre, Anyana in angewiderter Stimmlage zu und trat nach draußen. Eine Antwort wartete er gar nicht erst ab, so wenig interessierte sie ihn.

Die Hände in den Hosentaschen vergraben, marschierte er durch die staubigen Gassen des Ortes und warf einige pikierte Blicke auf die wenigen, heruntergekommenen Geschäfte, die nicht mal genug abwarfen, um eine Familie zu ernähren.

Früher war er gern hier gewesen, hatte mit den Nachbarsjungen auf der Straße oder in den nahegelegenen Feldern gespielt. Alle Menschen in diesem Ort waren freundlich und hielten zusammen, der Familiensinn wurde hier noch großgeschrieben.

In einem der winzigen Geschäfte erstand er, von seinem bis dato angesparten Taschengeld, eine ungekühlte Limonade als Proviant für seinen kleinen Rundgang. Vor dem Laden standen drei Kerle in etwa seinem Alter und rauchten selbst gedrehte Zigaretten. Einer von ihnen kam Camil aus früheren Besuchen bekannt vor, doch so richtig einordnen konnte er ihn nicht.

„Was bist du denn für eine Lusche? Trinkst Limonade. Hier, ich spendiere dir was Anständiges." Ihm wurde vom größten, und wahrscheinlich auch ältesten der drei Jungs, eine Bierflasche unter die Nase gehalten, ein Angebot sich zu ihnen zu gesellen. Daran hatte er jedoch kein Interesse. Weder trank er Alkohol, noch mochte er den Gestank von Zigaretten, der nach so einem Beisammensein stets an seiner Kleidung haften blieb.

„Danke, aber ich trinke nicht", erwiderte er unfreundlich und marschierte einfach an den dreien vorbei. Er wollte zu keiner Clique gehören, nicht hier in diesem Land und schon gar nicht in diesem Ort. Freundschaften würden bedeuten, er gab sich seinem Schicksal, hier leben zu müssen, geschlagen und so weit war er noch lange nicht.

„Hab dich nicht so. Du würdest gut zu uns passen. Die Mädels stehen auf hübsche, fremde Kerle", versuchte es Kerl Nummer zwei auf die kumpelhafte Tour. Der ungewollt umgesiedelte Junge winkte nur müde ab und seufzte genervt.

„Da muss ich euch leider enttäuschen, ich stehe auf Kerle, Mädchen interessieren mich kein Stück", fauchte Camil und ließ die drei stehen. Ihre angewidert verzogenen Münder konnte er allerdings gerade noch aus den Augenwinkeln sehen, welch eine Genugtuung. Er war sich sicher, von ihnen kein zweites Mal bequatscht zu werden.

Mehrmals bog er in kleine Gassen ein, um alles in diesem Örtchen einmal gesehen zu haben. Viel hatte sich seit seinem letzten Besuch nicht verändert, nur ein einziger, neuer Laden lag versteckt, am Ende einer engen Gasse. Diesen hatte er nie zuvor gesehen und interessiert betrachtete er das schief hängende Schild an der von Holzwürmern zerfressenen Eingangstüre.

Laut Aushang sollte dieser Laden irgendwas mit Vampiren zu tun haben, Grund genug sich hinein zu begeben und Zeuge der Furcht der Menschen vor diesen erfundenen Blutsaugern zu werden. Eine alte, runzlige Frau saß gebeugt auf einem niedrigen Stuhl direkt neben dem Eingangsbereich und hieß ihn grunzend willkommen.

Um die Besitzerin herum reihten sich verbogene Drahtständer, an denen allerlei Kram hing, der gegen Vampire schützen sollte. Ketten mit silbernen Kreuzanhängern in allen erdenklichen Größen, Knoblauchkränze für die Haustüren, angespitzte Holzpflöcke, füllten den winzigen Verkaufsraum so weit aus, dass ein durchlaufen schier unmöglich war.

„Du bist neu hier, mein Junge, nicht wahr?“, krächzte die alte Frau plötzlich hinter ihm und hob den Kopf, so dass er ihr knotiges Gesicht und das zahnlose Lächeln sehen konnte. Was für ein gruseliger Ort, dachte er sich still und nickte auf die Frage hin schief grinsend. Nun erhob sich die Besitzerin auch noch und kam auf einem Stock gestützt langsam auf ihn zu.

Zurückweichen war aufgrund des begrenzten Platzes nicht möglich, also musste er ihren schlechten Atem wohl oder übel ertragen. Sie erinnerte ihn an eine alte Hexe und er würde sich nicht wundern, wenn sie ihn gleich mit einem bösen Fluch belegte. Nichts dergleichen geschah allerdings, sie wollte ihn nur davon überzeugen, sein Geld bei ihr liegen zu lassen.

„In dieser Gegend treiben sich viele bösartige Vampire herum. Du solltest vorbereitet sein“, raunte sie, die Augen so weit aufgerissen, dass Camil Sorge hatte, ihr könnten die Augäpfel herausspringen. Die alte Frau griff an ihm vorbei nach einer Kette und frischen Knoblauchknollen, um sie ihm unter die Nase zu halten.

„Ich versorge das ganze Dorf mit Gegenständen, die Vampire fernhalten können. Noch nie ist jemandem hier etwas passiert, seit ich meinen Laden aufgemacht habe. Bis auf den alten Trottel Grigore. Der wollte nie auf mich hören und ist von seiner letzten Wanderung nie zurückgekehrt.“ Wollte die Hexe ihm Angst machen, so war ihr das gelungen. Weniger wegen der lahmen Geschichte von Grigore, vielmehr sorgte der Wahnsinn, der in ihr steckte, für einen kalten Schauer, der ihm den Rücken runterlief.

„Ich geh dann mal wieder.“ Er lächelte kläglich und sah sich ein letztes Mal verstohlen im Laden um, bevor er diesen fluchtartig verließ. Natürlich kannte er die Schauermärchen über blutsaugende Vampire, dass es in der heutigen Zeit allerdings noch Menschen gab, die so krankhaft an diese Geschichten glaubten, erschreckte ihn.

Vorerst hatte er genug von diesem, in der Zeit stehengebliebenen, Dorf gesehen und ging zurück zum Haus seiner Tante.

Kapitel 2:

Nur ein Biss

Kaum hatte er sich einigermaßen bei seiner nervigen Tante eingelebt und den ersten Kulturschock überwunden, musste er schon auf die neue Schule gehen, in die gleiche Klasse wie einige andere Schüler aus der Ortschaft, in der er nun lebte.

Er trauerte weiterhin seinem geliebten Freund Pascal hinterher und gab sich keine große Mühe Freundschaften zu schließen. Leider störte das seine Mitschüler nicht, sie hatten großes Interesse an dem fremden Jungen aus Deutschland und quetschten ihn regelmäßig über sein früheres Heimatland aus. Viele von ihnen waren noch nie aus dem Dorf oder Rumänien herausgekommen.

Am Ende des ersten Schuljahres in Rumänien, hatte er, trotz anfänglicher Schwierigkeiten, eine beachtliche Zahl neuer Freunde vorzuweisen, die ihm den Alltag in der Fremde doch sehr erleichterten und ihn von seiner Sehnsucht nach der Liebe seines Lebens ablenken konnten.

Seiner Tante zuliebe hatte er darauf verzichtet, in der Schule und vor seinen Freunden offen zuzugeben schwul zu sein, doch auf die Avancen diverser Mitschülerinnen war er nicht eingegangen. Alles hatte seine Grenzen. So sehr Anyana auch versuchte, ihn an die Frau zu bringen, er weigerte sich strikt, ihr diesen Gefallen zu tun und sich selbst zu belügen.

Im Unterricht kam er relativ gut mit, da seine Eltern ihn glücklicherweise zweisprachig erzogen hatten und auch darauf bedacht gewesen waren, ihm das Schreiben auf Rumänisch beizubringen. Anders als in seiner alten Schule, bestand der Lernplan zusätzlich aus weitaus weniger Stoff und das meiste konnte er bereits.

Gerade war der Unterricht zu Ende als Mihail, ein recht extrovertierter, aber angenehmer Zeitgenosse, sich vor ihn auf seinen Tisch setzte und frech grinste. Die schiefen Zähne überragten dabei die Unterlippe, was das sowieso schon, durch die kurzen zerzausten Haare, die große, schiefe Nase und die zahlreichen Sommersprossen, kecke Aussehen des Jungen, noch steigerte.

Hochgewachsen und spindeldürr, war er zudem äußerst agil und immer in Bewegung, was den anderen schnell auf die Nerven ging. Doch seine Unruhe machte Mihail mit seinem Charakter wieder wett. Er hatte einen ausgeprägten Sinn für Gerechtigkeit und verbreitete überall gute Laune. Man musste ihn einfach mögen.

Auch Camil konnte dem jugendlichen Charme nicht lange widerstehen und musste sich, nach einer Weile des Zurückziehens, wohl oder übel geschlagen geben. Seither waren sie gute Freunde und verbrachten ihre Freizeit zusammen mit noch einigen weiteren Mitschülern, die es ihm angetan hatten.

Es war noch früh am Vormittag, da es der letzte Schultag vor den Ferien war und weder Lehrer noch Schüler auf richtigen Unterricht Lust gehabt hatten. Camil zog eine Augenbraue nach oben und wartete darauf zu erfahren, was sein Mitschüler wieder ausgeheckt hatte. Vielleicht hatte der ja doch eine anständige Idee, die zwei Monate Sommerferien erträglicher machte.

„Ab morgen sind doch Ferien?“, begann Mihail und grinste noch ein Stück breiter. Er nickte augenrollend und packte seine Bücher in den Rucksack, in der Hoffnung sein Kumpel würde schnellstens zum Punkt kommen, bevor er den Bus nach Hause verpasste.

„Marin, Simion und ich dachten, wir könnten doch einen Ausflug machen? Einen gruseligen Ausflug.“ Mihail schmiss die Arme nach oben, wedelte damit herum - wahrscheinlich sollte das Ganze ein Gespenst oder ähnliches darstellen - und riss die Augen weit auf, um gruselig zu wirken.

„Und wo soll so ein gruseliger Ausflug hingehen?“, fragte Camil gelangweilt, eigentlich hatte er sich vorgenommen, nur einen Teil der Ferien in Rumänien zu verbringen und später Richtung Deutschland zu verschwinden, sollte er es sich leisten können.

In vier Monaten würde er endlich volljährig werden, dann konnten ihn seine intoleranten Eltern mal. Er hatte sich noch nicht entschieden, ob er das letzte Schuljahr bis zum Abitur noch durchziehen oder gleich nach einer Ausbildungsstelle, die er mit dem bereits vorhandenen Realschulabschluss antreten konnte, suchen wollte. Er hoffte eine zu finden in der er genug verdiente, um sich eine eigene kleine Wohnung leisten zu können, wo ihn niemand nervte und er sich ungestört mit Pascal treffen konnte.

„Schon mal was von Graf Dracula gehört? Sein Schloss ist hier ganz in der Nähe.“ Klar hatte er schon von diesem Vampir gehört, der Touristen anlockte und in allen Ländern für grausige Märchen über blutsaugende Bestien gesorgt hatte. Für ihn war das Thema in den letzten Jahren so ausgelutscht worden durch kitschige Filme, haufenweise neuer Bücher und Musicals, dass er keine große Lust hatte, sich weiter mit der Legende zu beschäftigen. Es gab sie sowieso nicht, die Vampire.

„Wir gehen auf Vampirjagd“, bestätigte Mihail seine Vermutung und schien vollkommen überzeugt von seiner bescheuerten Idee zu sein. Sogleich dachte er an den verrückten Laden der alten Hexe, den er zu Beginn seines Aufenthaltes hier entdeckt hatte.

„Viel Spaß, aber das könnt ihr schön ohne mich machen. Auf so einen Kinderkram habe ich keine Lust.“ Er packte die Schulbücher in seinen Rucksack und verließ, gefolgt von seinem Kumpel, das alte, baufällige Schulgebäude. Die Lehrer waren überraschend gut, die Handwerker allerdings nicht.

„Ach komm schon, das ist kein Kinderkram. Wir zelten in der Nähe vom Schloss und schleichen uns nachts in die alten Gemäuer. Das wird total spaßig", versuchte Mihail ihn doch noch zu überreden. Kurz dachte er über seine eigentlichen Pläne nach, die mit seinem mickrigen Kontostand eh kaum zu erfüllen waren.

Seit einiger Zeit jobbte er in einem Laden für Haushaltswaren, in der Nähe seines neuen Zuhauses, und verdiente gerade mal genug, sich das ein oder andere Getränk am Abend mit den anderen Jungs leisten zu können.

Seine Eltern zeigten sich weiterhin wenig kooperativ und wollten ihn nicht mal in den Ferien bei sich haben. Auch über Pascal sprachen sie nie, wenn er bei ihnen anrief. Er fragte sich, was sein Freund wohl ohne ihn machte und ob dessen Vater ihn überhaupt am Leben gelassen hatte, nachdem seine Eltern ihm von ihrer Beziehung berichtet hatten.

Natürlich hatte er schon daran gedacht, seine Tante zu bestehlen, um ein Zugticket kaufen zu können, doch sie hatte ihn immerhin bei sich aufgenommen und kümmerte sich um den verstoßenen Jungen als wäre es ihr eigener. Er würde sich ziemlich mies fühlen, ihr die hart erarbeiteten Ersparnisse aus der kleinen, hölzernen Kiste im Schlafzimmer zu entwenden und sie mit nichts zurückzulassen.

„Von mir aus, ich komme mit.“ Seufzend stimmte er der fixen Idee zu und konnte wenigstens einen positiven Aspekt darin sehen: er kam mal raus und konnte einige Nächte außerhalb der stickigen Wohnung seiner Tante verbringen.

„Ich wusste doch, dass ich dich überreden kann“, freute sich Mihail und verabschiedete sich bis zum Zeitpunkt des Ausfluges von ihm.

Wäre die Roman- und Filmfigur Graf Dracula nicht im 18. Jahrhundert entstanden, hätte das Schloss, das er mit seinen Freunden aufsuchen wollte, niemals diese Beliebtheit erlangt. Ehemals bewohnt von dem grausamen Fürsten Vlad III. Draculea, diente es, dank seiner blutigen Gräueltaten, als Schauplatz für die Geschichte über einen Vampir.

Durch Erzählungen und Schriften war das Leben des Fürsten in andere Ecken der Welt getragen worden und konnte so der Legende dienen. Camil war sich sicher, dass es keine Vampire gab und sie wahrscheinlich nicht mal in die Nähe des berüchtigten Schlosses kamen, da es als Touristenattraktion diente und somit verriegelt war.

Dennoch war er gewillt, sich auf dieses Abenteuer einzulassen und sah sich, zuhause angekommen, im Keller seiner Tante nach geeigneten Werkzeugen um, mit denen er den Vampiren den Garaus machen konnte, sollte er ihnen begegnen.

Bewaffnet mit einem Rucksack voller hilfreicher Utensilien, ging er in sein Zimmer und ordnete die Gegenstände, mit denen er sich die Vampire vom Leib halten wollte und sei es nur, um seine Freunde zu ärgern. In den Laden musste er nicht gehen, seine Tante gehörte zu den abergläubischen der älteren Generation und besaß einen Keller voller Utensilien gegen Blutsauger.

Ein spitzer Holzpflock, zusammen mit einem Hammer, bildete die Grundlage seiner Waffen. Bereit, das Herz eines jeden Vampirs zu durchstoßen oder ihn mit heiligen Gegenständen von sich fern zu halten, verabschiedete er sich von seiner Tante und machte sich auf den Weg zu Mihail, bei dem sie sich treffen wollten vor ihrem Ausflug.

Zusätzlich zu seiner Jagdausrüstung, trug er noch eine anständige Campingausrüstung mit sich herum, die aus einem warmen Schlafsack, einem Gaskocher und Dosenfutter bestand. Alles in allem ein recht schweres Unterfangen, im wahrsten Sinne des Wortes.

Er wollte nichts dem Zufall überlassen, war er doch sonst immer mit seinen Eltern im Sommer an die Ostsee in ein gemütliches Ferienhaus gefahren, wo es an keinerlei Komfort fehlte. Richtige Wildnis, ohne richtiges Dach über dem Kopf, kannte er nicht und war auch nicht sonderlich erpicht darauf, diese Erfahrung zu machen.

Hechelnd stand er kurze Zeit später bei Mihail vor der Tür und fragte sich, wie er den Weg zur Burg meistern sollte, wo er jetzt schon aus der Puste war. Er schien nicht der einzige zu sein, der sich das fragte. Als sein Kumpel die Tür öffnete, betrachtete dieser ihn mit skeptischem Blick von oben bis unten und schüttelte missbilligend den Kopf.

„Was zur Hölle hast du alles dabei?" Camil öffnete seinen Rucksack und präsentierte ihm seine Jagdutensilien voller Stolz. Das erwartete Staunen blieb allerdings aus, sein Schulkamerad brach lieber in schallendes Gelächter aus.

„Ist das dein Ernst? Dir ist schon klar, dass es Vampire nicht wirklich gibt und der Ausflug nur zum Spaß ist?" Natürlich war ihm das klar, er wollte der ganzen Sache einfach nur etwas Würze verleihen.

Am Ende verzichtete er darauf, den unnützen Kram mitzuschleppen und ließ die Pflöcke, sowie den Hammer, bei seinem Kumpel daheim zurück, als sie sich wenig später auf den Weg machten. Ohne den ganzen Ballast lief es sich deutlich leichter.

Ganz in der Nähe des berüchtigten Schlosses, schlugen sie ihre Zelte auf einer großen Wiese auf, direkt am Waldrand, und beschlossen, den Nachmittag bei einer Führung zu verbringen, um in Vampirstimmung zu kommen.

Obwohl seine Familie von hier kam, hatte er noch nie Schloss Bran besucht, Fürst Vlads früheres Anwesen. Sein Interesse für Vampire beschränkte sich auf alte Gruselfilme und eventuell noch heiße Geschichten über gutaussehende, schwule Blutsauger, mehr konnte er dem Thema nicht abgewinnen.

Doch was er hier zu sehen bekam, enttäuschte ihn maßlos. Ein gewisses Maß an Erwartungen hatte er schon mitgebracht, doch keine einzige wurde erfüllt. Das Schloss war riesig, von außen etwas heruntergekommen und erinnerte höchstens durch die umgebende Landschaft an den dunklen Fürsten.

Vorgestellt hatte er sich ein graues, burgenähnliches Schloss, im Innern düster und eingestaubt und umgeben von einer finsteren Aura. Nichts dergleichen konnte er hier auffinden. Das Innere des Schlosses war so banal wie gruselfrei.

Andächtig wurden sie durch jedes Zimmer geführt und liefen über den dunklen Holzboden, der nicht für düstere Stimmung sorgen konnte, da die Wände strahlendweiß und die Räume lichtdurchflutet waren. Selbst die sogenannten Geheimgänge durch das Untergrundgemäuer, strahlten nichts von grausamer Finsternis aus, wirkten sogar eher lächerlich und fast schon künstlich angelegt. Einzig und allein die Bibliothek hatte etwas von einem Saal, in dem ein Vampir sich wohlfühlen würde.

Es handelte sich um einen spärlich beleuchteten Raum, in dem selbst die Wände mit dunklem Holz geschmückt waren und sich ein Buchregal ans nächste reihte. Der abgelaufene Boden knarzte bedrohlich unter ihren Füßen, als sie die Bibliothek betraten und zum ersten Mal fühlte Camil sich wie in einem alten, verwunschenen Schloss.

Leider machte der Blick in den Innenhof die aufflackernde Aufregung wieder zunichte, mit seinen penibel gesäuberten Steinmäuerchen und den gepflegten Blumenkübeln, in denen Geranien wucherten.

Alles in allem ein wirklich enttäuschendes Erlebnis für Camil, doch seine Freunde waren noch immer Feuer und Flamme für die anstehende Vampirjagd. Er hingegen hätte die Sache am liebsten wieder abgeblasen, doch er wollte sie nicht hängen lassen.

Nach der ernüchternden Schlossbesichtigung gingen sie zurück zu ihren Zelten, zwei an der Zahl - Camil teilte sich eines mit Mihail. Ausgehungert startete er den Gaskocher und öffnete eine der mitgebrachten Dosen.

Bis zur Nacht war es nicht mehr lange hin und er war gespannt, mit welchen Gruselgeschichten seine Freunde aufwarten würden, er selbst hatte nämlich keine guten auf Lager. Zunächst löffelten sie jedoch den undefinierbaren Inhalt aus ihren

Dosen, der ihnen lauwarm am Gaumen hängen blieb.

Nach dem Essen saßen sie im Kreis und warteten auf den Einbruch der Nacht, der nicht mehr lange auf sich warten ließ. Innerhalb kürzester Zeit wurde es dunkel und die düsteren Schatten des Waldes boten eine gruselige Kulisse für ihren Ausflug. Mihail kannte die besten Gruselgeschichten und gab sie fleißig zum Besten. Mehr belächelnd, lauschte Camil den erfundenen Abenteuern und warf hier und da einen Einwand ein.

„Vor vielen, vielen Jahren ging ein junger Mann in den Bergen wandern, auf der Suche nach der Wahrheit über Vampire und all den Mythen über diese schaurigen Kreaturen. Seine Frau hatte ihn angefleht nicht zu gehen, da sie gespürt hatte, dass etwas passieren würde. Trotzdem hat er sie mit den Kindern zurückgelassen und sich auf Wanderschaft gemacht. Als er nach mehreren Wochen noch immer nicht zurück gekommen war, machten sich seine Freunde auf die Suche nach ihm. Doch was sie in den Bergen vorfanden bescherte ihnen eine Gänsehaut des Schreckens. Der Weg durch den Wald war übersät mit Tierkadavern, die alle eines gemein hatten: fürchterliche Bisswunden an der Kehle…“

Die Geschichte ging weitaus weniger schauerhaft zu Ende als erwartet. Natürlich war der Mann zum Vampir geworden und tötete alles was ihm begegnete. Nach einer Weile hörte Camil schon gar nicht mehr richtig zu, hing seinen eigenen Gedanken nach und wünschte, Pascal wäre an seiner Seite, um sich bei ihm ankuscheln zu können.

In Situationen wie dieser fehlte ihm sein Freund besonders stark und die Sehnsucht nach dessen Wärme trieb Tränen in seine Augen, die Mihail und den anderen, dank der Dunkelheit, glücklicherweise verborgen blieben. Gegen Mitternacht verabschiedete er sich in das Zelt, das er sich mit Mihail teilte und legte sich schlafen, während die anderen draußen lachten und weiter Geschichten erzählten.

Er war gerade erst eingeschlafen, als Marin in das Zelt stolperte und ihn unsanft rüttelte. Genervt öffnete er die Augen und zappelte im Schlafsack herum, der sich verdreht hatte.

„Wach auf! Mihail ist verschwunden. Er wollte noch pinkeln gehen und ist immer noch nicht zurück. Das muss jetzt mindestens zwanzig Minuten her sein, wir haben nicht darauf geachtet", informierte sie ihn über die unerfreuliche Situation und Camil schälte sich seufzend aus dem Schlafsack.

Draußen rief Simion nach ihrem verschollenen Freund, eine Antwort ertönte allerdings nicht. Alarmiert versuchte er im dunklen Wald etwas zu erkennen, doch seine Augen gewöhnten sich nur langsam an die Nacht. Gemeinsam machten sie sich mit einer Taschenlampe auf den Weg, ihren Freund zu finden.

„Mihail?“, schrie er in die Dunkelheit der Nacht, erhielt jedoch keine Antwort. Die anderen beiden taten es ihm gleich, zu dritt suchten sie nach ihrem vermissten Freund und bekamen es mit der Angst zu tun, je später es wurde und noch keine Spur von ihm zu finden war.

„Vielleicht gibt es doch Vampire und er ist einem zum Opfer gefallen?“, vermutete Marin und zitterte am ganzen Leib. Die Nächte in den Karpaten waren eisig kalt und eigentlich war es schon lange an der Zeit in ihren warmen Schlafsäcken zu liegen und zu schlafen.

„So ein Quatsch. Wenn etwas passiert ist, dann wurde er wohl eher von einem Bären gefressen als von einem Vampir.“ Frustriert brach Camil die Suche für heute ab, sie konnten sowieso nichts sehen und setzten sich nur selbst den Gefahren der Natur aus.

„Vielleicht sollten wir die Polizei verständigen“, schlug er vor, während sie den Weg zurück zu den Zelten suchten, ein schwieriges Unterfangen in der Dunkelheit, mit nur einer spärlich leuchtenden Taschenlampe. Seine beiden Mitstreiter stimmten zu und wollten den Vorschlag sofort in die Tat umsetzen, sobald sie ihre Handys hatten, die noch in den Zelten lagen.

Camil schlenderte entmutigt hinter den beiden her und wünschte sich, diesem Ausflug nie zugestimmt zu haben. Plötzlich ertönte ein leises Knacken neben ihm, das ihn erschrocken zusammenzucken ließ. Ängstlich sah er sich um, konnte in der stockfinsteren Nacht jedoch nur schwache Umrisse ausmachen.

Er erwartete jeden Augenblick ein wildes Tier zu entdecken, stattdessen erblickte er den Schatten einer menschlichen Gestalt zwischen den Bäumen. Sein Herz begann wild zu klopfen und er rannte alarmiert seinen Freunden hinterher, denn für Mihail war diese Gestalt viel zu groß und kräftig.

Zurück am Zeltplatz waren alle drei ziemlich außer Atem von diesem kurzen Sprint und keiner hatte Ambitionen noch länger an diesem Ort zu verweilen. Über seine seltsame Sichtung hatte er die beiden natürlich informiert, doch sie waren sich einig, dass es nichts weiter als ein ungünstig gefallener Schatten gewesen sein musste und das Knacken von einem Tier ausgelöst worden war.

„Hey, was ist denn mit euch los?", hörte Camil auf einmal eine bekannte Stimme hinter sich und wirbelte herum. Hinter ihm stand Mihail, der triumphierend grinste, da er in der Hand einen toten Hasen hielt.

„Ich habe uns einen Mitternachtssnack besorgt, von diesem Dosenfraß wird doch keiner satt." Entschlossen begann sein Kumpel damit, den Hasen zu enthaaren und zu zerlegen. Er zeigte dabei durchaus Geschick, als wäre es nicht der erste Braten, der direkt nach der Jagd bei ihm auf dem Teller landete.

Für diese Dreistigkeit erntete er von Camil einen bitterbösen Blick, der beinahe hätte töten können, so sauer war er auf seinen Kumpel, der sie ewig hatte suchen und spekulieren lassen, was ihm wohl zugestoßen war.

„Verdammt du Idiot, wir dachten dir wäre was passiert", brüllte er lauter als gewollt und verpasste dem Jäger eine gewaltige Kopfnuss.

„Reg dich wieder ab, willst du jetzt einen Braten oder nicht?" Auf den konnte er definitiv verzichten, im Moment wollte er nur noch ins Zelt und schlafen, fernab dieses Vollidioten. Die geplanten vier Nächte waren für ihn gelaufen. Am nächsten Tag wollte er nach Hause zurückgehen und die restlichen Ferien allein verbringen.

Als die Sonne über den Karpaten aufging, verabschiedete er sich von den Abenteurern und machte sich alleine auf den Weg zurück zu seiner Tante. Jedoch nicht, um die Ferien in ihrer Obhut zu verbringen. Ihm kam der Gedanke, einen kurzen Trip zur alten Familienhütte in den Bergen zu machen, ohne nervige Begleitung.

„Ich bin zurück!", rief er von der Haustür aus, nachdem er sie aufgeschlossen hatte und in den

Flur getreten war. Überrascht von seiner frühzeitigen Rückkehr, streckte seine Tante den Kopf aus der angrenzenden Wohnzimmertüre herein und beäugte ihn kritisch.

„Jetzt schon? Ist etwas vorgefallen? Hast du dich mit deinen Freunden verstritten?“, fragte sie argwöhnisch und Camil rollte mit den Augen. Er hatte keine große Lust ihr jedes Detail der langweiligen Reise auf die Nase zu binden.

„Nein, es ist alles gut. Ich hatte aber keine Lust mehr auf zelten und die langweiligen Gruselgeschichten von Mihail. Außerdem hat er einen Hasen erlegt, was ziemlich eklig war“, erwiderte er schulterzuckend und machte Anstalten, auf sein Zimmer zu verschwinden. Seine Tante lief ihm sofort nach und stellte ihn zur Rede.

„Wie hat Mihail es geschafft einen Hasen zu fangen?“, wollte sie ihm Details entlocken, doch er zuckte abermals mit den Schultern. Er wusste es selbst nicht, wie sein Kumpel mitten in der Nacht überhaupt den Mut haben konnte, einfach im Wald jagen zu gehen.

„Keine Ahnung, ich war nicht dabei“, gestand er genervt und ließ die ältere Dame einfach stehen. Frech knallte er ihr die Zimmertür vor der Nase zu und schmiss sich auf sein Bett, das deutlich bequemer war als die Isomatte, auf der er letzte Nacht hatte schlafen müssen.

Aus der Schublade seines kleinen Nachtschränkchens nahm er das einzige, was ihm von seinem Freund geblieben war: ein Bild, das er vor knapp drei Jahren von seinem Liebsten geschossen hatte. Zärtlich strich er über die kleinen Grübchen, die sich an dessen Wangen gebildet hatten aufgrund des strahlenden Lächelns.

„Du bist so wunderschön…“, murmelte Camil, jedes Mal erneut überwältigt von Pascals makellosem Aussehen. Vor allem die eisblauen Augen stachen hervor und hatten ein überglückliches Glänzen, das sie immer aufzeigt hatten, wenn sie zusammen gewesen waren. Einen dicken Kloß im Hals, drückte er einen feuchten Kuss auf das Papier und legte das Foto zurück an seinen Platz.

„Komm bitte zum Mittagessen“, hörte er die unangenehm laute Stimme seiner Tante rufen und hievte sich verärgert hoch. Heute war wieder einmal einer dieser Tage, an denen er sein neues Zuhause abgrundtief hasste und seiner intoleranten Verwandtschaft die Pest an den Hals wünschte. Er ignorierte die Aufforderung, schnappte sich seinen Rucksack und stürmte laut polternd in die Küche, um sich Proviant einzupacken.

„Ich bin weg!“, sagte er kurz angebunden und verließ ohne weitere Erklärung das Haus seiner Tante. Sie stiefelte ihm schimpfend hinterher. Weit kam sie jedoch nicht mit ihrer angeschlagenen Gesundheit, Camil musste also nicht davon rennen, sondern konnte halbwegs gemütlich seine Reise antreten.

Gemächlich erklomm der Abenteurer die Berge, die sich vor seinen Augen erstreckten, um zur Berghütte seiner rumänischen Familie zu gelangen. Er liebte die Karpaten, für ihn war diese Landschaft das einzig reizvolle an diesem Land und er sog die Fülle an Farben förmlich mit den Augen auf.

Der unbefestigte Schotterweg führte vorbei an saftig grünen Wiesen, die ihn umgaben und so viele unterschiedliche Grüntöne hervorbrachten, dass seine Augen sich völlig entspannten. Vereinzelt säumten kleine Tannenwälder das Tal, erklommen wie er die steilen Hügel und bedeckten die grauen, kalten Felsvorsprünge mit ihren dunkelgrünen Nadeln.

Die Hälfte des beschwerlichen Weges hatte er bereits zurückgelegt; nun hatte er freien Blick auf einen stillen See, der zwischen den Hügeln lag und so klar war, dass er beinahe bis zum Grund sehen konnte.

Totenstill lag die Landschaft ihm zu Füßen, nur der laue Wind strich sanft durch die Gräser und Bäume, streichelte die Wasseroberfläche und sorgte für winzige Wellen auf dem sonst ruhigen See. Im Hintergrund prangten majestätisch die höchsten Berge der Region, die zu besteigen er sich nicht imstande sah.

Die Hütte lag nicht ganz so weit oben, um an die Gipfel dieser Berge zu gelangen, hätte er einen mehrtägigen Fußmarsch einplanen müssen. So früh am Morgen tauchte das schwache Sonnenlicht das Tal in ein glitzerndes Orange, ließ die Landschaft märchenhaft, wie einen unberührten Ort, erstrahlen und beleuchtete die einzelnen Nebelschwaden, die über den Bäumen hingen. Ein gruseliger Anblick und doch so eindrucksvoll faszinierend.

Auf einer kleinen Ebene machte er Rast, gönnte sich einen Snack und einen Schluck aus der Wasserflasche. Als er sich ins Gras setzte, wurde seine Hose feucht vom Morgentau, der noch auf den Halmen lag und stetig von ihnen heruntertropfte. Es störte ihn nicht.

Aus aller Welt besuchten Touristen diesen abgelegenen Ort, doch meist hielten sie sich rund um das berüchtigte Schloss des ehemaligen Grafen auf, der für eine blutige Legende gesorgt hatte. Ohne Graf Dracula wäre Transsilvanien vielleicht niemals so berühmt geworden, bis auf wenige hartgesottene Wanderer, blieb die Natur ringsherum jedoch weitestgehend unberührt.

Nicht zuletzt den wilden Tieren war dies geschuldet, allen voran den Braunbären, die hier zahlreich in den Bergen wohnten und dem Menschen gefährlich werden konnten. Camil fürchtete sich nicht vor diesen wunderschönen Tieren, meist kamen sie nicht zu nahe und ließen sich durch Glöckchen oder anderweitig laute Geräusche rasch vertreiben.

Als er zur nächsten Etappe seiner Wanderung aufbrach, hatte die Sonne es geschafft den Himmel vollständig in ihre präsente Aura zu hüllen und den Beginn des Tages einzuläuten. Hier in den Höhen blieb es dennoch angenehm kühl, die perfekte Temperatur zum Wandern.

Je höher er den Gipfel hinauflief, desto schmaler wurde der Pfad, den er beschritt, bis dieser in einen steinigen Trampelpfad überging. Mit dem Auto war das Sommerhäuschen nicht zu erreichen, selbst seine Oma war bis ins hohe Alter, mit dem Rest der Verwandtschaft, im Sommer hier hoch gewandert, bepackt mit frischen Lebensmitteln, die für einige Tage ausreichen sollten.

Nach einigen Stunden erblickte er endlich das alte Häuschen vor der brüchigen Felswand, die noch weiter hinaufführte. Einsam und verlassen stand es auf einer zugewucherten Ebene und wirkte heruntergekommener als er es in Erinnerung hatte. Seit seine Oma vor drei Jahren verstorben war, kam keiner mehr hierher, die Tradition war gebrochen. Die jüngeren Leute zogen das Leben in den Städten vor und wollten auch in ihrer Freizeit Bespaßung haben und nicht in der Einöde versauern.

Ernst lag sein Blick auf den rotgestrichenen Fensterläden und den unförmigen Steinen, aus denen der untere Teil des Hauses gebaut worden war. Erst ab ungefähr der Hälfte zierte dunkles Holz die Fassade und mündete in ein fleckiges Dach aus Holzziegeln.

Ein Schornstein ragte steil empor und Camil erinnerte sich an den angenehm knisternden Holzofen, der nachts das Haus erwärmt hatte. Gerne hatte er seinem Vater dabei zugesehen, wie dieser immer wieder Holz nachlegte und die gierigen Flammen die einzelnen Scheite nach und nach auffraßen.

Es gab weder einen Garten noch eine Terrasse, sowohl der Vorder- als auch der Hintereingang mündeten direkt in der Wiese. Wo das Grundstück genau begann wusste Camil nicht, doch hier oben in der Einöde sah das sicher niemand so eng, Nachbarn gab es schließlich keine.

Sein Herz klopfte aufgeregt in seiner Brust, als er das Haus durch die knarrende Holztür betrat und mit seinen Stiefeln Abdrücke im Staub auf dem Boden hinterließ. Bisher war er nie alleine hier gewesen, was sich nun als gruseliger rausstellte als er angenommen hatte. Die karge hölzerne Einrichtung musste uralt sein, auch fließend Wasser oder Strom gab es nicht. Es war als wäre in diesem Gebiet die Zeit vor langem stehen geblieben und er ein Besucher aus der Zukunft.

Erschöpft stellte er seinen Rucksack ab und sank auf einen der alten Stühle, die um einen großen Tisch herumstanden, an dem er damals mit seiner Familie immer gegessen hatte. Lediglich eine Feuerstelle diente als Küche, doch seine Oma hatte die köstlichsten Gerichte auf ihr gezaubert. Während er sich seufzend umsah, fragte er sich, ob seine Tante sein plötzliches Abhauen bereits seinen Eltern gemeldet hatte oder ihn suchte.

Im Endeffekt war es ihm egal, er brauchte einfach ein wenig Zeit für sich, um über die Situation nachzudenken und Pläne zu schmieden, wie er schnellstmöglich wieder nach Deutschland zurückkam. Doch die Stille, die ihn unbarmherzig umgab, machte ihn wahnsinnig, so dass er keinen klaren Gedanken fassen konnte. Er war es einfach nicht gewohnt kein einziges Geräusch zu hören.

Selbst nachts in seinem Zimmer in Deutschland, war ab und zu ein vorbeifahrendes Auto zu hören gewesen, so etwas wie Totenstille gab es dort nicht. Hier jedoch hörte er nur das Rauschen des Blutes in seinen Ohren und trippelte bald schon nervös mit den Füßen auf dem Holzboden herum, um wenigstens irgendwas hören zu können.

Müde vom Aufstieg, beschloss er nach einer Weile, erstmal ein kurzes Schläfchen zu machen und suchte das ehemalige Schlafzimmer auf. Vier Matratzen lagen auf dem Boden in dem winzigen

Zimmer, überzogen von feinen Staubkörnern, wie alles in diesem verlassenen Haus.

Er ignorierte die vielen Spinnenweben in den Ecken des Raumes und klopfte eine der Matratzen so gut es ging ab. Kaum hatte er sich hingelegt fielen ihm die Augen zu und er schlief erschöpft von der langen Wanderung und seinen kreisenden Gedanken ein.

Seit er nach Rumänien gekommen war, litt er unter Schlafstörungen, so aufgewühlt war er und so fremd fühlte er sich in diesem Land fernab seiner Heimat. Den verpassten Schlaf holte er nun nach. In dieser Stille am abgelegensten Ort den es gab, schlief er seelenruhig ohne Träume und ohne auch nur ein einziges Mal aufzuwachen.

Erst als der Abend Einzug hielt, schlug er die Augen wieder auf, die unangenehme Kälte, die jeden Tag sie Dämmerung mit sich brachte, hatte ihn geweckt. Bibbernd schlang er die Arme um seinen Körper und stand auf, um den Ofen anzufeuern.

Er hoffte, dass er hinter dem Haus noch Holz finden konnte. Früher war immer ein ganzer Berg an aufgeschichteten Scheiten an der Hauswand aufgetürmt worden. Glücklicherweise war noch ein kniehoher Stapel übrig, den er sofort sah, als er aus dem Hinterausgang hinaustrat in die kühle Abendluft.

Die beginnende Dunkelheit behagte ihm nicht, er wollte sich beeilen so viel Holz wie möglich ins

Innere zu bringen, bevor es Nacht und stockfinster wurde. Ohne Strom diente das Feuer nicht nur als Wärmequelle, sondern spendete zusätzlich ein wenig schummriges Licht.

Wie er es von seinem Vater gelernt hatte, schürte er nun das Feuer im Ofen und zeigte sich überaus geduldig, da einige der Hölzer leicht feucht waren und nicht so gut brennen wollten. Letztendlich loderten jedoch knisternde Flammen und ihm wurde ganz warm ums Herz.

Dicht am Ofen machte er es sich auf dem Boden mit einer Decke bequem, die er in weiser Voraussicht mitgebracht hatte und starrte nachdenklich in die schönen Flammen. Leer und traurig lag sein Blick auf dem Feuer, während er darüber nachdachte, wie schön es wäre, Pascal jetzt neben sich zu haben, um sich an dessen Körper zu lehnen und sich so richtig einzukuscheln. Ein Wunsch, der nicht in Erfüllung gehen würde und so musste er mit der Decke und seinen Gedanken an den Mann seines Lebens vorliebnehmen.

Trotz des Schlafs am Nachmittag, nickte er bald wieder ein. Das monotone Knistern im Ofen und das schwache Licht der Flammen wirkten so entspannend und einschläfernd auf ihn, dass er dem Drang nicht lange standhalten konnte. Diesmal fiel er jedoch nicht in einen Tiefschlaf, sondern döste nur mit geschlossenen Augen vor sich hin in seiner sitzenden Position.

Draußen war es mittlerweile stockfinster, nur der Mond tauchte den dunklen Himmel in bedrohlich schwaches Licht. Kaum war die Nacht vollends hereingebrochen durchbrachen Tierlaute die Stille. In der Ferne heulten die Wölfe und andere Raubtiere streiften durch die Wälder auf der Suche nach Beute. All das nahm Camil nur am Rande wahr.

Doch plötzlich hörte er ein Geräusch, das sehr nahe zu sein schien und wie das Knarren einer Türe klang. Erschrocken zuckte er zusammen und öffnete alarmiert die Augen. Aus Angst, ein Tier könnte sich Zutritt zum Haus verschafft haben, blieb er wie versteinert sitzen und gab keinen Mucks von sich. Er hielt sogar zeitweise den Atem an vor Anspannung.

Mit klopfendem Herzen lauschte er in die Stille und krampfte die Hände zusammen, als er meinte, Schritte zu vernehmen. Beinahe sicher, es würde sich um menschliche Schritte handeln, kam nun doch Bewegung in den verängstigten Jungen. Er sah sich hektisch um.

Als er den Kopf nach rechts drehte, in Richtung Flur, starrte er direkt in das Antlitz eines Mannes, der im Schatten des Türrahmens stand und ihn eingehend betrachtete. Hastig sprang Camil auf und stolperte rückwärts gegen die Wand. Er wollte etwas sagen, brachte allerdings keinen Ton heraus, dank der Schockstarre, in der sich noch befand.

Selbst als der Mann lächelnd auf ihn zukam, konnte er nichts weiter tun als abzuwarten. Hier in der Einöde war er wehrlos und jedem Psychopathen, der sich hier rumtrieb, hilflos ausgeliefert. Die Augen weit aufgerissen, erwiderte er den eisernen Blick des Mannes und kam nicht umhin dessen makellose Schönheit zu bemerken.

Groß und schlank bewegte sich der Körper des Eindringlings auf ihn zu. Im Schein der flackernden Flammen glitzerten die vollen, langen Haare in weißlichem Silber und hingen ihm locker über den breiten Schultern.

Wie gelähmt verharrte Camil mit dem Rücken zur Wand, den Mund vor Erstaunen leicht geöffnet und unfähig auch nur einen Finger zu bewegen, als wäre er mit einem Fluch belegt worden. Erst als der Fremde direkt vor ihm zum Stehen kam, bemerkte er die feuerrote Iris der dunklen Augen und erschrak zu Tode.

Der Mann schien nicht von dieser Welt zu sein; eine gefährliche, finstere Aura umgab ihn, die fast greifbar war. Schatten umspielten die hohen Wangenknochen auf dem schmalen Gesicht und die rot schimmernden Lippen waren zu einem überheblichen Lächeln verzogen.

Die Haut des Wesens war bleich, schon beinahe leichenblass und ein süßlicher Geruch zog ihm in die Nase, der so betörend auf ihn wirkte, dass er dem Mann am liebsten um den Hals gefallen wäre und ihn geküsst hätte.

Doch er war noch immer bewegungsunfähig, bis der Fremde plötzlich eine Hand hob und eine elegante Bewegung vor seinem Gesicht ausführte. Als wäre dadurch ein Zauber aufgehoben worden, kam wieder Leben in seine Glieder und er atmete erleichtert aus.

„Wer sind Sie?“, hauchte er in die Dunkelheit, legte den Kopf leicht schief und starrte verträumt in das wunderschöne Antlitz des Fremden. Der legte ihm bedeutungsschwer den Zeigefinger auf den Mund und brachte ihn so zum Schweigen.

Wie von unsichtbaren Fäden geleitet, küsste Camil zärtlich den kalten Finger und streckte die Arme nach dem mysteriösen Wesen aus. Egal was der Mann mit ihm vorhatte, er wollte es und sei es sein Todesurteil. Er konnte nichts gegen das gefährliche Verlangen machen, es war einfach da, als wäre es ihm auferlegt worden.

„Mein Name ist Leian!“, hallte plötzlich die tiefe Stimme des Fremden durch den Raum, erfüllte diesen mit einer ungeahnten Präsenz, dass er unweigerlich zusammenzuckte.

„Leian...“, murmelte er geistesabwesend und näherte sich dem Objekt seiner Begierde. Mit beiden Händen krallte er sich in den schwarzen, glänzenden Mantel des Fremden, der diesem locker über die Schultern hing und einem Umhang gleichkam. Goldene Ketten zierten den Revers, verliefen über die Brust und endeten an einer weißgoldenen Brosche am Schulterteil des Mantels.

Der verzauberte Junge warf nur einen kurzen Blick auf die edle Kleidung des Mannes, zu sehr vereinnahmte das arrogante, jedoch besonders anziehende Gesicht, seine Aufmerksamkeit. Als er die Arme des Wesens um seinen Körper spürte, war es um ihn geschehen.

Mit einem heiseren Seufzer presste er seinen Mund auf die vollen Lippen des Fremden und küsste diesen verlangend. Sein nächtlicher Besucher ließ ihn gewähren, umspielte seine Zunge zärtlich mit der eigenen und drückte den Körper des Jungen dicht an sich heran.

Minutenlang küssten sie sich hungrig. Camil rieb seinen aufgeheizten Unterleib ohne Scham gegen Leians Schritt und hatte das Gefühl, gleich einen grandiosen Höhepunkt zu erreichen. Zitternd klammerte er sich am starken Oberkörper vor ihm fest, stöhnte ungehemmt in den heißen Kuss und stieß sein Becken heftig vor und zurück.

Kurz bevor er sich in seine Hose ergießen würde, unterbrach der Mann den Kuss und wanderte mit den Lippen über sein Gesicht hinunter zum entblößten Hals. Nur am Rande vernahm Camil ein zufriedenes Knurren, dann erlangte er stöhnend seinen Höhepunkt, der gar nicht mehr enden wollte.

Ein stechender Schmerz an seinem Hals machte den Orgasmus noch betörender und er ignorierte die schmatzenden Geräusche, die Leian von sich gab, während dieser genüsslich sein Blut trank. In diesem Moment wurde ihm klar, was dieses fremdartige Wesen war, doch er hieß es willkommen und wehrte sich nicht gegen die Gier, die sein Peiniger an den Tag legte.

Brav klammerte er sich an Leian fest und gönnte ihm so viel Blut, wie er nur trinken konnte. Er wurde immer schwächer, je mehr Blut er verlor und nahm die Umgebung nur noch verschwommen wahr.

Am Ende sackte er bewusstlos zusammen und bekam nicht mit, wie der Vampir ihm ein wenig seines eigenen Blutes in den Mund träufelte. Nach wenigen Minuten hörte Camils Herz endgültig auf zu schlagen und er starb im Staub der einsamen Hütte in den Karpaten.

Schwerfällig öffnete er nach einer halben Stunde seine Augen und richtete sich auf. Er erinnerte sich schemenhaft an den nächtlichen Besucher, an den heißen Kuss und die süße Sünde, die sich klebrig in seiner Unterhose bemerkbar machte.

Peinlich berührt biss er sich auf die Unterlippe, als ihm bewusstwurde, wie schamlos er sich an dem wunderschönen Mann bis zum Orgasmus gerieben hatte und räusperte sich verlegen. Zwar konnte er den Fremden nicht sehen, doch er spürte eigenartigerweise dessen Präsenz, als könnte er plötzlich mit Gedanken sehen.

Verwundert horchte er in sich hinein und konnte sogar den genauen Aufenthaltsort seines ungebetenen Gastes ausmachen. Blitzartig wirbelte er herum und tatsächlich, der Mann stand hinter ihm an die Wand gelehnt und beobachtete ihn schmunzelnd aus den blutroten Augen.

Camil rappelte sich auf und tastete mit den Fingern seinen Hals ab. Er hätte schwören können, dass der wunderliche Fremde ihn nach dem peinlichen Höhepunkt gebissen und ausbluten gelassen hatte, doch er konnte keinerlei Wunden ertasten.

Auch der Schwindel und die Benommenheit, die der hohe Blutverlust mit sich bringen musste, waren wie weggeblasen. Es ging ihm sogar regelrecht blendend. Selbst die Müdigkeit durch den beschwerlichen Aufstieg war weg und er fühlte sich fit und ausgeruht.

Nur ein einziges Manko wies sein Körper auf: er hatte Hunger, besser gesagt einen Riesenhunger, den er unbedingt stillen wollte. Ohne groß darüber nachzudenken, schob er es auf die Aktivitäten mit dem Fremden und ging die Lebensmittel in seinem mitgebrachten Rucksack gedanklich durch.

Um nicht zu viel schleppen zu müssen, hatte er überwiegend Müsliriegel und etwas Obst eingepackt, was ihm beides momentan nicht besonders attraktiv erschien. Also blieb er gebannt vor dem fremden Mann stehen und starrte diesen unentwegt an.

Tief im Inneren suchte er vergeblich nach seinem schlechten Gewissen, da er seinen geliebten Freund gerade betrogen hatte, fand jedoch nichts. Die Liebe zu Pascal hingegen hatte sich, trotz seines abartigen Verlangens, nicht verändert und war gleichermaßen stark wie präsent.

Plötzlich kam Bewegung in seinen Besucher, der katzengleich auf ihn zu schlich und nur wenige Zentimeter vor ihm zum Stehen kam. Erst jetzt fiel Camil auf, dass er trotz unnachgiebiger Dunkelheit sehen konnte. Egal welcher Teil des Raumes im Schatten lag, nichts blieb seiner Aufmerksamkeit verwehrt. Selbst Leian, den er zuvor nur im flackernden Licht des Kaminfeuers hatte ausmachen können, war für ihn nun glasklar zu erkennen.

„Was bist du?", fragte er, während er in Zeitlupe den Kopf schüttelte vor Unglauben. Er glaubte weder an Geister, Zombies noch an sonstige Fantasiegestalten, aber dieser Mann hatte wirklich nichts Menschliches an sich.

„Das gleiche wie du, Camil." Hatte er dem Unbekannten überhaupt seinen Namen verraten? Daran konnte er sich beim besten Willen nicht erinnern. Komischerweise verspürte er keine Angst und fand den Fremden nach wie vor sehr anziehend.

„Und was bin ich?“, hauchte er beinahe verführerisch gegen die Lippen Leians, der sich seinem Gesicht soweit genähert hatte, dass kaum ein Blatt zwischen sie gepasst hätte.

„Ein Vampir!“ Gerade noch davon besessen die dunkelroten Lippen erneut in Beschlag zu nehmen, taumelte er nun einige Schritte zurück und gluckste fassungslos. Er musste sich wirklich zusammenreißen nicht laut los zu lachen, so bescheuert fand er die Antwort auf seine berechtigte Frage.

„Ein Vampir? Ernsthaft? Was Besseres fällt dir nicht ein? So wie du aussiehst bist du eher ein Spinner, der in den Bergen lebt und gerne andere Leute erschreckt.“ Kopfschüttelnd runzelte er die Stirn und dachte daran, den geisteskranken Kerl raus zu schmeißen.

Doch das musste er gar nicht. Der Mann schien in seiner Ehre gekränkt zu sein und machte von selbst Anstalten die Hütte zu verlassen. An der Eingangstür drehte Leian sich ein letztes Mal um und richtete einige verstörende Worte an ihn.

„Wie du meinst, aber nimm dich ab sofort in acht vor Sonnenlicht und vergiss nicht, dass nur noch frisches Blut deinen Hunger stillen kann.“ Schon war der seltsame Fremde verschwunden und ließ einen verwirrten Jungen zurück.

Camil verdrehte die Augen und ging zurück ans Feuer, wo er sich zurück in seine Decke kuschelte. An Schlaf war leider nicht zu denken, der Besuch des Mannes hatte ihn zu sehr aufgewühlt und er hatte immer noch diesen unbändigen Hunger. Daran änderten auch die Müsliriegel nichts, der er sich lustlos in den Rachen schob. Sie schmeckten widerlich.

Aus Sicherheitsgründen beschloss er, am nächsten Morgen gleich wieder den Heimweg anzutreten, um nicht noch von weiteren Irren belästigt zu werden. Wer wusste es schon, der nächste war vielleicht nicht nur ein angeblicher Vampir, sondern eventuell ein abartiger Serienmörder, der ihn zu Hackfleisch verarbeitete.

Ein paar Stunden musste er sich allerdings noch gedulden, bei Nacht war die Wanderung viel zu gefährlich, obwohl er nun anscheinend in der Dunkelheit genauso gut sehen konnte wie bei Tag.

Genervt von der Unfähigkeit Schlaf zu finden, verharrte er bis zum Morgengrauen vor dem Kamin und gab sich seinen Gedanken hin.

Als der erste Sonnenstrahl durchs Fenster fiel, brannte das grelle Licht unangenehm in seinen Augen und seine unbedeckte Haut kribbelte, als würde er allergisch reagieren. Er schüttelte den Gedanken an Leians Worte ab und packte seine Sachen zusammen.

Froh, diesen Ort endlich verlassen zu können, öffnete er die Tür und trat ins Freie. Am gesamten Himmel war keine einzige Wolke zu sehen, einzig und allein die wärmende Sonne tanzte am Horizont.

Glücklich über das schöne Wetter, wollte er schon losmarschieren, als ihn ein stechender Schmerz auf der Haut zurückhielt. Völlig entsetzt starrte er auf die qualmenden Bläschen, die zahlreich auf seinen Armen erschienen und höllisch schmerzten.

Das Gesicht zu einer Grimasse verzogen, rannte er zurück ins Innere der Hütte und schloss in der Stube die Fensterläden. Sofort verebbte der Schmerz, und die Bläschen heilten rückstandslos ab. Unruhig lief er im Zimmer auf und ab, suchte nach einer plausiblen Erklärung für dieses kuriose Phänomen und zitterte vor Aufregung am ganzen Körper.

„Nein, ich bin kein Vampir, sowas gibt es nämlich nicht. Meine Haut ist heute nur besonders sensibel, das gibt sich wieder. Also keine Panik…", führte er verzweifelt Selbstgespräche, bis ihm plötzlich eine derart starke Müdigkeit übermannte, der er beim besten Willen nicht standhalten konnte.

Wehrlos taumelte er ein paar Schritte weiter, ging letztendlich in die Knie und lag schon im nächsten Moment ausgestreckt und schnarchend am Boden. Bis die Sonne nach etlichen Stunden ihre Bahn vollendet und die Karpaten hinter sich gelassen hatte, schlief Camil wie ein Stein auf dem kalten Fußboden und rührte sich kein einziges Mal.

Kaum fiel die Nacht wieder herein, saß er jedoch senkrecht und war auf einen Schlag hellwach. Sein Magen knurrte erbarmungslos, doch ihm fehlte jeglicher Appetit auf die mitgebrachten Speisen. Auch der flüchtige Gedanke an ein saftiges Steak erweckte kein Verlangen in ihm.

Erst als er an das rohe, blutige Stück Fleisch dachte, lief ihm das Wasser im Mund zusammen. Getrieben von einer unstillbaren Gier, erhob er sich und wollte nach draußen gehen, als er wieder die Präsenz des vermeintlichen Vampirs spürte.

Ohne Hast drehte er sich um und war nicht weiter überrascht, direkt in Leians kalte Augen zu blicken. Dieser grinste herablassend und hatte die Arme vor dem Körper verschränkt.

„Na, glaubst du mir endlich oder willst du wieder hungrig zurückbleiben?“ Selbstverständlich hielt Camil die Vampirgeschichte weiterhin für totalen Humbug, der Hunger jedoch verlangte eine Entscheidung von ihm. Seufzend gab er sich geschlagen.

„Gut, lass uns essen gehen“, willigte er in dieses kranke Spiel ein und warf Leian einen entnervten Blick zu. Vielleicht hörte der Kerl ja bald auf ihn zu verarschen und führte ihn in ein anständiges Lokal aus am Fuße des Bergs.

„Gute Entscheidung!“, nickte sein Gegenüber und deutete mit einer eleganten Handbewegung zur Tür. Augenrollend ging Camil voraus in die düstere Nacht, dicht gefolgt von seinem persönlichen Spinner.

„Ich will dich nicht gleich überfordern, fangen wir also am besten erst mal mit Tieren an.“ Der frischgebackene Vampirlehrling grunzte, er fand diese Scharade absolut lächerlich. Hätte er nicht so einen großen Hunger, würde er Leian spätestens jetzt Lebewohl sagen. So folgte er ihm jedoch in die Tiefen des dunklen Waldes, der sich am Berghang erstreckte.

Aus jedem Winkel drangen Tierlaute und verräterisches Geraschel rasch an seine Ohren, generell nahm er sehr viel mehr wahr als sonst. Angst verspürte er seltsamerweise keine, während er mit seinem Gefährten durch die Dunkelheit lief, die er früher lieber gemieden hatte in dieser gefährlichen Gegend.

„Da entlang, dort hinten ist ein Rudel Wölfe“, flüsterte Leian plötzlich und packte ihn an der Hand, um ihn hinter sich herzuziehen. Camil konnte es kaum glauben, als er die majestätischen Tiere auf einer Lichtung versammelt sah, wie sie sich für die Jagd bereit machten und heulend miteinander kommunizierten.

Dann ging alles ganz schnell. Sein Begleiter eilte in Lichtgeschwindigkeit, ohne auch nur ein einziges Geräusch zu verursachen, zu dem Rudel und packte einen der Wölfe mit eisernem Griff am Genick. Mühelos drehte er ihm den Hals um und der Körper des Tieres erschlaffte.

„Los, komm her“, befahl ihm der brutale Mann, der mal eben so sein Lieblingstier getötet hatte. Doch er störte sich nicht weiter daran, sein Hunger war zu groß für eine Debatte über Tierschutz.

Lautlos hastete er zu den beiden herüber und ging in Gedanken die Möglichkeiten durch, die er hatte, um aus dem gejagten Wolf eine anständige Mahlzeit zu kreieren. Noch bevor er seine Ideen Leian vermitteln konnte, hatte der Kerl schon die Zähne in den Hals des Tieres gehauen und saugte genüsslich das warme Blut, das ihm aus beiden Mundwinkeln bis über das Kinn lief.

Dieser Anblick legte einen Schalter in seinem Gehirn um und wie im Wahn überbrückte er die letzten paar Meter. Das letzte bisschen Gegenwehr war verschwunden, als er nun seinerseits die Zähne in die noch warme Haut des Wolfs vergrub und gierig das heraus quillende Blut schluckte.

Endlich gab es etwas, das seinen unbändigen Hunger stillen konnte und er hinterließ keinen einzigen Tropfen. Als er satt war, leckte er knurrend die letzten warmen Tropfen von seinen Lippen und schloss zufrieden für einen Moment die

Augen. Lange währte diese Zufriedenheit nicht, schon nach wenigen Sekunden riss er seine Augen geschockt wieder auf und fasste sich hastig an Brust und Handgelenke.

„Oh mein Gott!“, flüsterte er und hob langsam den Blick zu Leians amüsiertes Gesicht. Jetzt war es amtlich und er konnte sich nicht länger davor drücken, der Wahrheit ins Gesicht zu sehen.

„Ich bin ein Vampir?!“ Ihm war bisher gar nicht aufgefallen, dass er keinen Herzschlag mehr hatte, was ihn letztendlich endgültig überzeugte. Weder in seiner Brust, noch an den Handgelenken, war ein Pochen zu spüren, ein eindeutiges Zeichen dafür, nicht mehr am Leben zu sein.

„Sagte ich doch“, grinste der Kerl, der ihm zu dem Ungeheuer gemacht hatte, das er nun war. Ungläubig tastete er ein weiteres Mal nach seinem Puls, doch nichts rührte sich unter der dünnen Haut.

„Noch Hunger?“ Leian schien es herzlich wenig zu jucken, was er hier angerichtet hatte, doch so schnell wollte Camil ihn nicht davonkommen lassen. Begeisterung sah anders aus.

„Du hast mich zu einem verdammten Vampir gemacht, du miese Ratte, ohne mich zu fragen“, brauste er wütend auf und stürzte sich auf seinen gewissenlosen Peiniger, der ihn nur lachend von sich schubste.

„Wäre es lieber gewesen zu sterben?“, wurde ihm die dreiste Frage an den Kopf geschmissen, die ihn innehalten ließ. Der Tod war nicht unbedingt erstrebenswert, doch hätte ihn dieses Monster nicht einfach in Ruhe lassen können, ihn verschonen und jemand anderes Blut trinken?

„Nein, natürlich nicht, aber...“ Er hatte keine passende Antwort parat und musste zerknirscht klein beigegeben. Der Biss war nicht rückgängig zu machen, also war ihm nur die Wahl zwischen Leben und zum Untoten zu werden geblieben.

„Also, dann beschwer dich nicht und genieß die Ewigkeit an meiner Seite.“ Leian war wieder an ihn herangetreten und fasste im frech und auffordernd knurrend zwischen die Beine.

Sofort spannten sich alle Muskeln in seinem Körper an und er konnte ein heiseres Stöhnen nicht unterdrücken. Schmunzelnd ließ sein neuer Gefährte sich zwischen seinen Beinen nieder und öffnete seine Hose, die kurz darauf bis hinunter zu seinen Kniekehlen glitt.

Die spitzen Fangzähne glitten hauchzart über die empfindliche Haut seiner bereits halbaufgerichteten Länge, als der ältere Vampir diese in den Mund aufnahm. Ein dunkles Grollen entwich Camils Kehle und er stieß erbarmungslos in die blutbenetzte Mundhöhle, die ihn so herrlich verwöhnte.

Nur wenige Stöße später spürte er seinen Höhepunkt nahen und seine Bewegungen wurden wilder und unkoordinierter. Knurrend genoss er seinen magischen Orgasmus, der deutlich intensiver von ihm Besitz nahm als zu Lebzeiten und ihn in ungeahnte Höhen katapultierte. Kaum waren die letzten Wellen der Lust verebbt, zog er seine Hose wieder hoch, sein Blick ruhte dabei undefinierbar kalt auf Leian.

„Das könnte dir so passen. Wenn du auf der Suche nach einem neuen Gefährten bist, musst du dich anderweitig umschauen. Ich bin schon vergeben.“ Seine neu gewonnene Männlichkeit in vollen Zügen auskostend, drehte er seinem Schöpfer den Rücken zu und verschwand mit erhobenem Haupt im Wald.

Noch konnte er sich nicht darüber einig werden, ob er die geschenkte Ewigkeit begrüßen oder verteufeln sollte. Er rief sich alles, was er bisher über Vampire gehört oder gelernt hatte, ins Gedächtnis, wusste jedoch nicht was davon Realität oder nur frei erfunden war.

Er durfte ab sofort nicht mehr ins Sonnenlicht, so viel stand fest und seine Ernährung beschränkte sich von nun an auf frisches Blut von Tieren oder Menschen. Niemals hätte er sich träumen lassen, jemals fähig dazu zu sein, ein Tier zu töten und dessen Blut aus zu saugen, komischerweise störte es ihn nicht ansatzweise.

Langsam schritt er durch die Dunkelheit, ohne Orientierung, geschweige denn ein Ziel vor Augen zu haben. Vielleicht war es am besten, vor erst zur Hütte zurückzukehren und dort in geschützter Umgebung Pläne für die Zukunft zu schmieden.

Denn eins stand unweigerlich fest: er wollte so schnell wie möglich zu Pascal und die Liebe seines Lebens ebenfalls zum Vampir machen, damit sie die Ewigkeit miteinander verbringen konnten. Klar gefiel ihm Leian sehr, aber eben nur vom Aussehen her, von Liebe konnte hier nicht die Rede sein.

Dachte er an seinen zurückgelassenen Freund, zog sich sein Herz noch immer schmerzhaft zusammen und er spürte eine wahnsinnig große Sehnsucht nach dessen Nähe. Schloss er die Augen und spürte den zärtlichen Küssen nach, die sie geteilt hatten, kribbelte es stark in seinem Bauch und eine tiefe innere Ruhe nahm von ihm Besitz.

All das konnte Leian ihm niemals geben, da war er sich zu hundert Prozent sicher. Außerdem war sein neues Vampirdasein die ultimative Gelegenheit, endlich ungestört mit seinem Liebsten zusammen sein zu können und das auch noch für ewig.

Während er so durch die Nacht schlenderte, vernahm er erneutes Knurren seines Magens und musste sich wohl oder übel eingestehen, dass sein Hunger noch nicht ganz gestillt worden war. Seufzend horchte er in den Wald hinein, auf der Suche nach weiteren Tieren, denen er den Garaus machen konnte.

Er hatte Glück, ganz in seiner Nähe schlich ein junger Braunbär durchs Dickicht, der perfekte Nachschlag für den ausgehungerten Vampirneuling. Vorsichtig pirschte er sich näher heran und wartete den perfekten Zeitpunkt ab, um zuzuschlagen.

Der Bär schien ihn gar nicht zu bemerken, erst als er knapp einen Meter hinter ihm stand, drehte das Tier seinen Kopf nach hinten und brummte alarmiert. Hungrig stürzte sich Camil auf das große Fellbündel und versuchte, es seinem Schöpfer gleich zu tun und das Tier durch einen Genickbruch zu erledigen, was ihm jedoch nicht gelang.

Es artete in einen schweren Kampf aus, den er nicht zu gewinnen vermochte, egal wie viel Kraft und Geschick er anwandte. Irgendwann verließen ihn die Kräfte und er musste sich eingestehen, dass ihm nicht alle vampirischen Fähigkeiten in den Schoß gelegt worden waren.

„Bravo, wirklich spektakulär“, klatschte Leian gespielt anerkennend Beifall und beobachtete die Szene aus sicherer Entfernung. Für diesen Kommentar wäre ihm Camil am liebsten an die Gurgel gesprungen, hätte er nicht schon alle Hände voll zu tun, diesen Bären zu bändigen.

„Halt die Klappe und hilf mir lieber“, brachte er außer Atem vor, während er weiterhin mit dem

Tier um die Oberhand kämpfte und sich mit diesem auf dem Boden wälzte. Doch sein neuer Bekannter machte keine Anstalten im zu Hilfe zu eilen, sondern schien das Spektakel auf morbide Art und Weise zu genießen.

Letztendlich gewann der Bär und machte sich knurrend aus dem Staub. Es war ihm nur noch vergönnt dem Tier sehnsüchtig hinterher zu schauen, als es im Wald verschwand und ihn hungrig zurückließ. Aus großen Augen verfolgte er den Fluchtweg und verzog die Lippen zu einem trotzigen Schmollmund.

„So so, und du willst ohne mich losziehen und alleine klarkommen?“, lachte Leian sichtlich erheitert und nickte anerkennend in die Richtung, in die der Bär verschwunden war. Verärgert runzelte er die Stirn und warf dem arroganten Vampir einen finsteren Blick zu. Sein Schöpfer wurde plötzlich wieder ernst und klopfte ihm beinahe väterlich auf die Schulter, während er ihn mitleidig betrachtete.

„Ich bin mittlerweile seit knapp fünfhundert Jahren ein Vampir und kenne mich gut aus. Auf der ganzen Welt kenne ich die besten Verstecke, die sichersten Wege und erfolgreichsten Methoden Menschen und Tiere zu überfallen. Du solltest dich mir also zumindest vorerst anschließen und die wichtigsten Dinge lernen, bevor du alleine hinausziehst, sonst zerfällst du schneller zu Staub, als dir lieb ist.“

Das alles klang wirklich vernünftig, musste Camil zu geben und schaute nachdenklich zu Boden. Wenn er Pech hatte, würde er es nicht einmal bis nach Deutschland schaffen, um die Liebe seines Lebens zurückzuerobern. Im blieb demnach kaum eine andere Wahl, als Leians Angebot anzunehmen für den Anfang und von ihm zu lernen, was es hieß ein Vampir zu sein.

„Na gut, ich bleibe vorerst bei dir, aber ich will so schnell wie möglich nach Deutschland. Kannst du mich nicht begleiten und mir unterwegs alles beibringen?“, fragte er mit dem süßesten Hundeblick, den er parat hatte.

„Sorry Kleiner, dieser Blick zieht nicht mit blutroten, kalten Augen. Das sieht einfach nur bescheuert aus“, wies sein Begleiter ihn auf sein neues Aussehen hin, über das er sich noch gar keine Gedanken gemacht hatte.

Eigentlich war er davon ausgegangen, dass er noch genauso hübsch und jung aussah wie zu Lebzeiten, von nun an aber nicht mehr altern würde. Betrachtete jedoch seinen Schöpfer, wurde ihm klar, dass dieser mit Sicherheit nicht schon immer rote Augen gehabt haben konnte.

„Hat sich sonst noch was an mir verändert?“, wollte er wissen und sah an sich herab, konnte jedoch keine Veränderung feststellen. Nur sein Gesicht und den Kopf konnte er natürlich nicht sehen und war auf die Hilfe seines Gegenübers angewiesen.

„Naja, nachdem ich dir das Blut ausgesaugt hatte, bist du ja gestorben und in diesem Prozess altert der Körper ungefähr um sieben bis zehn Jahre. Du bist nun quasi älter als Vampir wieder geboren worden", erklärte ihm sein Vampirlehrer kurz und knapp.

Das bedeutete, er war nun an die fünfundzwanzig Jahre alt und würde auf ewig in diesem Alter bleiben. Gar kein so schlechter Deal, wie er fand. Dem Aussehen nach durfte Leian im selben Alter sein oder höchstens ein paar Jahre älter als er, mal abgesehen davon, dass der Kerl schon über fünfhundert Jahre auf der Erde umherwandelte.

„Aber zurück zu deiner eigentlichen Frage. Von mir aus begleite ich dich nach Deutschland, doch ich muss dich warnen. Wie du selbst gemerkt hast, bringt es nicht viel einen Menschen dazu zu zwingen ein Vampir zu werden, um ihn an deiner Seite zu haben. In den meisten Fällen geht dieser Zwang nach hinten los und er hasst dich auf ewig. Wenn es jemand ist, den du sehr liebst, solltest du ihn vielleicht vor die Wahl stellen und ihm nur anbieten ein Vampir zu werden."

Darüber hatte sich Camil tatsächlich keine Gedanken gemacht, er war einfach davon ausgegangen, dass Pascal sich darüber freuen und stets an seiner Seite bleiben würde. Ihn vor die Wahl zu stellen war natürlich auch eine Möglichkeit. Er war sich sicher, sein Liebster würde die Wahl mit Sicherheit zu seinen Gunsten treffen.

Glücklich dachte er an die ihnen bevorstehenden Jahre in trauter Zweisamkeit. Was sie nicht alles mit der neugewonnenen Zeit anfangen konnten, fernab des alltäglichen Lebens und der Abweisung durch ihre Familien. Sie wären frei, konnten reisen wohin auch immer sie wollten und sich lieben, wo auch immer sie zuhause sein würden.

Nachdem Leian ihm noch ein Tier gerissen hatte, kehrten sie in den frühen Morgenstunden zurück zu der kleinen Hütte, um im Schutz der Mauern schlafend den Tag abzuwarten. Sie nahmen sich vor, schon in der nächsten Nacht den Weg Richtung Deutschland einzuschlagen. Camil konnte es kaum noch erwarten seinen Freund wieder zu sehen.

„Sag mal, müssten wir nicht eigentlich in einem Sarg schlafen, tief in den unteren Gewölben einer alten Burg?" Der junge Vampir gähnte herzhaft, als er es sich auf der Matratze bequem machte. Auch für seinen derzeitigen Gefährten hatte er eine Unterlage ausfindig gemacht. Nun lagen sie nebeneinander und starrten an die Decke.

„Zu viele Filme geschaut, hm?", grunzte Leian und drehte den Kopf so, dass er ihn von der Seite betrachten konnte. Zugegeben, sein Wissen beschränkte sich auf alles, was die Menschen sich zusammengereimt hatten, wenn es um Vampire ging.

„Okay, früher war es wirklich so, da haben wir entweder in Gruften oder Burgkellern in Särgen genächtigt. Aber mit der Zeit sind auch die Vampire moderner geworden. Einige haben sogar eine eigene Wohnung“, erklärte ihm der Mann, der schon einige Jahrhunderte sein Dasein als Blutsauger fristete und es somit wissen musste.

„Hast du auch eine eigene Wohnung?“, wollte er interessiert wissen, wobei es ihn eher faszinierte, wie man als Vampir an eine Wohnung kam, doch das hatte noch Zeit. Zuerst musste er Pascal ausfindig machen und ihn dazu überreden, an seiner Seite in die Ewigkeit zu bestreiten.

„Nein, ich gehöre noch zum alten Schlag. Das sind eher die jüngeren Vampire, die einen gewissen Standard aus ihrem Leben gewohnt waren und das alles nicht aufgeben wollen. Ich wandere durch die ganze Welt und schlafe an abgelegenen, dunklen Orten wie Höhlen oder auch mal in Gruften.“

Das hörte sich gruselig an und der junge Vampir wusste, dass er sich zunächst darauf einlassen musste, wollte er in Begleitung seinen Freund finden. Für später war der Gedanke an eine eigene Wohnung gar nicht mal so abwegig. Ein bisschen Komfort konnte auch einem Vampir nicht schaden.

Nachdenklich nickte er, ehe er müde die Augen schloss und sein Atem immer gleichmäßiger wurde. Einige Minuten später ging die Sonne auf und sie fielen beide in einen todesähnlichen Schlaf.

Kapitel 3:

Unsterblich sein

„Wie hast du mich eigentlich zum Vampir gemacht?“ Bisher hatte er nicht danach gefragt, doch wollte er seinen Freund verwandeln, brauchte er diese wichtige Information. Leian grinste wissend und setzte zu einer Erklärung an.

„Du warst schon bewusstlos Süßer, deshalb hast du davon gar nichts mitbekommen. Um sich zu verwandeln, muss man das Blut eines Vampirs trinken. Ich habe dir einige Tropfen in den Mund geträufelt bevor du gestorben bist.“

Bis auf wenige Vampirgeschichten, in denen sich die Filmemacher oder Autoren ausgetobt und neuartige Methoden erfunden hatten, wie jemand zum Vampir gemacht werden konnte, war das genau sein Stand der Dinge. Zufrieden nickte er und lief weiter. Die ihm am besten gefallende Art hatte ein Autor, der ihm entfallen war, erfunden. In diesem Buch mussten die Opfer mit dem Vampir schlafen, um ebenfalls zu einem Blutsauger zu werden.

Sie hatten sich auf den Weg nach Deutschland gemacht und waren gerade am Fuß des Berges, auf dem die kleine Hütte stand, angekommen. Von dort aus war es noch ein gutes Stück bis zum Bahnhof, doch mit seiner Verwandlung zum Blutsauger genoss er die Vorzüge, die ein totes Leben mit sich brachte: er hatte unendliche Ausdauer.

„Wenn ich einen Menschen beiße, stirbt er danach zwangsläufig oder kann er weiter leben, falls ich nur ein kleines bisschen von ihm trinke?“ Die Gelegenheit nutzend, fragte er seinen Meister wissbegierig über sein neues Leben aus.

„Du kannst ihn am Leben lassen, würde ich dir auch raten. Es gibt mittlerweile echt viele Vampire, wenn die jede Nacht morden würden, um ihren Durst zu stillen, blieben bald kaum noch Menschen übrig. Daher überlege dir vorher auch gut, ob es wirklich nötig ist, jemanden zu einem von uns zu machen.“ Diese Antwort gefiel ihm, ständig zu morden war nicht gerade seine Leidenschaft und er wollte das Blut vorzugsweise nur zum Hunger stillen trinken, nicht um anderen zu schaden.

„Wie kommt es eigentlich, dass Vampire nur eine Legende unter den Menschen sind, wenn ihr ständig Leute beißt und sie am Leben lasst? Da müsstet ihr doch schon lange erkannt worden sein“, warf Camil nach kurzer Überlegung ein.

„Du hast doch sicher meine Aura gespürt, als ich zu dir in die Hütte gekommen bin?“ Er nickte und dachte an den Zeitpunkt zurück, an dem er wie verhext und unbeweglich im Raum stand und nicht mehr klar denken konnte.

„Die hat jeder Vampir. In diesem Moment kriegen die Menschen zwar alles mit, aber sie fahren eben auch auf uns ab, was es uns erleichtert, an ihr Blut zu kommen. Wir trinken bis sie ohnmächtig werden, danach heilen wir die Wunden und verschwinden. Sobald der Mensch aufwacht, hat er keine Erinnerung mehr an das Geschehene. Du konntest dich nur daran erinnern, weil ich dich ja zu einem von uns gemacht habe."

Er hatte wirklich noch viel zu lernen und während sie lautlos durch die dunkle Landschaft zogen, kam ihm plötzlich ein ganz anderer, viel dramatischerer Gedanke. Was würde nun aus seiner Familie werden, kehrte er nicht von seinem Ausflug zur Hütte zurück?

Die Karpaten waren gefährlich und logischerweise würden sie sein Verschwinden auf ein tragisches Zusammentreffen mit einem wilden Tier schieben, ohne jemals seine Leiche aufzufinden. Ihm war bewusst, dass er sich ihnen nicht zeigen durfte, sonst wären bald alle Vampire und somit er selbst in großer Gefahr.

Bis auf etwas Wehmut traf ihn diese Erkenntnis nicht so sehr wie gedacht. Doch sollten seine Gefühle zusammen mit seinem Herzen gestorben sein, was war dann der Grund für sein Begehr, unbedingt Pascal wieder bei sich haben zu wollen? Konnte er sich ihm überhaupt gefahrlos zeigen?

„Deine Gefühle stumpfen ab, wahre Liebe jedoch bleibt auch über den Tod hinaus. Allerdings wird diese von einem bestialischen Verlangen begleitet, das den Geliebten meist nicht sonderlich gut gefällt. Sei also darauf vorbereitet, dass dein Freund dich erstmal abweist, wenn du über ihn herfällst."

„Ach, Gedankenlesen können wir auch?" Erstaunt ließ er seine bedrückenden Gedanken kurzzeitig außer Acht und begutachtete seinen hübschen Begleiter einen Moment lang von der Seite. Leian lachte herzhaft, bevor er beherzt den Kopf schüttelte.

„Nein, können wir nicht, das wäre zu schön. Aber die Gedanken der gerade zum Vampir gewordenen Leute sind meist sehr ähnlich, ich konnte sie also leicht erraten." Camil plusterte empört die Backen auf, mehr wütend auf sich selbst so leicht zu durchschauen zu sein.

„Sag mal, wenn du schon so lange ein Vampir bist, dann hattest du doch bestimmt schon viele Gefährten, oder? Hast du die wie mich einfach ungefragt verwandelt oder konnten sie sich entscheiden?", wechselte er abrupt das Thema und blieb am steinigen Wegrand stehen.

Für einen kurzen Augenblick hatte er das Gefühl Trauer in Leians roten Augen zu erkennen, ein Indiz für schmerzhafte Erfahrungen, die wohl auch Vampiren nicht erspart blieben. Seufzend drehte sein Begleiter sich von ihm weg und starrte in den sternenklaren Himmel.

„Das ist immer eine schwere Entscheidung. Frage ich sie vorher und sie sagen nein, dann muss ich sie töten. Frage ich nicht, ergeht es mir häufig wie mit dir und sie wollen gar nicht mein Gefährte werden, sondern suchen sich selbst einen aus. Und dann gibt es noch die, die nach einigen Jahren nicht mehr damit klarkommen unsterblich zu sein und sich den tödlichen Gefahren aussetzen, quasi Selbstmord begehen."

Leians Stimme bebte, als seien sämtliche Erinnerungen der letzten fünfhundert Jahre in sein Gedächtnis zurückgekehrt und wüteten in seiner dunklen Seele. Einen dicken Kloß im Hals, starrte Camil zu Boden und biss sich nervös auf die Unterlippe.

„Heißt das...", begann er zögerlich, konnte die Vermutung jedoch nicht aussprechen, zu sehr schmerzte ihn der Gedanke daran. Sein Begleiter drehte sich wieder zu ihm und sah ihm eindringlich in die Augen.

„Ja Camil, sollte er sich gegen dich entscheiden, musst du ihn töten!" Schweigend gingen sie weiter und hingen jeder ihren eigenen Gedanken nach. Durch die Fähigkeit sich viel schneller als Menschen fortbewegen zu können, kamen sie gut voran und waren am Ende der Nacht an der Grenze zu Ungarn.

Jede Nacht ein Land, hatten sie sich vorgenommen, so sollte es nicht lange dauern, bis sie in Deutschland ankamen. Doch mit jedem Schritt stieg die Angst vor Pascals Reaktion ihn als Vampir zu sehen.

„Wir sollten langsam einen sicheren Unterschlupf für den Tag aufsuchen", bestimmte Leian und bog vom Weg in ein Waldstück ein, das an einem zerklüfteten Hang lag.

„Hier gibt es eine Höhle, die wir nutzen können." Anstatt seinem Begleiter zu folgen, blieb Camil auf einmal stehen und presste die Lippen schmerzhaft aufeinander. In seinen Augen blitzte es gefährlich, als ihn die restlichen Gefühle, die ihm geblieben waren, übermannten und er sich mit einem wilden Schrei auf den Mann stürzte, dem er diese Misere zu verdanken hatte.

„Du bist ein verdammtes Arschloch! Wieso musstest du mich zum Vampir machen?", brüllte er und versuchte den alten Vampir mit seinen geballten Fäusten zu erwischen. Das war gar nicht so einfach, so flink wie der von Seite zu Seite huschte und sich unter den ziellosen Schlägen hindurch schlängelte.

„Hätte ich dich umbringen sollen?", stellte sein derzeitiger Gefährte die Gegenfrage, doch er ließ sich nicht davon beirren, fuchtelte weiter in der Gegend herum und grinste siegessicher, als er seinen Gegner tatsächlich einmal in der Magengegend traf.

„Ja, das wäre besser gewesen. Wegen dir muss ich vielleicht meinen Freund töten", schrie er verzweifelt und schlug, aus Ermangelung an greifbaren Körpergegenden, einfach den nächstbesten Baumstamm, so dass die dünne Haut an seinen

Knöcheln aufplatzte und Blutstropfen zum Vorschein kamen.

Knurrend leckte er sich seine Wunden, die Gier nach Blut war geweckt und alles andere von jetzt auf gleich vergessen. Auch Leian leckte sich hungrig über die Lippen und entschied, dass sie noch schnell vor Sonnenaufgang auf die Jagd gehen sollten. Vergessen war die Wut und das Monster in ihm nahm überhand.

Nachdem der Blutdurst gestillt war und die Dämmerung bereits begonnen hatte, erreichten sie die Höhle, von der sein Begleiter gesprochen hatte und drangen so tief wie möglich in den stickigen Berg ein. Angewidert entfernte Camil einige Spinnenweben, die von der Decke hingen und nur darauf warteten, ihm im Gesicht kleben zu bleiben. Er konnte sich gemütlichere Unterschlupfe vorstellen als dieses dreckige, feuchte Gewölbe, in dem wahrscheinlich tausende Kakerlaken wohnten.

„Hier ist es widerlich", schimpfte er vor sich hin, bekam allerdings nur ein Brummen zur Antwort. Am Ende des langen Höhlenganges schien Leian endlich zufrieden mit der Distanz zur Sonne und setzte sich, mit dem Rücken gegen die Wand gelehnt, auf den zerklüfteten Boden.

Camil tat es ihm gleich, sah sich jedoch pikiert erst jeden Winkel der gewählten Stelle an, bevor er noch auf einem Insektennest landete. Zum Glück konnte er als Vampir in jeder nur denkbaren Umgebung schlafen, ging die Sonne auf, gingen gleichzeitig bei ihm die Lichter aus und er rührte sich nicht mehr.

„Morgen suche ich den Unterschlupf aus, so viel steht fest", beschwerte er sich ein letztes Mal und sah giftig zu seinem Schöpfer rüber, der sichtlich zufrieden mit der Wahl des Verstecks war.

„Verwöhnter Bengel! Als ich noch ein Mensch war hatten wir so gut wie gar nichts, da waren wir froh, wenn wir mal ein Dach über dem Kopf hatten. So einen Luxus wie in der heutigen Zeit war damals noch nicht einmal vorstellbar, selbst für den Adel nicht."

Camil zog es vor zu schweigen, gegen die ´früher war alles besser´- Nummer kam er sowieso nicht an. Dann war es soweit, die Sonne erstrahlte am Himmel und ihm fielen vor Erschöpfung die Augen zu. In einer Art Totenstarre warteten sie auf den nächsten Abend.

Nach einer kurzen, blutigen Stärkung, bestehend aus dem warmen Saft einiger Waldbewohner, überquerten sie die Grenze zu Ungarn und kamen problemlos durch das kleine Land durch. Schon kurz nach Mitternacht war Österreich in Sicht.

Der kleine Disput in der vergangenen Nacht sorgte dafür, dass sie fast kein Wort miteinander wechselten. Camil zermarterte sich das Hirn darüber, wie er Pascal überzeugen konnte oder ihn wenigstens nicht töten musste bei Misserfolg.

Leian hingegen trabte arrogant wie eh und je, und allem Anschein nach trotzig, mit erhobenem Haupt einige Meter vor ihm her und warf nur hin und wieder einen verachtenden Blick nach hinten, um sich zu vergewissern, dass er ihm noch folgte.

Je mehr er darüber nachdachte, desto abschreckender fand er den Gedanken von nun an in der Dunkelheit leben zu müssen, jede Nacht auf die Jagd zu gehen und sich von Blut zu ernähren. Doch daran konnte er nichts mehr ändern, ihm war keine Wahl gelassen worden.

Als sie ungefähr die Hälfte Österreichs durchquert hatten, blieb der alte Vampir stehen und Camil wäre fast in den großen, breitgebauten Mann reingerannt, da er zu Boden geschaut und nicht auf seine Umgebung geachtet hatte.

„Pass doch auf, du Tollpatsch. Und so einer wie du will ein Vampir sein? Deine Instinkte sind noch nicht sonderlich ausgeprägt“, schimpfte sein derzeitiger Weggefährte und warf ihm einen vernichtenden Blick zu. Der frischgebackene Vampir schnaubte aufgebracht, enthielt sich jedoch jeglichen Kommentars.

„Vielleicht sollte ich dich einfach deinem Schicksal überlassen. Was mache ich mir überhaupt die Mühe, dich heil zu deinem Angebeteten zu führen, bringt mir eigentlich rein gar nichts“, brummte Leian und schmiss sein weißes Haar über die Schulter nach hinten.

„Dann hau doch ab. Ich komm auch ohne dich klar“, fluchte Camil genervt, wünschte sich allerdings insgeheim, dass der Kerl seiner Aufforderung nicht nachkommen würde. Ohne ihn konnte er wahrscheinlich keine Nacht überleben und würde spätestens am nächsten Morgen, nach erfolgloser Unterschlupfsuche, zu Staub zerfallen.

„Ich werde mich meiner Verantwortung nicht entziehen, schließlich hast du wirklich nicht darum gebeten, verwandelt zu werden“, seufzte der Weißhaarige plötzlich deutlich versöhnlicher und die rot leuchtenden Augen wurden wieder freundlicher.

„Lass uns für heute Schluss machen. Ich denke wir werden morgen bis Mitternacht deine Heimatstadt erreichen, das sollte ausreichen.“ Ohne Widerworte nickte er. Er war zwar nicht körperlich erschöpft, doch psychisch müde von den Torturen der letzten Tage. Zu viel Neues war über in hereingebrochen, zu viel, es auf einmal zu verarbeiten.

„Können wir heute einen gemütlicheren Schlafplatz suchen?“, bat er seinen Begleiter flehentlich, die staubige Höhle hatte ihm nicht besonders gut gefallen.

„Wir nehmen uns heute ein Hotel, wo wir schon in der Nähe von Wien sind“, grinste Leian und wippte verheißungsvoll mit den Augenbrauen.

Damit hatte der junge Vampir nun wirklich nicht gerechnet, zumal er gar kein Geld bei sich hatte und somit keine Ahnung, wie sie das bewerkstelligen sollten.

Auch diesmal konnte sein Gefährte seine Gedanken erraten, denn der lachte amüsiert und klopfte ihm freundschaftlich auf die Schulter.

„Wir kommen immer an Geld. Durch unsere Aura sind die Menschen in unserer Nähe benebelt und tun alles was wir von ihnen verlangen. Also geben uns Laden- oder Bankangestellte gerne mal alles Bargeld, was sich in den Kassen befindet", erleuchtete ihn sein Begleiter und er besann sich darauf, keinen Gedanken an die Falschheit dieses Diebstahls zu verschwenden. Damit musste er wohl von nun an leben.

„Außerdem habe ich meist alle möglichen Währungen parat, ich zahle heute also auch für dich", wurde er großzügig von seinem persönlichen Vampirmeister eingeladen.

„Bekomme ich mein eigenes Zimmer?" Genaugenommen konnte er sich die Antwort schon denken, was ihn nicht davon abhielt, diese Frage mit provokantem Unterton zu stellen.

„Vergiss es! Ich zahle doch nicht doppelt, nur weil du verwöhnter Bengel dein eigenes Reich haben willst" Leian gab einen grunzenden Laut von sich, die Sache war entschieden. Es störte Camil nicht weiter, seine Libido war steil gestiegen, nachdem er sich verwandelt hatte und ein bisschen Spaß konnte er sich mit diesem attraktiven Mann schon gönnen, schließlich lag die Ewigkeit vor ihm.

Je näher sie der großen, leuchtenden Stadt kamen, desto unwohler fühlte er sich in seiner Haut. Bisher war er als Vampir noch keinem Menschen begegnet, hatte sich lediglich an Tieren gelabt und war durch Wälder gegangen. Nervös spielte er mit einer Locke, die ihm ins Gesicht fiel, während seine Schritte langsamer wurden.

„Sag mal, diese Aura, haben wir die generell, wenn wir Menschen begegnen?“, fragte er unsicher, da er sich nicht vorstellen konnte, dass plötzlich alle Leute um sie herum in eine Art Trance verfielen, waren sie nur dicht genug an ihnen dran.

„Nein, die müssen wir gezielt einsetzen, also am besten nur, wenn wir auf der Jagd sind oder Geld brauchen. Ansonsten benehmen wir uns wie normale Menschen und fallen nicht weiter auf“, erklärte ihm sein Begleiter aufmunternd und blieb stehen.

Camil holte auf, bis er neben seinem Meistervampir stand und dieser majestätisch die Arme ausbreitete. Ein überhebliches Lächeln zierte Leians kantiges Gesicht und seine Augen strahlten. Irritiert folgte er dem Blick seines Begleiters und ihm blieb vor Staunen der Mund offen stehen.

Im Schutz einer engen Gasse schauten sie direkt auf den Hauptplatz vor dem Stephansdom, der in orangefarbenes Licht getaucht, in voller Pracht die Umgebung gänzlich für sich einnahm. Rings herum hatten gut besuchte Bars geöffnet, Musik erklang aus jeder Ecke und die jungen Leute erfüllten die Straßen mit Leben.

Unbewusst leckte er sich über die trockenen Lippen, als er die gesunden, lachenden Menschen sah und spürte die Gier in sich aufsteigen. Seine Hände zitterten in freudiger Erwartung, doch er hatte noch keine Erfahrung in der Menschenjagd und musste sich in Geduld üben.

„Ein wahres Festmahl, nicht?", schmunzelte Leian und legte ihm den Arm um die Schultern.

„Was darf es sein, ein schöner Jüngling oder vielleicht ein vollbusiges Weib?" Auf diese Frage hin gluckste er amüsiert, denn er war den Gebrauch solch alter Worte nicht gewohnt und konnte aus ihnen die fünfhundert Vampirjahre seines Begleiters deutlich raushören.

„Schöner Jüngling, im Ernst? Das sagt heute keiner mehr", lachte er, freute sich jedoch schon sehr auf besagten Jüngling. Das Tierblut sättigte zwar, jedoch nicht für lange Zeit und das Trinken von Menschen versprach deutlich mehr Genuss.

„Deswegen gefallen mir die alten Vampire besser, die haben noch Stil", seufzte sein Schöpfer wehmütig und schwelgte in Erinnerungen. Er ignorierte jedoch das Klagen, sein Hunger war zu groß für Diskussion über die gute, vergangene Zeit.

„Such dir aus, wen du willst und ich zeige dir, wie du deine Beute leicht rumkriegst" Camils Augen sprühten Funken vor Begeisterung, als er sich ins Getümmel stürzte und nach einem ansehnlichen Abendessen Ausschau hielt.

Die Entscheidung fiel nicht leicht, zu viele hübsche Burschen kreuzten seinen Weg und zum ersten Mal merkte er, dass er Blut riechen konnte. Jede Blutgruppe hatte einen anderen Geruch und auch die Gesundheit konnte er anhand der unterschiedlichen Duftnuancen ausmachen.

Bei einigen stieg ihm der bittere Duft von Alkohol in die Nase, von denen er lieber die Finger lassen wollte. Dann erreichte ihn plötzlich das lieblichste Aroma, das penetrant alle anderen vertrieb und sich in seiner Nase festsetzte. Süßlich frisch, jung und strotzend vor Gesundheit, waren seine ersten Gedanken. Genau diesen Jungen wollte, nein musste er haben, doch er konnte ihn nirgends sehen.

Suchend drehte er sich um die eigene Achse, steckte seine Nase in jede Menschengruppe und folgte seinem Geruchssinn, bis er endlich hinter dem Besitzer dieses köstlichen Blutes stand. Er war kurz davor, sich einfach auf den Mann zu stürzen und seine Zähne in das verlockende Fleisch zu bohren, doch Leian hielt ihn in letzter Sekunde zurück.

„Reiß dich gefälligst zusammen“, zischte sein Begleiter ihm ins Ohr und zog ihn ein Stück von seinem auserkorenen Opfer weg. Der junge, hungrige Vampir knurrte missbilligend und setzte seinen trotzigsten Blick auf.

„Ich habe Hunger und dieser Kerl riecht so unbeschreiblich gut. Ich will sein Blut und zwar sofort!“, jammerte er und verschränkte die Arme vor der Brust. Sein Begleiter verdrehte genervt die Augen und nickte brummend.

„Lektion eins: Immer erst das Opfer von der Gruppe trennen! Lektion zwei: Durch Augenkontakt deine Aura aufbauen, dann macht er alles was du ihm gedanklich vorschreibst. Und jetzt probier es aus“, erklärte sein Meister eindringlich und führte ihn auf die andere Seite der Gruppe, damit er besagten Blickkontakt aufnehmen konnte.

Ungeduldig begab er sich in Position, fixierte sein Opfer mit den Augen und erstarrte augenblicklich zu Eis, als sein Blick ebenso intensiv wie fassungslos erwidert wurde. Wen er da vor sich sah, ließ ihm das Blut in den Adern gefrieren.

„Pascal…“, murmelte er, nahm die Außenwelt schon gar nicht mehr wahr und vergaß in seiner Trance den Trick mit der Aura. Regungslos stand er hinter der Gruppe und seine Augen starrten sehnsüchtig, wenngleich ziemlich traurig und auch ungläubig, zu seinem geliebten Freund.

Erst jetzt bemerkte er, dass Pascal die Hand eines Mädchens festhielt und der Kuss, den dieses Mädchen seinem Freund auf die Wange drückte, schmerzte in seinem toten Herz. Er war ersetzt worden durch eine Frau in einem blauen, kurzen Kleid, ansehnlichen Brüsten und langen gelockten Haaren.

Plötzlich kam Regung in seinen Freund, als dieser die Hand des Mädchens losließ und ihr etwas ins Ohr flüsterte. Sie nickte lächelnd und Pascal machte eine einladende Kopfbewegung in seine Richtung, deutet ihm so an, ihm zu folgen.

Ohne auf Leians fragenden Blick zu achten, schlich Camil seinem Freund hinterher in eine der dunklen Gassen, die den Platz um den Dom säumten. Kaum hatten sie den Hauptplatz verlassen, wurde es still um sie herum und nur vereinzelt verirrten sich Betrunkene in ihre Nähe.

Als sie weit genug vorgedrungen waren, blieb Pascal stehen und drehte sich ihm herum. Wieder schauten sie sich gebannt in die Augen und lächelten scheu.

„Camil…ich hätte nicht gedacht, dich jemals wiederzusehen. Ich dachte…deine Mutter, sie sagte…du wärst tot?!“, begann sein Freund stotternd, doch ihm brannte eine andere Frage auf den Lippen.

„Wie du siehst lebe ich noch. Du hast jetzt eine Freundin?“ Entsetzt riss Pascal die Augen auf und fuchtelte abwehrend mit den Händen in der Luft herum, suchte womöglich nach den richtigen Worten.

„Na ja, du weißt doch wie meine Eltern sind. Als sie das mit uns erfahren haben, sind sie völlig ausgerastet und haben mir sogar angedroht, mich in ein Umerziehungscamp nach Amerika zu schicken, wenn ich nicht zur Besinnung komme und mir ganz normal eine Freundin suche“, entschuldigte sich sein Liebster mit Tränen in den wunderschönen Augen.

„Liebst du sie?“ Camil konnte mit der Ungewissheit nicht umgehen und wollte erst alles geklärt haben, bevor er seinen Gefühlen nachgeben und seinen Liebsten in die Arme schließen konnte.

„Natürlich nicht, aber es ist okay. Vanessa ist wirklich ein liebes Mädchen, doch so sehr wie dich werde ich sie nie lieben können. Ich bin trotz allem schwul und wäre lieber an deiner Seite. Aber du weißt, dass das nicht geht.“ Jetzt flossen tatsächlich Tränen aus den verzweifelten Augen seines Freundes und tropften an dessen Kinn hinab auf den grauen Asphalt.

„Ich liebe dich auch immer noch!“, hauchte er und überbrückte die Distanz zwischen ihnen, um seinen Liebsten in eine innige Umarmung zu ziehen. Minutenlang standen sie engumschlungen auf der Straße und pressten ihre Körper aneinander, als hätten sie Angst einander gleich wieder zu verlieren.

„Was für eine rührende Vorstellung", keifte auf einmal Leians Stimme hinter ihnen und ein langsames Klatschen ertönte. Widerwillig löste der junge Vampir sich von seinem Freund und schaute mit schiefgelegtem Kopf zu seinem Begleiter.

„Wer ist das?", fragte Pascal unsicher, er konnte die Eifersucht förmlich spüren, die diese Frage begleitete.

„Das ist Leian, er ist wirklich nur ein Bekannter von mir", versicherte er seinem misstrauischen Freund schnell und warf Leian einen warnenden Blick zu. Der lachte jedoch nur belustigt auf.

„Beachte ihn einfach nicht, der spinnt ein bisschen. Wollen wir uns zusammen ein Hotelzimmer nehmen?", schlug er vor, um nicht weiter auf seinen Vampirfreund eingehen zu müssen, erntete allerdings nur trauriges Kopfschütteln.

„Wie soll ich das bitte meiner Freundin erklären? Können wir uns nicht morgen tagsüber treffen?" Enttäuscht ließ Camil die Schultern hängen, er hatte sich das Wiedersehen anders, irgendwie romantischer vorgestellt. Verübeln konnte er es seinem Liebsten jedoch nicht, zu lange war er schon in Rumänien gewesen und das Leben musste schließlich irgendwie weitergehen.

„Das geht leider nicht", sagte er zerknirscht und atmete tief ein. Er wusste einfach nicht, wie er seinem Geliebten gestehen sollte, dass er ein Vampir war. Ehrlich gesagt hatte er gehofft, vorher ein wenig Zeit mit Pascal verbringen und ihn auf diese Nachricht vorbereiten zu können. Diese Hoffnungen hatte die Tatsache, dass der Mann seines Lebens nun eine Freundin hatte, völlig zerstört.

„Okay…wahrscheinlich ist es auch besser so“, murmelte Pascal, den Blick zu Boden gesenkt. Doch plötzlich schaltete sich Leian ein, drängte sich regelrecht zwischen die beiden und zwang seinen Liebsten ihm in die Augen zu sehen.

Ehe er es sich versah, leuchteten die Augen seines Begleiters tiefrot auf und entfalteten allem Anschein nach ihre hypnotische Wirkung. Die Gesichtszüge seines Freundes entspannten sich zunehmend und jeglicher eigener Wille entwich dessen Körper.

„Auf ins Hotel!“, grinste Leian und machte sich auf den Weg. Zu seinem Erstaunen folgte Pascal ihnen auf Schritt und Tritt, er war zur Marionette geworden. Bis zum nächstbesten Hotel sprach keiner ein Wort, sein Liebster konnte nicht und er selbst wollte einfach nicht.

Wenigstens sorgte das Zusammentreffen mit seinem Freund dafür, dass er sein eigenes Zimmer bekam, auf dem er mit diesem verschwand. Kaum waren sie ins Innere des stickigen Raumes getreten, der unangenehm nach Zigarettenrauch stank, brach die Aura von Leian ab und sein Liebster kam langsam wieder zur Besinnung.

Camil fragte sich, ob er die Aura nicht lieber selbst aufrecht erhalten sollte für die restliche Nacht, doch er entschied sich bewusst dagegen. Natürlich wäre es einfach gewesen, mit ihm zu schlafen während er unter Einfluss stand, doch so würde er sich am nächsten Morgen nicht daran erinnern können und das wollte der junge Vampir nicht.

Nun war er unter Zugzwang. Er musste ihm gestehen, was für ein niederes Wesen er nun war und seinen Liebsten davon überzeugen, mit ihm zu gehen. Leider hatte er sich auf dem Weg keinen Plan B überlegt, falls Pascal seine Avancen ablehnen würde, doch eine Tötung kam für ihn definitiv nicht in Frage.

Notfalls müsste er noch in derselben Nacht mit seinem Freund zusammen verschwinden, weit weg von Leian und dessen gefährlicher Aura. Dann wäre er jedoch auf sich allein gestellt und musste irgendwie überleben, als frischgebackener Vampir.

Behutsam lenkte er Pascal auf das kleine Doppelbett an der Wand und drückte ihn an den Schultern auf die weiche Matratze. Unruhig machte er es sich neben ihm bequem und wartete, bis sein Freund wieder ganz bei sich war und verwirrt umher sah.

„Wo bin ich und wie bin ich hierhergekommen?“, fragte der Entführte beinahe ängstlich und rutschte ein Stück von Camil weg. Er schien zu spüren, dass etwas nicht stimmte.

„Ich muss dir etwas Wichtiges sagen. Bitte hör mir gut zu und halte mich nicht gleich für verrückt“, sagte er bestimmend und streichelte sanft über die Hände seines Liebsten, die dieser in den Schoß gelegt hatte.

„Du machst mir irgendwie Angst. Du bist so anders als früher. Ich glaube, Rumänien hat dir nicht gut getan.“ Da musste er Pascal Recht geben, Rumänien hatte ihn vollkommen verändert, ihn sogar in die Verdammnis gerissen.

„Ich weiß, das klingt jetzt sicher total schräg, aber ich bin ein Vampir!“ Es war raus und Camil fühlte sich augenblicklich erleichtert, bis er jedoch den Blick sah, der ihm zuteilwurde. Eine Mischung aus Zweifel, Belustigung und Verachtung schimmerte durch das Himmelblau der Augen, die er so liebte.

„Haben die dich in Rumänien einer Gehirnwäsche unterzogen? Du bist doch völlig bekloppt!“ Den Mund ungläubig geöffnet, sprang Pascal vom Bett auf und zog verzweifelt nach Worten suchend die Schultern hoch.

Bevor sein Liebster jedoch enttäuscht aus dem Zimmer rennen konnte, stand auch der junge Vampir auf und griff dessen Arm, um ihn zurückzuhalten. Unsanft beförderte er den kleinen Ausreißer zurück auf die Matratze und kniete sich über die Hüfte, auf der er sich früher gerne aus anderen Gründen niedergelassen hatte.

Wortlos zog er sich sein T-Shirt über den Kopf und entblößte so seine ungesund fahle Haut. Pascal wandte sich erfolglos unter ihm, er gab jedoch nicht nach, wollte ihm unbedingt beweisen, dass er nicht log. Flink wie er nun war, griff er nach einer der herumfuchtelnden Hände und presste sie flach auf seine eigene Brust, während er sein Opfer mit den Augen fixierte.

„Spürst du das?“, flüsterte er kläglich lächelnd und sein Freund beruhigte sich endlich wieder ein wenig, da von ihm wohl doch keine Gefahr ausging. Zaghaft schüttelte der fixierte Junge den Kopf und zuckte fragend mit den Schultern.

„Meinen Herzschlag, kannst du ihn spüren?“, fragte Camil noch einmal eindringlich und drückte die Hand noch fester auf seine Haut. Plötzlich erzitterte sein Freund unter ihm und riss die Augen weit auf, während er langsam den Kopf schüttelte.

„Nein, da ist nichts“, antwortete der entsetzte Junge letztendlich wahrheitsgemäß und schluckte. Seufzend ließ er die Hand wieder los und kletterte von ihm herunter. Schnell setzte sein Liebster sich auf und legte von sich aus noch einmal die Hand an seine Brust.

„Du hast keinen Herzschlag mehr. Du bist…tot?!“, flüsterte Pascal mehr zu sich selbst, als er fassungslos versuchte auch nur den leisesten Schlag zu spüren. Camil verzog das Gesicht zu einer abwägenden Grimasse und wog den Kopf leicht hin und her.

„Eher untot würde ich sagen“ Ein leises Kichern verließ seine Lippen, doch seinem Freund war nicht zum Lachen zumute. Ganz im Gegenteil, der bedachte ihn mit einem traurigen Blick aus müden Augen und seufzte tief.

Schweigend saßen sie sich gegenüber, Pascal in Gedanken vertieft, doch Camil spürte auf einmal den Hunger wiederkehren. Jede Sehne seines Körpers verzehrte sich mehr denn je nach frischen Blut, was nicht zuletzt auf die Anwesenheit seines Liebsten zurückzuführen war. Es war dessen süßlicher Duft, der ihn am Hauptplatz beinahe um den Verstand gebracht hatte und genau dieser Geruch stieg ihm jetzt wieder in die feine Nase.

„Was schaust du mich so gierig an?“ Sein hungriger Blick blieb nicht lange unbemerkt, zumal er sich mit jedem Einatmen weiter nach vorne lehnte und genüsslich die Augen schloss. Erschrocken fuhr er auf und räusperte sich.

„Du weißt doch was Vampire so zum Überleben brauchen, oder?“ Klar wusste sein Freund über die Begebenheiten Bescheid, war nur noch nie einem echten Vampir begegnet und deshalb sehr skeptisch.

„Schon, aber du willst jetzt nicht mein Blut trinken, oder? Du würdest mich doch nicht einfach töten?“ Ganz überzeugt schien Pascal nicht zu sein, sein misstrauischer Blick verriet ihn. Der junge Vampir schüttelte energisch den Kopf.

„Keine Sorge, ich muss nicht töten um satt zu werden, eine kleine Menge Blut reicht aus und du stirbst dabei nicht, außer…“ Er hielt inne. Konnte er seinen Liebsten wirklich schon darum bitten, sich verwandeln zu lassen oder sollten sie sich erst wieder näher kommen? Er war sich sichtlich unschlüssig.

„Außer was?“, wollte sein Freund wissen und fixierte ihn prüfend mit den Augen. Da fasste er sich ein Herz und beschloss, einfach mit seiner Bitte rauszurücken, mehr als nein sagen konnte sein Abendessen schließlich nicht.

„Außer du möchtest auch zum Vampir werden und die Ewigkeit an meiner Seite verbringen“, hauchte er tonlos und beugte sich nach vorne, um seinem Freund einen zärtlichen Kuss auf die Lippen zu hauchen.

Zunächst wurde sein Kuss nicht erwidert, doch nach wenigen Sekunden spürte er den Widerstand brechen. Pascal schlang die Arme um ihn und drückte sich so nah es ging an seinen kalten Körper. Der bisher zarte Kuss wurde zu einem wilden

Zungengefecht, zu lange hatten sie auf diese intimen Zärtlichkeiten verzichten müssen.

Camils Hände schlüpften unter den störenden Stoff von Pascals Oberteil und erkundeten die warme Haut Zentimeter für Zentimeter, es war ein berauschendes Gefühl. In diesem Moment verstand er, dass es nie jemanden geben würde, den er nur ansatzweise so sehr lieben könnte, wie diesen Jungen.

Außer Atem lösten sie ihren innigen Kuss, doch ihre Hände erkundeten weiter die Haut des jeweils anderen. Bis sein Freund plötzlich das Wort ergriff und seinen Kopf seufzend an seine Brust lehnte.

„Ich liebe dich, mehr als alles andere auf der Welt, aber…“ In seiner Kehle formte sich ein riesiger Kloß, da er sich den restlichen Teil des Satzes denken konnte. Dennoch wartete er darauf, dass Pascal ihn aussprach, ihm damit jegliche Hoffnung auf eine glückliche Ewigkeit nahm.

„Ich möchte kein Vampir sein“, beendete dieser den Satz stockend und zitterte am ganzen Körper. Camil zog ihn noch näher an sich heran und strich ihm beruhigend durch die zerzausten Haare. Die eindeutige Abfuhr schmerzte ungemein, doch er war nicht gewillt so leicht aufzugeben.

„Wieso nicht? Erklär es mir. Wäre es nicht traumhaft, wenn wir für immer zusammen sein könnten?“ Leises Schluchzen erklang im Zimmer, das unterdrückt gegen seine Brust hallte. Gleich darauf spürte er die Feuchtigkeit von Tränen auf der Haut.

„Ich liebe dich so sehr, aber ich möchte nicht ewig leben und vor allem nicht als blutrünstiges Wesen, das nur nachts umherziehen kann. Das würde mich wahnsinnig machen“, gab Pascal weinend zu und zerstörte das letzte bisschen Hoffnung in ihm.

„Ist schon okay, bitte nicht weinen“ Lächelnd schob er den Jungen ein Stück von sich und küsste ihm die Tränen von den geröteten Wangen. Der Drang seinen Geliebten trotzdem zu verwandeln war stark, doch er hatte sich vorgenommen, diesem zu widerstehen und nicht gegen dessen Willen zu handeln. An diesen Vorsatz wollte er sich halten, obwohl es Pascals Tod bedeuten konnte.

„Dein Begleiter, ist er auch ein Vampir?“ Camil nickte nachdenklich, er hatte Leian schon beinahe vergessen. Jetzt, da sein Freund ihn erwähnte, wurde ihm klar, dass er nicht so einfach davonkommen würde, sollte er seinen Liebsten am Leben lassen. Sein Schöpfer würde womöglich selbst dafür sorgen, dass der Störenfried ausgeschaltet wurde.

„Ja, Leian hat mich zu dem gemacht, der ich nun bin. Leider ohne vorher zu fragen“, gestand er knurrend und dachte an die verhängnisvolle Nacht zurück.

„Er hat gesagt, dass ich dich töten muss, solltest du kein Vampir werden wollen, da sonst unsere Existenz gefährdet ist, wenn die Menschen von uns erfahren.“ Entsetzt krallte Pascal sich in seine bleiche Haut und sah verzweifelt zu ihm auf.

„Nein, bitte nicht, ich will nicht sterben“, flehte sein Freund schmerzlich und begann wieder zu weinen. Es brach ihm das Herz, ihn so zu sehen.

„Ich werde dir nichts tun, versprochen. Ich könnte niemals die Person, die ich über alles liebe, einfach so töten. Ich will doch mit dir zusammen sein. Egal ob als Vampir oder Mensch, Hauptsache du bist an meiner Seite“, redete er beruhigend auf das Häufchen Elend in seinen Armen ein und küsste die vor Anstrengung glühende Stirn.

„Allerdings werden wir so schnell wie möglich verschwinden müssen, bevor Leian davon Wind bekommt. Leider ist es fast schon morgen und ich kann bei Sonnenlicht nicht nach draußen. Am besten wir warten bis morgen Abend und dann hauen wir heimlich ab“, plante er ihre Flucht ohne einen Gedanken an Pascals Freunde und Freundin zu verschwenden. Auch sein Liebster schien nicht an seine Begleitung zu denken, im Angesicht dessen, was ihm drohte, mehr als verständlich.

Gerade als er seinen Plan verfeinern wollte, flog die Zimmertür auf und der weißhaarige Vampir schritt mit großen Schritten herein, sein Blick unsagbar finster. Entsetzt sprang Camil auf und stellte sich beschützend vor seinen Freund, der vor Angst auf dem Bett zusammengekauert wimmerte.

„Es ist dumm zu glauben, du könntest das vor mir verheimlichen. Du weißt wie gut unser Gehör ist und ich wohne im Zimmer nebenan. Glaubst du wirklich, ich würde nicht verfolgen, was ihr hier ausheckt? Mir war klar, dass du es nicht schaffen würdest den Jungen zu töten, deshalb werde ich das jetzt für dich übernehmen. Aus dem Weg du Weichei!“, knurrte Leian, in dessen Augen zischende Flammen loderten.

Ein Schlag, den er nicht hatte kommen sehen, traf Camil in die Magengrube, so dass er auf dem Boden zusammensackte und schmerzerfüllt aufjaulte. Leian kümmerte sich nicht weiter um ihn, seine Aufmerksamkeit galt allein dem wimmernden Jungen auf dem Bett.

Das sonst so hübsche Gesicht seines Gefährten war übersäht von dunklen Schatten, die das blasse Hautbild schrecklich verzerrten. Selbst das faszinierende Rot der Augen wirkte nunmehr, als wären sie blutunterlaufen und als Leian den Mund weit öffnete, blitzten die spitzen Eckzähne wie scharfe Waffen hervor.

Mit den Händen fixierte das abgrundtief böse Wesen seinen Geliebten auf der Matratze, eine Hand lag auf dessen Brust, die sich ängstlich viel zu schnell hob und senkte, die andere drehte Pascals

Kopf zur Seite, so dass die zarte Haut des Halses ungeschützt zum Vorschein kam.

Das Monster, das ihn erschaffen hatte, warf grunzend den Kopf zurück, bevor es mit einem kräftigen Biss seine Zähne in der freigelegten Haut vergrub und anfing, wild das Blut herauszusaugen. Pascal gurgelte hilflos und Camil konnte zusehen, wie sein Freund immer schwächer wurde.

Plötzlich sammelte sich in ihm all der Hass, den er seit seiner Trennung von seinem Geliebten in sich trug und brach in Form von roher Gewalt hervor. Mit einem Aufschrei stürzte er sich auf Leian, der wie besessen weiter trank und riss ihn von seinem Liebsten herunter.

Wild geworden schlug er auf seinen Schöpfer ein, entfaltete ungeahnte Kräfte und ließ seiner Wut freien Lauf. Unter ihnen brach das zierliche Holzbett zusammen, doch er machte ohne Unterlass weiter, bis Leian die Oberhand zu gewinnen drohte.

Nicht gewillt sich von diesem Monster besiegen zu lassen, griff er sich ein Stück des zerbrochenen Holzes und rammte es seinem Widersacher in die Brust. Glucksende Laute verließen die Kehle des alten Vampirs, der entsetzt die Augen aufriss und versuchte, den Pflock aus seinem Fleisch zu entfernen.

Camil achtete nicht weiter auf ihn, viel wichtiger war ihm, Pascal, der bewusstlos auf der Matratze lag, aus der Gefahrenzone zu bringen. In Windeseile hob er den regungslosen Körper hoch und rannte mit diesem aus dem Zimmer.

In den Gassen Wiens war es ruhig geworden und der Morgen war nicht mehr weit. Er musste sich beeilen einen geeigneten Unterschlupf zu finden, bevor die Sonne aufging. Mit seinem Geliebten auf dem Arm, verließ er die verhängnisvolle Stadt und verschwand in die angrenzenden Wälder.

Der Himmel färbte sich bereits rötlich, die Sonne war am Aufgehen, doch er gab nicht auf, bis er am Ende eine zerfallene Jägerhütte fand und sich zusammen mit Pascal im Inneren versteckte. Er konnte nur hoffen, dass die zerfressenen Holzwände das Sonnenlicht genug absorbierten, um zu überleben.

In den letzten Minuten vor seinem Schlaf, besann er sich auf Leians Worte zu den Wunden, die sie Menschen beim Blutrinken zwangsläufig zufügten. Laut seinem Schöpfer sollten die Bissspuren recht schnell von alleine wieder abheilen.

Sorgfältig begutachtete er Pascals Wunde am Hals und stellte beruhigt fest, dass es der Wahrheit entsprach, denn von den Löchern der spitzen Zähne war kaum noch etwas zu sehen. So verlor er wenigstens kein weiteres Blut und Camil konnte ruhigen Gewissens in seine Totenstarre verfallen.

Den Körper seines Liebsten eng umschlungen, brach dieser traumlose Schlaf dann mit Aufgehen der Sonne auch über ihn herein. Die letzten Gedanken, die er denken konnte, galten der Hoffnung, Leian würde sie hier nicht finden.

Als er am Abend wieder erwachte, vermisste er sofort den wärmenden Körper seines Freundes, den er am Morgen noch im Arm gehalten hatte. Sofort war er hellwach und erhob sich aus seiner sitzenden Position in der feuchten Hütte.

Alles konnte passiert sein. Entweder war Pascal wieder zu Bewusstsein gekommen und Hals über Kopf geflohen, oder Leian war durch den Pflock im Herzen nicht gestorben, vor ihm aufgewacht und hatte sie aufgespürt. Keine dieser Möglichkeiten schien ihm akzeptabel, er wollte seinen Freund in Sicherheit wissen.

Plötzlich hörte er ein leises Knacken der Bodendielen und sein Instinkt kehrte zurück. Ohne den Kopf zu drehen spürte er, dass sein Freund hier war und hinter ihm herumdruckste. Anscheinend wusste er nicht so recht was er sagen oder tun sollte, was Camil ein glückliches Lächeln ins Gesicht zauberte.

„Pascal, du bist noch hier“, stellte er leise fest, drehte sich langsam um und streckte die Hände nach seinem Liebsten aus. Der jedoch zierte sich und verharrte an die Wand gelehnt in einigem Abstand.

„Wo hätte ich auch hingehen sollen, nachdem dein gestörter Bekannter sich an meinem Blut bereichert hat und mich allem Anschein nach umbringen wollte?", antwortete Pascal bissig und verschränkte die Arme vor der Brust. Es war zu erkennen, dass er noch recht schwach auf den Beinen war, so sehr wie seine Knie zitterten.

„Du kannst dich daran erinnern?" Er dachte an Leians Worte, dass die gebissenen Menschen beim Erwachen keine Erinnerung mehr an den Vampir hatten, was hier wohl nicht der Fall war. Vielleicht, weil er ihn gestört hatte und sein Begleiter keine Zeit gehabt hatte seine Aura aufrechtzuerhalten.

„Natürlich, und ich weiß ehrlich nicht, was ich davon halten soll", seufzte sein Freund, die Mundwinkel kläglich nach unten gezogen. Er konnte dessen Angst sehen und spüren, doch wusste er nicht, wie er sie ihm nehmen sollte.

Unsicher rappelte er sich auf und ignorierte den leicht verstörten Blick seines Liebsten. Sie mussten die Nacht nutzen, um von hier zu verschwinden, am besten weit weg von Leian, raus aus der Reichweite seines Spürsinns, falls er noch am Leben war.

„Lass uns aufbrechen, hier bist du nicht sicher. Ich denke, wir sollten erstmal nach Deutschland zu dir nach Hause und dann sehen wir weiter, einverstanden? Jetzt, da ich dich endlich wiederhabe, möchte ich dich nicht gleich wieder hergeben." Entschlossen packte er Pascal am Arm, wollte ihn mit sich ziehen, doch sein Freund war nicht gerade begeistert von seinem Plan.

„Wie stellst du dir das vor? Was soll ich meinen Freunden sagen, warum ich von jetzt auf gleich einfach so verschwunden bin und plötzlich in Deutschland auftauche?“ Camil war es herzlich egal, was dieses Mädchen und die anderen darüber dachten, er wollte seinen Freund sicher nicht teilen und sein Ziel weiter verfolgen.

„Sag doch, du warst so betrunken, dass du euer Hotel nicht mehr gefunden hast und bist einfach in den nächsten Zug gestiegen und nach Hause gefahren“, schlug er genervt vor und zog Pascal mühelos hinter sich her nach draußen. Als Vampir hatte er mehr Kraft als je zuvor, mit der er jedoch noch nicht umzugehen wusste. Somit riss er entsetzt den Kopf nach hinten, als sein Freund plötzlich schmerzhaft aufjaulte.

„Du tust mir weh! Lass mich los, verdammt!“ Sofort gab er den Oberarm wieder frei und stellte fest, dass er ziemlich heftig zugedrückt hatte, den roten Druckstellen nach zu urteilen, die unter dem T-Shirt hervorkamen, als sein Freund die Ärmel nach oben schob und sich schimpfend über die Haut rieb.

„Tut mir leid, das wollte ich nicht. Ich habe nur große Angst, dass Leian uns findet, also lass uns bitte schnell abhauen, alles andere klären wir später. Ich will wirklich nicht, dass er dich tötet“, murmelte er eine halbherzige Entschuldigung und Pascal nickte zu seiner Erleichterung, anscheinend erkannte er den Ernst der Lage.

„Und wie sollen wir jetzt in einer Nacht nach Deutschland kommen? Ich fühle mich gar nicht gut, mein Kreislauf ist komplett im Keller." Daran hatte Camil gar nicht gedacht, als er aus der Hütte gestürmt war. Kurz dachte er darüber nach und entschied, seinen Liebsten auf den Arm zu nehmen und in seinem Schnellschritt durch die Landschaft zu hechten. Ein Land in einer Nacht war kein Problem, das hatte er bereits gelernt.

„Los steig auf!", befahl er entschlossen und hockte sich vor seinen Freund, der zweifelnd den dargebotenen Rücken betrachtete. Letztendlich zuckte dieser mit den Schultern und schlang die Arme um Camils Nacken. Zufrieden griff der junge Vampir unter Pascals Beine und lief los.

In dieser Nacht würde er nicht zum Jagen kommen, so viel stand fest. Er wollte es einfach nur so schnell wie möglich, außerdem vor allem heil, nach Deutschland schaffen und seinen Liebsten gesund zuhause abliefern.

Der Weg war mühsam, selbst für einen starken Vampir. Nicht nur musste er seinen Liebsten tragen, auch seine Sinne mussten geschärft bleiben, um keine böse Überraschung in Form eines weißhaarigen Vampirmeisters zu erleben, der nach dem Leben seines Freundes trachtete.

Um kein großes Aufsehen zu erregen, mied er Städte und Dörfer und hielt sich lieber an Wald- und Feldwege, was funktionierte, bis er letztendlich die Grenze zu Deutschland überquerte. Dicht besiedelt, war es schwer keiner Menschenseele zu begegnen. Wenigstens hatte er als Vampir einen grandiosen Orientierungssinn und verlief sich kein einziges Mal. Es war, als hätte er mit Leians Biss eine detaillierte Weltkarte eingepflanzt bekommen.

Als sie nach vielen Stunden Fußmarsch endlich in seinem ehemaligen Heimatort ankamen, setzte er Pascal ab. Hier und da hatten sich einige Nachteulen auf die Straße verirrt zu später Stunde und er wollte kein unnötiges Aufsehen erregen. Wieder festen Boden unter den Füßen, zückte Pascal sein Handy.

„Neun verpasste Anrufe und zwölf Nachrichten", stellte der aus Wien entführte fest und seufzte. Camil zuckte desinteressiert mit den Schultern, für ihn zählte einzig und allein, dass er mit seinem Liebsten wieder vereint war.

„Ich schreibe wohl besser zurück und behaupte, dass ich mich so extrem habe volllaufen lasse, bis ich auf die blöde Idee gekommen bin, mit dem nächsten Zug zurück nach Hause zu fahren." Noch während sein Freund ihm diese gelungene Ausrede, die eigentlich von ihm stammte, erklärte, hackte dieser die Worte ins Handy. Blieb nur zu hoffen, dass ihm alle glaubten und einfach nur froh über ein Lebenszeichen waren.

„Ich sollte mir langsam ein Versteck für den Tag suchen, bevor die Sonne aufgeht und mir den Hintern versengt“, sagte Camil, den Blick besorgt gen Himmel gerichtet, der in der nahenden Morgendämmerung ein gefährliches Rot annahm.

Zwar kannte er die Stadt und wusste, dass es vor ihren Toren eine verlassene Burgruine gab, in der er als Kind oft mit Pascal und anderen Nachbarskindern gespielt hatte, doch die Zeit war zu knapp. Vor Sonnenaufgang konnte er es nicht mehr zu dem schützenden Gemäuer schaffen.

„Du könntest bei uns im Keller bleiben vorerst“, schlug sein Liebster dankbarerweise vor und er willigte sofort ein. Ihm war es recht in der Nähe seines Traummannes bleiben zu können, um diesen im Auge zu behalten und ständig dessen betörende Präsenz zu spüren.

Ein wehmütiges Stechen breitete sich in der Brust des jungen Vampirs aus, als sie die Straße, in der seine Eltern lebten, durchquerten. Jeder Winkel der Stadt war ihm vertraut und doch plötzlich so fremd. Sie hatten ihn verstoßen, ihn gezwungen die Liebe seines Lebens aufzugeben und nun war er ein blutsaugendes Monster geworden, verdammt zum ewigen Leben in Dunkelheit.

Dennoch hasste er seine Eltern nicht, worüber er sich nur bedingt wunderte. Er hatte seinen Frieden damit geschlossen, dass sie ebenso streng und intolerant zu ihrer Zeit erzogen worden waren und dieses eingebläute Weltdenken an die nächste Generation weitergaben.

Seine Tante hatte sie schon über sein Verschwinden unterrichtet, wodurch seine Eltern die härteste Strafe, die es gibt, erhalten hatten: ihr Kind war vor ihnen aus dem Leben geschieden und sie trugen eine gewisse Mitschuld daran.

„Sie denken, dass du in den Karpaten von einem wilden Tier getötet wurdest. Ich habe deine Mutter beim Einkaufen getroffen, da hat sie mir erzählt, dass in einer Berghütte, die du wohl alleine besucht hast, Blut gefunden worden war." Camil nickte schweigend und warf einen letzten Blick auf sein Elternhaus, bevor sie in die nächste Straße einbogen.

„Ich sehe sie ab und an auf der Straße oder eben beim Einkaufen. Beide, deine Mutter und dein Vater, sehen schrecklich aus. Seit deinem vermeintlichen Ableben sind sie um Jahrzehnte gealtert und werden immer dünner", informierte ihn sein Freund über das Unglück seiner Familie, was er wortlos zur Kenntnis nahm.

Nicht gerade vorsichtig und leise öffnete Pascal die Tür zum Haus, in dem er mit seinen überchristlichen Eltern lebte, und bat ihn herein. Er war schon oft hier gewesen und konnte das übertrieben schick eingerichtete Haus noch nie leiden. Es stand komplett im Gegensatz zu den christlichen Werten, die hier anscheinend so hoch geschrieben wurden.

„Keine Sorge, meine Eltern sind selbst im Urlaub und kommen erst übermorgen zurück. Wir haben also genügend Zeit dir einen sicheren Platz im Keller einzurichten." Erleichtert trat er ein und wandte sich direkt der Kellertreppe zu.

Sein Liebster gestattete ihm schon mal vor zu gehen und wollte selbst noch ein paar Decken und Kissen besorgen, um es ihm so bequem wie möglich im feuchtkalten Keller einzurichten. Es gab dort unten nur einen kleinen Raum ohne Fenster, den sich Camil gleich unter den Nagel riss.

Ohne großen Kraftaufwand zog er einen sehr breiten und hohen Schrank von der Wand weg, hinter dem er in Sicherheit sein sollte. Von der Tür aus war der Bereich nicht einzusehen und würde so den Augen von Pascals Eltern verwehrt bleiben. Er spürte, wie die aufgehende Sonne ihm bereits die Kräfte raubte und war froh, als sein Freund mit den Decken kam. Er schmiss sie sich hinter den Schrank und zog seinen Liebsten noch einmal dicht an sich heran.

„Ich habe dich so sehr vermisst", hauchte er gegen die von der Nacht ausgekühlten Lippen, nach denen er sich lange verzehrt hatte. Sein Freund erwiderte den zärtlichen Kuss und er schmeckte das Salz der Tränen auf seiner Zunge, die diesem über die Wangen liefen.

Er verstand den Zwiespalt, in dem Pascal sich befinden musste, sehr gut. Zum einen war da die Freude über ihr langersehntes Wiedersehen und zum anderen quälten ihn die widrigen Umstände, unter denen dieses Wiedersehen stattfand. Doch Camil wollte nicht so schnell aufgeben und nach einem Weg suchen, der sie beide glücklich machte. Ob es möglich war, eine Beziehung zwischen einem Sterblichen und einem Vampir aufrecht zu erhalten, blieb abzuwarten. Er beschloss, zunächst die traute Zweisamkeit zu genießen, ohne ins Grübeln zu verfallen.

Pünktlich zum Sonnenaufgang weckte ihn ein vertrauter Geruch, der ihn panisch hochschrecken ließ. Nicht Pascal war es, der auf der anderen Seite des Schranks auf sein Erwachen wartete, was ihn alarmierte. Schnell schälte er sich aus seinem kuscheligen Deckenberg und trat aus der Ecke in den Raum. Wenig überrascht, blickte er in die amüsiert glänzenden Augen seines Schöpfers und geriet vollends in Panik.

„Wo ist Pascal? Was hast du ihm angetan?“, schrie er außer sich vor Sorge und packte Leian wütend am Kragen, um ihn kräftig zu schütteln. Der alte Vampir stieß ihn unsanft von sich und richtete gespielt pikiert den Hemdkragen wieder her.

„Beruhige dich du liebestoller Affe. Deinem Freund geht es gut, ich bin schließlich kein Unmensch", beschwichtigte ihn Leian seufzend und Camil atmete erleichtert auf. Trotzdem gefiel es ihm ganz und gar nicht, dass sein Schöpfer ihnen hierher gefolgt war.

Missbilligend knurrte er und verschränkte die Arme vor der Brust, um seinen Unmut kundzutun. Wer wusste schon, ob dieser Mann seine Meinung nicht bald wieder änderte, schließlich hatte er schon einmal versucht Pascal das Leben zu nehmen.

„Wieso lebst du eigentlich noch? So ein Pflock ins Herz ist doch tödlich für einen Vampir, oder nicht?", dachte er an seine fiese Tat zurück. Doch sein Schöpfer winkte nur ab und zeigte ihm die Eintrittsstelle des Holzes, das dessen Herz nicht nur knapp verfehlt hatte, sondern eher um Meilen.

„Ich verspreche dir, ich werde ihm nichts run, solange er unsere Existenz für sich behält. Da er dich liebt wird er sicher dicht halten. Dennoch denke ich, dass es für dich ein Fehler ist hier zu verweilen. Dein Freund möchte kein Vampir werden, wie soll eine Beziehung da auf Dauer funktionieren? Ihr werdet euch nur gegenseitig immer wieder wehtun."

Nachdenklich kaute Camil auf seiner Unterlippe und lehnte sich seufzend gegen die Wand. Sein Schöpfer hatte leider Recht, doch das wollte er sich nicht eingestehen. Die Sehnsucht nach Liebe war zu groß, er konnte Pascal einfach nicht aufgeben.

„Vielleicht kann ich ihn mit der Zeit doch noch davon überzeugen unsterblich zu werden“, meinte er, obwohl er innerlich stark daran zweifelte. Sein Blick wanderte zur Kellertür, in der plötzlich sein Liebster stand und traurig den Kopf schüttelte. Trotz seiner geschärften Sinne, hatte er dessen Anwesenheit nicht bemerkt und fragte sich, wie lange sein Freund schon ihrem Gespräch lauschte.

„Ich gebe es nur ungern zu, aber diese Bestie hat Recht. Ich werde auf keinen Fall nachgeben und zum Vampir werden und es wäre sinnlos, in dieser Konstellation eine Beziehung zu führen. Ich lebe tagsüber, du nachts. Ich werde heiraten, damit meine Eltern zufrieden sind und altern, wie ein normaler Mensch. Und du? Du müsstest dir das alles mitansehen!“

Diese Worte schmerzten mehr als jede Wunde, weil sie der Wahrheit entsprachen und dieser Verlauf unumgänglich war. Doch musste sein Freund ihm das alles so prekär unter die Nase reiben?

„Es tut mir leid, dass du wegen mir zum Vampir geworden bist. Ich wünschte wirklich, du hättest es nicht getan.“ Entsetzt starrte Camil seinen Freund an und wechselte anschließend einen bösen Blick mit Leian, der an seiner Misere schuld war.

„Ich hatte keine Wahl“, sagte er trocken, seine Augen sprühten beinahe Funken vor Wut auf seinen Schöpfer. Ertappt sah dieser zu Boden und scharrte mit einem Fuß im Staub. Pascal war vor Erstaunen der Mund offen stehen geblieben.

„Du wurdest also vorher nicht gefragt und hast dich nicht freiwillig für ein Leben als Blutsauger entschieden?“, fragte sein Liebster ungläubig noch einmal nach und sowohl er, als auch sein Vampirmeister, schüttelten betreten den Kopf.

„Ich wollte ihn zwingen mein Gefährte zu werden. Das war eine ziemlich blöde Idee“, gab Leian zu. Ohne Vorwarnung stürzte sich sein Freund auf ihn und vergrub das Gesicht in seiner Halsbeuge.

„Danke! Danke, dass du mir die Wahl gelassen hast“, nuschelte er gegen seinen Hals und Camil strich ihm andächtig über den Rücken. Einen eindeutigeren Liebesbeweis gab es wohl nicht, als das Glück des Partners vor das eigene zu stellen. Das schien auch Pascal so zu empfinden.

„Ich lasse euch beide dann mal alleine. Mach´s gut, Camil. Wenn du mich brauchen solltest, wirst du mich finden.“ Mit diesen Worten und einem unsagbar traurigen Gesichtsausdruck verschwand Leian nicht nur aus dem Keller, sondern vorerst auch aus dem Leben des jungen Vampirs. Überfragt wie es nun weitergehen sollte, sank Camil an der Wand entlang zu Boden und zog seinen Liebsten mit sich hinunter. Aneinander gekuschelt verharrten sie eine Weile auf dem schmutzigen Kellerboden.

„Denkst du wirklich, dass es nicht funktionieren wird mit uns? Willst du wirklich, dass ich wieder gehe, nachdem wir uns gerade erst wiedergefunden haben?“, fragte er in die Totenstille, in ihm die unbändige Angst sein Freund könnte ihn tatsächlich fortschicken. Ihm war es wichtig sich nach den Wünschen und Bedürfnissen Pascals zu richten, egal wie weh es tat.

„Natürlich will ich dich bei mir haben. Es war schrecklich als du nach Rumänien gezogen bist und ich dich nicht mehr um mich herum hatte. Bis ich mich wieder halbwegs von dem Schock erholt hatte, ist eine Ewigkeit vergangen und jetzt da du wieder hier bist, kann ich mir nicht vorstellen nochmal ohne dich leben zu müssen. Aber wir müssen der Wahrheit ins Auge sehen, ewig wird unser Glück nicht währen.“

Unzufrieden mit dieser realitätsbezogenen Antwort, starrte Camil an die gegenüberliegende Wand und suchte nach einer besseren Lösung. Es war zum Verrücktwerden. Sein Freund gähnte neben ihm, war sichtlich erschöpft und würde bald zu Bett gehen wollen. Doch für den jungen Vampir hatte die Nacht gerade erst begonnen und er musste sich auf die Suche nach einer Mahlzeit begeben, ihm hing der Magen schon bis zum Boden.

„Du kannst ruhig ein wenig von meinem Blut trinken, das bringt mich ja nicht gleich um“, erriet Pascal seine Gedanken und drehte den Kopf auffordernd zur Seite. Unter der dünnen Haut am Hals pochte die vielversprechende Halsschlagader und der süßliche Geruch des feinen Blutes kroch ihm in die Nase. Der Hunger war größer als sein Verstand und er näherte sich mit den spitzen Fangzähnen dem Hals seines Liebsten.

Als er vorsichtig die Haut mit den Zähnen durchtrennte und das warme Blut in seinen Mund floss, seufzte er zufrieden auf. Es tat gut, nach der anstrengenden letzten Nacht, etwas Nahrung zu sich zu nehmen. Pascal war kurz zusammen gezuckt, als er zugebissen hatte, beschwerte sich aber nicht weiter über die leichten Schmerzen, die er ihm wohl oder übel zufügte.

Angestrengt achtete er darauf, nicht zu viel des süßen Blutes zu sich zu nehmen, um seinen Freund nicht in Gefahr zu bringen. Keine leichte Angelegenheit, denn er schmeckte so wahnsinnig gut. Nach wenigen Schlucken zwang er sich zum Aufhören und ließ vom Hals seines Liebsten ab. Er wischte sich die Blutstropfen, die sich auf seine Lippen und das Kinn verirrt hatten, mit dem Handrücken ab und drückte ihm einen liebevollen Kuss auf die Lippen.

Pascal verzog das Gesicht, als ihm dieser blutige Kuss zuteilwurde, was Camil ihm nicht verübeln konnte. Früher, zu Lebzeiten, hatte er den Geschmack von Eisen genauso wenig ertragen können. Er erinnerte sich an eine kleine Rauferei unter Freunden, bei der er einen Schlag auf die Nase kassiert hatte und das Blut in Strömen aus ihr heraus geflossen war. Damals hatte würgen müssen, als das Blut zwischen seinen Lippen klebte.

„Entschuldigung", murmelte er verlegen und beendete den Kuss. Sein Freund kicherte amüsiert über seine Scham als blutsaugender Vampir und piekte ihn spielerisch in die Seite.

„Schon gut, aber nächstes Mal bitte erst, wenn dein Mund wieder ganz leer ist." Der junge Vampir entschuldigte sich ein weiteres Mal, musste allerdings selbst lachen. Diese Situation war einfach zu grotesk, nie hatte er sich so etwas jemals vorstellen können.

„Möchtest du erstmal in unserem Keller bleiben, bis wir wissen, wie es mit uns weitergehen soll?", wechselte Pascal abrupt das Thema und wurde wieder ernst. Der Keller war nicht der schönste Ort zum Verweilen, doch was blieb ihm anderes übrig, als die Tage in einem dunklen Loch zu verbringen.

„Klingt nach einem Plan", stimmte er also zu und beobachtete skeptisch, wie sein Liebster wieder herzhaft gähnte.

„Am besten gehst du langsam schlafen, ich wollte sowieso noch bei meinen Eltern vorbeischauen. Ich kann zwar nicht mit ihnen reden, aber ich möchte sehen, wie es ihnen geht." Seinen Freund an der Hand stand er auf und drückte ihn zum Abschied für diese Nacht fest an sich.

Kurz vor zehn machte Camil sich auf den Weg zu seinem Elternhaus. Früher waren sie immer gegen elf Uhr schlafen gegangen und er hoffte, dem war noch so. Er wollte die Gelegenheit haben sie wach zu sehen, ihre Gespräche zu belauschen und ihnen nicht nur beim Schlafen Gesellschaft zu leisten. Sein Tod war noch nicht sehr lange her, sie mussten noch mitten in der Trauerphase stecken. Er war sich nicht sicher, ob dieser Anblick das Richtige für ihn war, doch immerhin ging es um seine Eltern, die, bevor sie ihn verstoßen hatten, liebevolle Eltern gewesen waren.

Vor der Haustüre hielt er inne, um sich ein Bild von ihrem derzeitigen Aufenthaltsort in der Wohnung zu machen. Er konzentrierte sich vehement auf seine Fähigkeit, Menschen in der Umgebung zu orten, und stellte fest, dass sie sich im Wohnzimmer aufhielten. Das gab ihm den Freiraum leise in den Flur zu treten und sie durch den Spalt in der Wohnzimmertüre zu beobachten.

Hätte sein Herz nicht schon aufgehört zu schlagen, als er zum Vampir gemacht worden war, wäre es spätestens jetzt endgültig stehen geblieben. Seine Mutter kauerte wie ein Häufchen Elend auf dem alten Sofa, in der einen Hand ein durchnässtes Taschentuch, in der anderen ein Foto von ihm. Neben ihr saß sein Vater im Sessel und starrte abwesend auf den Fernseher, auf dem ohne Ton ein Film lief.

„Wir hätten ihn nie wegschicken dürfen", weinte die Mutter und wischte sich die Tränen von den geröteten Wangen. Pascal hatte Recht behalten, seine Eltern waren um Jahrzehnte gealtert, er erkannte sie fast nicht wieder mit den vielen Falten und der fahlen Haut. Die früher so blonde Lockenpracht seiner Mutter hing grau und glatt herab, hatte ihren Glanz vollständig verloren.

„Wir hatten keine andere Wahl, wir mussten ihn wegschicken. Sonst hätte er Schande über unsere ganze Familie gebracht", warf sein Vater ein, doch auch dessen tiefe Stimme klang kratzig, als hätte er lange nicht mehr geschlafen und viel geweint. Kurz wollte Camil wütend werden über die Dreistigkeit ihn als Schande zu bezeichnen. Er besann sich jedoch eines Besseren und musste einsehen, dass seine Eltern genug zu leiden hatten.

„Lieber habe ich einen schwulen Sohn als gar keinen!" Das leise Schluchzen seiner Mutter wurde immer lauter, sie stand kurz vor einem Nervenzusammenbruch. Von Seiten seines Vaters kam jedoch keine Reaktion. Es machte den Anschein, als hätte er aufgegeben und alle Emotionen verloren. Der junge Vampir hielt dieses Trauerspiel nicht länger aus und zog sich zurück. Getrieben vom ständigen Hunger, machte er die Straßen seiner Stadt unsicher und labte sich an der Beute, die er finden konnte.

Einige Wochen waren ins Land gezogen, als er wie jeden Abend im Keller seines Freundes erwachte, und zu seiner Verwunderung eine unbekannte Stimme im Wohnraum über sich vernahm. Sie gehörte zweifelsohne einer jungen Frau, die mit seinem Pascal lachte und redete. Von Eifersucht gepackt, verließ er den Keller und lief ums Haus herum.

Durch das Wohnzimmerfenster konnte er zwischen den Vorhängen ins Innere spähen und erkannte seinen Liebsten zusammen mit der Frau, die diesen schon in Wien begleitet hatte, auf dem Sofa sitzen. Pascal hatte den Arm um die Schultern der Dame gelegt, die ihn zärtlich auf die Wange küsste und glücklich kicherte.

Das Fenster war angekippt, so konnte er ihre Unterhaltung belauschen, wünschte sich aber im gleichen Moment es nicht getan zu haben. Es stellte sich heraus, dass die beiden noch immer ein Paar waren, wovon sein Freund ihm in all den Wochen nichts erzählt hatte. Er schalt sich dafür gedacht zu haben, seit seiner Rückkehr die einzige Person in Pascals Leben zu sein.

Gekränkt ging er zurück hinter seinen Schrank im Keller und wartete auf seinen Liebsten, der ihm gerade fremdging. Er wusste ganz genau, dass er ihm keinen Vorwurf machen konnte, dennoch tat es weh und er wollte wenigstens darüber reden. Es dauerte nicht lange, bis sein Liebster sich zu ihm gesellte, wie jeden Abend um die gleiche Uhrzeit, bevor er ins Bett und Camil zur Jagd ging.

„Warum hast du eigentlich eine Freundin?“, fragte der junge Vampir sofort, als sein Freund den Raum betreten hatte, und kam hinter dem Schrank hervor. Er konnte sich nicht erklären, weshalb Pascal seine Homosexualität plötzlich abgelegt hatte.

„Wegen meinen Eltern. Als sie das mit uns erfahren haben, hat mein Vater mich windelweich geprügelt und mir angedroht, mich in ein Umerziehungscamp zu stecken, wenn ich nicht freiwillig aufhöre schwul zu sein. Ich habe einfach Angst vor ihm, deshalb die Freundin“, seufzte Pascal niedergeschlagen und lehnte sich an seine Brust. Camil sog den süßlichen Duft der Haare auf, die ihn an der Nase kitzelten.

„Schläfst du mit ihr?“ Das war eine schwer zu stellende Frage für den jungen Vampir, doch die Ungewissheit nagte an seinen Nerven. Ob ein Ja etwas für ihn änderte, konnte er nicht sagen, aber wissen musste er es einfach.

„Nein, ich habe ihr erklärt, dass ich sehr christlich erzogen werde und bis zur Hochzeit damit warten will. Ich kenne sie aus der Kirche meiner

Eltern, von daher hat sie kein Problem mit dem Warten, möchte es sogar selbst." In stiller Resignation starrte Pascal ins Leere.

„Du weißt, ich liebe nur dich", hauchte sein Freund sanft und kuschelte sich an ihn. Camil nickte leicht, während er ihm zärtlich die Stirn küsste und ihn fest umarmte, um ihm einen Hauch Geborgenheit für den Moment zu schenken. Er hasste ihre derzeitige Lage. Zuerst waren sie von ihren Eltern getrennt worden, jetzt war er ein Vampir und sein Freund wollte keiner sein. Wie es weiter gehen sollte stand in den Sternen.

Für zwei Stunden lagen sie zusammen im Keller, dann musste Pascal, wie jeden Abend, ins Bett und der junge Vampir war wieder auf sich alleine gestellt. Nachdenklich zog er durch die dunklen Straßen, suchte nicht einmal mehr richtig nach Beute und kam aus dem Grübeln nicht raus. Wie sollte es mit ihnen weitergehen, wenn sie sich nur für zwei Stunden täglich sehen konnten, sein Freund in der Zeit, in der er schlief, sein eigenes Leben lebte, mit Frau und vielleicht irgendwann einem Kind?

Pascal hatte ihm mehrmals deutlich klar gemacht, dass er niemals ein Vampir werden wollte, er konnte sich also nicht mal mehr darauf berufen, dass er ihn eventuell noch umstimmen konnte. Es war hoffnungslos, ihre Liebe war zum Scheitern verurteilt. Traurig ließ er die Schultern hängen und vergrub die Hände in den Hosentaschen.

Hin und wieder war er kurzzeitig sauer auf seinen Freund und dessen Sturheit. Betrachtete er seine Gestalt im Wasser des kleinen Sees im Park, konnte er es ihm nicht krumm nehmen, dass er nicht so ein blutsaugendes Monster werden wollte und das auch noch auf ewig. Diese Phasen hielten nie lange an und danach ärgerte er sich selbst maßlos darüber.

Während sein Liebster lebte, hangelte er sich von Nacht zu Nacht, besser gesagt existierte er nur für diese zwei Stunden Zweisamkeit, ansonsten hatte er nichts, das ihn erheiterte. Doch es sollte noch dicker kommen, eine Woche nachdem er Vanessa im Wohnzimmer gesehen hatte.

Er war gerade wach geworden und streckte die Glieder, als er die ihm nun bekannte Stimme von Pascals Freundin vernahm. Obwohl er es besser wusste, schlich er sich zum Wohnzimmerfenster und belauschte die beiden wieder. Viel mehr als das, was er mitbekam, konnte sein Herz nicht mehr ertragen.

„Irgendwie habe ich das Gefühl, du magst mich gar nicht mehr“, sagte Vanessa traurig und sah seinem Freund tief in die wunderschönen Augen, in die er selbst so gerne blickte. Ein letztes Stückchen Hoffnung blieb stets zurück: die Hoffnung darauf, dass Pascal seiner Freundin die Wahrheit sagen und sie verlassen würde, um mit ihm zusammen zu sein. Doch sein Wunsch sollte sich nicht erfüllen.

„Ich bin nur müde, Schatz. Ich liebe dich, das weißt du doch.“ Pascal lächelte lieb und küsste das Mädchen an seiner Seite. Camils Herz krampfte, er ertrug diesen Anblick kaum. Er wollte seinen Freund mit niemandem teilen, doch es gab keine Möglichkeit dies zu ändern. Tränen stiegen dem jungen Vampir in die Augen, als er die beiden beim Kuscheln betrachtete und selbst so unbeschreiblich einsam und alleine war.

„Soll ich dir beweisen, wie sehr ich dich liebe?“, lachte Pascal und das Mädchen nickte erfreut. Der Vampir hatte genug gesehen und gehört, mehr wollte er gar nicht mitbekommen. Geknickt ging er zurück in den Keller und setzte sich in eine Ecke, den Kopf auf die Knie gelegt.

Nach einer Weile, in der er sich selbst bemitleidete, hörte er plötzlich das Knarren der Kellertür und sein Freund trat ein. Die zärtliche Begrüßung fiel diesmal komplett aus, lediglich ein zurückhaltendes ´hi´ durchbrach die kalte Stille. Camil stand auf und sah fragend zu dem eindeutig nervösen Mann, den der liebte, gefasst auf das Schlimmste.

„Hör zu, es fällt mir echt nicht leicht, dir das zu sagen, aber Vanessa und ich haben uns heute verlobt. Ich werde in wenigen Monaten heiraten.“ Mit dieser Information versetzte Pascal den jungen Vampir in eine Art Schockstarre. Reglos hielt er sich an der Wand fest, um nicht einfach umzukippen. Die Nachricht traf ihn mehr als erwartet und langsam wurde ihm klar, dass es von Anfang an so hatte kommen müssen, er hatte es nur nicht sehen wollen.

„Aber warum? Du wirst du niemals mit ihr glücklich, oder?“, entgegnete er schwach und fassungslos. Er könnte es ja noch verstehen, wenn Pascal mit einem anderen Mann zusammen wäre, doch, dass dieser sich seinen Eltern zuliebe tatsächlich mit einer Frau liierte, war für ihn unverständlich.

„Ich weiß es nicht. Ich weiß nur, dass ich mein Leben nicht alleine verbringen will und sie zu heiraten ist das einfachste, um meine Eltern nicht gegen mich aufzuhetzen. Wenn ich nicht mit dir zusammen sein kann, und du weißt, das geht wirklich nicht, dann möchte ich auch keinen anderen Mann an meiner Seite haben.“ Die Gedanken schwirrten nur so durch seinen Kopf, als er komplett abwesend nickte.

„Es ist besser, wenn ich jetzt gehe. Leb wohl! Und vergiss nie, dass ich dich über alles auf der Welt liebe!“ Ein letzter verzweifelter Kuss besiegelte ihre Trennung für immer und salzige Tränen untermalten die tiefe Trauer über ihr düsteres Schicksal. Danach ging Camil, ohne zurückzublicken, davon, auf in eine ungewisse Zukunft, die niemals enden würde.

Der Keller seines Freundes war nicht länger sein Zuhause, er musste sich eine neue Unterkunft suchen, wollte jedoch wenigstens in der Nähe bleiben. Er entschied sich für die alte Burgruine am Stadtrand, wo er genug dunkle Gewölbe zur Verfügung hatte zum Schlafen, ohne entdeckt zu werden. Die Ruine war schon seit Jahren gesperrt, aufgrund des Zerfalls und der Verletzungsgefahr, die daraus entstand. Niemand würde sich dort nachts herumtreiben, vor allem nicht in den einsturzgefährdeten Kellerräumen.

Zutiefst getroffen von Pascals Entscheidung und ihrer damit zusammenhängenden Trennung, verbrachte er die restliche Nacht damit auf einer Mauer zu sitzen und in die Sterne zu starren. Blieb er in der Nähe der Stadt, hatte er wenigsten die Möglichkeit seinen Liebsten ab und an aus der Ferne zu beobachten. Dass er sich dadurch nur selbst bestrafte, war ihm zu diesem Zeitpunkt noch relativ egal.

Kapitel 4:

Alle gehen, außer ich

Es kam der Tag, an dem Camil sich seiner Unsterblichkeit einmal mehr bewusstwurde. Abgeschieden auf seiner Burg, lebte er einsam und verlassen vor sich hin, besuchte im Stillen seine Eltern oder beobachtete Pascal, wenn er sich mal wieder selbst quälen wollte. Wie die Jahre vorbeizogen merkte er kaum, zu sehr war er mit sich und der Einsamkeit beschäftigt. Die Zeit hatte auch keine große Bedeutung mehr für ihn, schließlich war er unsterblich und alterte nicht.

Seine Familie hingegen war sterblich und seine Eltern alterten sehr wohl. Unaufhaltsam kamen sie ihrem unvermeidbaren Tod entgegen, wurden gebrechlich und krank. Die Lunge seines Vaters arbeitete schon eine ganze Weile nicht mehr richtig, er benötigte für die Nächte ein Sauerstoffgerät und vermied jegliche Anstrengung.

Für die Mutter drehte sich alles nur noch um ihren kranken Mann, obwohl auch sie schon ziemlich schwach und eben alt war. Jedes Mal, wenn Camil seine Eltern aus der Ferne beobachtet hatte, spürte er den Wunsch in sich, ihnen nahe sein, ihnen helfen zu können. Doch er konnte nicht, musste zusehen wie sie litten und würde ihrem Tod ebenfalls nur aus der Ferne beiwohnen können.

Als es seinem Vater immer schlechter ging, rief die Mutter eines nachts einen Krankenwagen und ließ ihn ins nächstgelegene Krankenhaus bringen.

Nur aus abendlichen Telefonaten mit Freunden und Verwandten konnte er heraushören, wie es um seinen Vater stand. Im Krankenhaus selbst kam er kaum dazu etwas herauszufinden, in den Nächten kamen keine Ärzte zur Visite.

Schmerzlich stellte er fest, dass es kaum noch Hoffnung gab. Sein Vater hatte eine schwere Lungenentzündung und musste nach Ankunft im Krankenhaus in ein künstliches Koma versetzt werden. Daraus erwachen würde er mit hoher Wahrscheinlichkeit nicht mehr, wie sich nach acht Tagen ohne Besserung herausstellte.

In einer dunklen Ecke der Station, wartete er in der Nacht auf eine Gelegenheit, unbemerkt in das Krankenzimmer zu gelangen. Nachdem er beobachten konnte, wie seine Mutter das Krankenzimmer verließ, schlich er sich hinein, um einen letzten Blick auf seinen schwer kranken Vater zu werfen.

Über die Jahre hatte er seinen Eltern verziehen, was sie ihm damals angetan hatten. Zwar hatte er es ihnen zu verdanken, dass er nun ein blutdurstiger Vampir ohne Verfallsdatum war, doch das Wissen darum, seine Eltern bald nie wieder sehen zu können, schmerzte ihn. Lange genug hatte er tief im Inneren mit dem Hass ihnen gegenüber gekämpft, es war an der Zeit loszulassen und zu vergeben.

Monotone Maschinengeräusche waberten durch den kleinen, sterilen Raum und Camil sah, wie sich der Brustkorb seines Vaters stetig hob und senkte. Nicht aus eigener Kraft, das angeschlossene Beatmungsgerät allein hielt den Mann noch am Leben. Die Bakterien hatten nicht nur die Lunge, sondern bereits sämtliche innere Organe angegriffen, die daher schon am Versagen waren und es war nur eine Frage der Zeit, wann die Maschinen ausgeschaltet werden würden.

Es war ein erbärmlicher Anblick der sich ihm bot. Sein Vater war dürr, hatte alle Muskeln eingebüßt und machte einen leblosen Eindruck. Die gewünschte Erholung, die das Koma als Ziel hatte, war nicht eingetreten, sein Zustand hatte sich zunehmend verschlechtert. Schwermütig ließ Camil seinen Blick über die Gerätschaften schweifen, die seinen Vater am Leben hielten. Er kannte sich mit Medizin so gut wie gar nicht aus, ihm war jedoch klar, dass all diese Maschinen nichts mehr retten konnten.

„Vater, ich bin es, Camil", flüsterte er, obwohl sein Vater ihn nicht hören konnte und nahm die kalte Hand des Mannes in die seine. Kurz hatte er das Gefühl seine Hand wurde gedrückt, doch er wusste, dass dies nur ein Trugschluss sein konnte. Seufzend ließ er sich auf der Bettkante nieder.

„Ich wurde nicht von einem Bären gefressen, sondern von einem Vampir. Und jetzt bin ich auch einer, also ein untoter Blutsauger", erzählte er dem Komapatienten und starrte in die Leere. Selbst wenn sein Vater ihn verstünde, musste er sich keine Sorgen machen, dass sein Geheimnis rauskam, denn aus dem Koma konnte er nicht wieder erwachen, so viel stand laut Ärzten fest.

„Ich bin gekommen, um dir zu verzeihen und dir Lebewohl zu sagen", flüsterte er in die Stille des Krankenzimmers und küsste die kalte Stirn seines Vaters ein letztes Mal. Auf dem Flur waren Stimmen zu vernehmen, das Zeichen für ihn schnellstmöglich zu verschwinden.

In Windeseile verabschiedete er sich von seinem sterbenden Vater und verschwand durch das Fenster in die Nacht. Das Zimmer befand sich im dritten Stock des Krankenhauses, er trug dennoch keine Wunden davon, als er auf den Asphalt sprang. Ein letztes Mal blickte er nach oben, beobachtete die Krankenschwester beim Schließen des Fensters und machte sich anschließend auf Nahrungssuche.

Während er durch die dunklen Gassen lief, kamen ihm plötzlich die Tränen. Jeder, den er kannte, würde vor ihm sterben, all seine Freunde, seine Familie, müsste er in den Tod begleiten und am Ende alleine zurückbleiben.

Eine grausige Vorstellung diese geliebten Menschen nie wieder sehen zu können, doch die Erinnerung an sie stets bei sich zu tragen. Mit dem

Handrücken wischte er sich über die Augen, die Tränen versiegten jedoch nicht. Immer mehr strömten seine Wangen hinunter, nässten den Ausschnitt seines T-Shirts und machten ihm die Aussichtslosigkeit seiner Lage bewusster denn je.

Noch war seine Mutter am Leben, doch auch sie würde in spätestens ein paar Jahren von der Welt gehen, dann hatte er hier keine Familie mehr. Obwohl er sich mit ihnen nie unterhalten oder anderweitig Kontakt mit ihnen aufgenommen hatte seit er ein Vampir war, so hatte er trotzdem immer das Gefühl gehabt nicht alleine zu sein, wenn er sie heimlich beobachtete.

Wen konnte er beobachten, wenn sie Vergangenheit waren? Nur Pascal blieb ihm, der früher oder später ebenfalls unter der Erde zu Staub zerfallen musste. Camil bemerkte, wie sehr er sich an seine Liebe zu seinem besten Freund klammerte, mit dem Wissen, ihn irgendwann zu verlieren. Eine schreckliche Vorstellung, die ihm die Kehle zuschnürte.

Um sich von seinen tristen Gedanken abzulenken, beschloss er, Leian aufzusuchen, der sich weiterhin in der Gegend herumtrieb, obwohl sie keinen Kontakt zueinander mehr hatten, seit er bei seinem Freund im Keller geblieben war. Camil fühlte die Präsenz seines Schöpfers jedoch deutlich und konnte dieser Aura folgen, um ihn zu finden.

Priorität hatte dennoch zunächst der stärker werdende Durst, den er mit dem Blut eines ahnungslosen Passanten stillte, bevor er sich auf den Weg zu seinem derzeitigen Zuhause machte. Die Burgruine, in deren Kellergewölbe er sich eingerichtet hatte, sah von weitem wie ein verlassenes Geisterschloss aus und gab ihm bei jeder Rückkehr endgültig das Gefühl ein Vampir zu sein.

Leian stand gegen die schwere Holztür, hinter der sich die maroden Treppen ins Untergewölbe verbargen, gelehnt, und hatte die Arme vor der Brust verschränkt. Seine roten Augen blitzten durch das einfallende Mondlicht gefährlich auf, als Camil den Blick auf sich ruhen spürte. Er fragte sich, ob er nicht einen besonderen Duft ausströmte, den der andere Vampir meilenweit entfernt wahrnehmen und daraus auf seinen Gemütszustand schließen konnte.

Seufzend setzte Camil sich auf eine kaputte Steinmauer und vergrub den Kopf in den kalten Händen. Es tat gut nach all den Jahren mal wieder einen Untoten um sich zu haben, der das gleiche Schicksal teilte. Die heimliche Beobachtung sterblicher Menschen forderte langsam ihren Tribut. Alle alterten, während sie ihr Leben im Sonnenlicht führten, nur er musste in den Schatten verharren, ohne sich jemals den geliebten Menschen zeigen zu können.

Der Fluch der Unsterblichkeit lastete schwer auf seinen Schultern. Sah er jedoch die Trauer mit der die Toten beweint wurden oder das Leiden der Sterbenden, war er ganz froh, das nicht durchmachen zu müssen. Das Vampirdasein war Fluch und Segen zugleich und bisher hielt es sich die Waage.

„Du solltest dich nicht selbst weiter quälen", durchbrach Leian die Stille, noch immer gegen die Holztür gelehnt. Camil hob den Kopf und nickte abwesend. Er wusste, was sein Schöpfer meinte, war allerdings nicht gewillt sich von seinem ehemaligen Leben zu verabschieden. Erst wenn alle, die er kannte tot waren, wollte er die Stadt verlassen. War er auch kein Teil mehr von ihrem Leben, so hatte er doch wenigstens das Gefühl ihnen nah zu sein.

„Den Tod kannst du nicht aufhalten, außer du machst jeden, der dir lieb ist zum Vampir und das ist keine gute Idee", fuhr der weißhaarige Vampir fort, in seiner Stimme schwang weder Mitleid noch Verständnis mit, was wohl daran lag, dass er schon etliche Jahrhunderte als Gestalt der Nacht umherwandelte und Emotionen diesbezüglich abgelegt hatte.

„Lass dein altes Leben endlich hinter dir und begleite mich in die Ewigkeit." Camil schnaubte verächtlich. Er hätte sich denken können, dass er von seinem Schöpfer, der ihn unbedingt zum Gefährten haben wollte, nichts anderes zu erwarten hatte. Wie immer wollte der ihn nur überreden mit ihm zu gehen, doch er war noch lange nicht so weit.

„Bist du nur hier, um mir diesen Gefährtenschwachsinn aufzudrängen? Dann kannst du gleich wieder gehen“, fauchte er aufgebracht und funkelte sein Gegenüber aus seinen kristallklaren Augen an.

„Sie werden alle vor deinen Augen sterben, willst du dir das wirklich antun?“, fragte Leian unbeeindruckt und machte keine Anstalten zu verschwinden. Der junge Vampir sackte wieder in sich zusammen und dachte einen Moment intensiv darüber nach, bevor er antwortete.

„Ja, egal was meine Eltern mir angetan haben, ich liebe sie und werde hier bleiben bis auch der letzte Mensch, den ich liebe, von dieser Welt verschwunden ist!“, sagte er mit fester Stimme, die keinen Zweifel zuließ. Er hatte sich entschieden und bis zu diesem besagten Tag würde er hier auf dieser verlassenen Ruine verweilen und den stillen Beobachter geben.

„Wie du willst.“ Leian zuckte gleichgültig mit den Schultern, doch Camil sah ihm an, dass er mit dieser Antwort nicht zufrieden war und sich wünschte, mit ihm zusammen sein zu können. So leid es dem jungen Vampir auch tat, er konnte die Gefühle nicht erwidern und wäre momentan kein guter Wegbegleiter.

Der Vampirmeister stieß sich von der Holztür ab und trat auf ihn zu. Flüchtig berührte ein kaltes

Lippenpaar seine bleiche Wange, was ein angenehmes Kribbeln auf seiner Haut auslöste. Kaum hatte sich Leian wieder von ihm gelöst, verschwand dieser auch schon in der Dunkelheit und ließ ihn allein zurück in seiner Qual.

Zwei Tage später verstarb sein Vater an den verheerenden Folgen der Lungenentzündung und hinterließ seine trauernde Mutter, die nun ganz allein in der großen Wohnung saß und nicht einmal ihren einzigen Sohn zur Unterstützung hatte. Camil hatte sich auf dem üblichen Weg in die Wohnung geschlichen und beobachtete die gealterte Frau beim Aussortieren der Hinterlassenschaften ihres Mannes.

Alles rief Erinnerungen in ihr hervor und sie weinte bitterlich, was ihm das Herz brach. Doch so sehr er sie auch trösten wollte, er musste in seinem Versteck ausharren und durfte sie nur aus der Ferne bedauern. Seine Eltern waren ganze vierzig Jahre verheiratet gewesen. Eine lange Zeit, die es umso schwerer machte, loszulassen. Für ihn war es ebenso hart seinen Vater gehen lassen zu müssen. Obwohl die Eltern irgendwann alt sind und man weiß, dass es jederzeit vorbei sein könnte, ist man doch nicht darauf vorbereitet. Es trifft einen wie ein Schlag und es dauert seine Zeit, bis wieder Normalität einkehrt.

Früher hatte er sich nicht viele Gedanken um den Tod gemacht, doch da waren seine Eltern noch jung und fit gewesen und er kein unsterblicher Vampir. Innerlich zerrissen starrte er durch den Spalt der Tür ins Schlafzimmer, wo seine Mutter mittlerweile auf dem Fußboden zusammengebrochen war und sich an ein Hemd seines Vaters klammerte.

Länger konnte er diesen tragischen Anblick nicht verkraften. Also schlich er sich davon und verbrachte die restliche Nacht auf seiner Burg, wo er auf dem Rücken liegend in die Sterne starrte. Nur wenige Wochen später, erlitt seine Mutter einen Herzinfarkt und folgte seinem Vater ins Land der Toten.

Als er des Nachts die Gräber seiner Eltern besuchte, einen kleinen Blumenkranz ablegte und sich still von ihnen verabschiedete, fasste er den Entschluss, Pascal nicht länger zu beobachten. Leian hatte Recht behalten, es war eine Qual die Liebsten altern und erkranken zu sehen, das wollte er sich nicht noch einmal antun, schon gar nicht bei dem Mann seines Lebens.

Der Friedhof lag einsam und verlassen am Rande der Stadt und bot eine gruselige Grablandschaft, bestehend aus großen, dunklen Grabmalen und den Schatten der Blumengestecke, die auf den Gräbern lagen. In seiner Jugend hatte er Friedhöfe gehasst und sich vor den Toten gefürchtet. Jetzt gehörte er selbst zu den Gruselgestalten, die den

Legenden nach ihr Unwesen auf alten Friedhöfen trieben. Ein müdes Lachen entwich seiner trockenen Kehle, als ihm das klar wurde.

„Lebt wohl, Mama und Papa“, flüsterte er in Richtung der beiden nebeneinanderliegenden Gräber und stahl sich lautlos davon. Seinen Gedanken nachhängend wanderte er zurück zur Ruine. In seinem Kopf spukten alle möglichen Gedanken, allem voran die Frage, warum es so etwas wie Vampire überhaupt geben konnte. Mehr denn je spürte er das Verlangen nach einem normalen Leben und dem dazugehörigen Tod.

Plötzlich hatte er das Bedürfnis ein Heilmittel zu finden, dass ihn zurückverwandelte und ihm die Möglichkeit gab, zusammen mit Pascal glücklich zu werden. Eine andere Option sah er nicht, schließlich war Pascal schon fünfundzwanzig Jahre gealtert seit ihrem letzten Zusammentreffen und weigerte sich, ein Vampir zu werden.

Auf dem Weg zu seinem Quartier, brannte sich dieser Gedanke vollends in seinen Kopf und er beschloss, der Sache auf den Grund zu gehen, bevor sein Liebster ihm für immer entrann. Leian um Hilfe zu bitten schien ihm eine gute Idee, da sein Meister schon deutlich länger in der Gestalt eines Blutsaugers existierte und mit Sicherheit Kontakte zu anderen Vampiren pflegte.

Sein Weg führte ihn an Pascals Wohnung vorbei, in der dieser mit seiner Frau eine Lüge lebte.

Innerlich versprach er seinem Freund, bald zurück zu sein und ihn aus seinem tristen Leben zu befreien, sobald er ein Heilmittel gegen diesen düsteren Vampirismus gefunden hatte.

Wie nicht anders zu erwarten, wartete sein Schöpfer schon an der Burg auf ihn. Es war ihm ein Rätsel, wie der alte Vampir sein Bedürfnis ihn zu sehen jedes Mal spürte und sogleich zur Stelle war. Doch er war froh darüber und gesellte sich zu Leian ins alte Gemäuer. Viele Fragen brannten ihm auf der Zunge, die er nun alle stellen wollte.

„Ich würde gerne wissen, wie Vampire überhaupt entstanden sind. Einfach so aus dem Nichts können sie ja nicht gekommen sein, da muss es doch einen Vorfall gegeben haben, oder?", wollte Camil sein Wissen erweitern. Seit Jahren rannte er als Vampir durch die Welt und hatte keine Ahnung vom Ursprung dieser Spezies. Woher auf einmal die Wissbegierde kam, konnte er nicht sagen, die Fragen schwelten einfach plötzlich in ihm und wollten beantwortet werden.

„Vampire gibt es schon sehr lange und ja, sie haben natürlich einen Ursprung. Die Geschichte unseres Entstehens wird dir nur nichts bringen, ein Heilmittel wie du es dir wünschst gibt es nicht. Zwar gibt es eine Möglichkeit die Vampire auszulöschen, aber die besteht nur in der Theorie, praktisch wäre es nicht durchführbar", philosophierte

Leian und lehnte sich zurück an die Steinmauer vor der sie saßen.

Camil tat es ihm gleich, drehte jedoch den Kopf interessiert zur Seite, um einen besseren Blick auf seinen Schöpfer zu haben. Die Schönheit dieses Vampirs faszinierte ihn und insgeheim wünschte er sich, ihn lieben zu können, damit der ganze Spuk um Pascal und dessen unaufhaltbaren Ablebens ein Ende hatte und er an der Seite des Vampirs leben könnte.

„Du kannst also doch Gedanken lesen", witzelte er. Er hatte mit keiner Silbe erwähnt, dass er geheilt werden wollte und trotzdem hatte sein Schöpfer es erraten.

„Ich will es trotzdem wissen. Wenn auch nur die kleinste Möglichkeit besteht, diesem Albtraum zu entkommen, möchte ich sie kennen", insistierte er entschlossen und fixierte das fahle Gesicht seines Meisters mit den Augen. Der seufzte ergeben und weihte ihn in die Geheimnisse der Vampire ein.

„Die genaue Zeit, wann das alles geschehen ist, weiß ich leider nicht. Aber es muss etliche Jahrhunderte, wenn nicht sogar Jahrtausende her sein. Damals versklavte der schrecklichste aller Dämonen – Krawon – Menschen, die in seinem Namen Gräueltaten auf der Welt begingen. Nur diese Sklaven wussten von der Existenz dieser grauenvollen Macht, konnten darüber jedoch nicht berichten, da ihnen sonst der Tod drohte. Isam, der allererste Vampir, den es jemals gab, gehörte zu Krawons Gefolge und diente dem Dämon jahrzehntelang.

Was Krawon verborgen geblieben war: Isam spionierte ihn aus, mit dem Vorhaben selbst unsterblich zu werden und den Dämon zu Fall zu bringen. Es ging das Gerücht herum, dass derjenige, der Krawons Blut zu trinken bekam, mit dem ewigen Leben belohnt werden würde. Isam arbeitete hart an seinem Wunsch den Dämon zu stürzen und warb unter den zahlreichen Sklaven Söldner an, die ihm bei einem Schlag gegen Krawon behilflich sein sollten.

Als dann der Tag kam, an dem sie den Aufstand probten, hielt Isam sich zurück und ließ die Söldner für sich kämpfen, die der Reihe nach den Tod fanden. Nur wenige schafften es, dem Dämon Wunden zuzufügen, bevor auch sie auf grausame Weise niedergemetzelt wurden. Diese Chance nutzte der untreue Sklave und füllte etwas von dem Blut aus den Wunden in ein Gefäß, mit dem er sich zurückzog. Endlich hatte er das langersehnte Blut des Dämons und konnte Unsterblichkeit erlangen. Er trank also das bittere, schwarze Blut und sein Herz hörte augenblicklich auf zu schlagen. Doch er war nicht tot.

Seine Sinne schärften sich und um ihn herum legte sich eine betörende Aura, die alle Menschen um in seiner Umgebung zu ihm hinzog und ihre

Sinne vernebelte. Außerdem konnte er sich plötzlich lautlos fortbewegen und deutlich schneller als zuvor. Gleichzeitig packte ihn ein ungeheurer Durst nach frischem Menschenblut, den er an den Sklaven des Dämons stillte. Einige baten ihn, auch ihnen von dem Blut zu trinken zu geben, doch Krawons Blut reichte nicht aus für alle. Also gab er ihnen von seinem eigenen Blut, das vom Dämon infiziert war, zu trinken, und sie verwandelten sich daraufhin ebenfalls in unsterbliche Wesen."

Camil lauschte staunend der Geschichte, die Leian zum Besten gab und war überwältigt von der Tatsache, dass es Dämonen wirklich gab. Er zweifelte nicht am Wahrheitsgehalt der Geschichte, zumal sein Meister sie, ohne mit der Wimper zu zucken, vortrug und dabei sehr ernst und sogar ein wenig traurig wirkte.

„Warum hat der Dämon diesen Isam nicht getötet, als er davon erfahren hat?", fragte er interessiert nach und hing an den Lippen des alten Vampirs, der sich mit ihrer Geschichte so gut auskannte.

„Als Krawon davon erfuhr, hatte Isam bereits unzählige Menschen zu Vampiren gemacht, die wiederum ihrerseits ihr Unwesen auf der ganzen Welt trieben. Außerdem kann der Dämon ihn nicht töten. Stirbt derjenige, der sein Blut aus erster Hand getrunken hat, geht Krawon mit unter. Damit das nicht passieren kann, hat er Isam dazu verbannt, in ewiger Finsternis zu leben, eingesperrt in eine Dimension, die große Ähnlichkeit mit einem schwarzen Loch hat. In unsichtbare Ketten gelegt, schwebt der Urvampir im Reich der Dämonen in einer eigenen Sphäre und kann seinem trostlosen Dasein kein Ende bereiten. Niemand hat Zugang zu dieser Dimension, außer Krawon. Dadurch verhindert er, dass andere auf die Idee kommen Isam zu töten."

Das alles klang für Camil nach einem schlechten Scherz. Doch Vampire existierten, das konnte er nicht mehr leugnen, also warum sollte nicht auch ein Dämon existieren, der die Vampire ungewollt erschaffen hatte.

„Das heißt, um vom Vampirismus geheilt zu werden, müsste man ins Reich der Dämonen gelangen, dort Isam aufspüren und ihn töten", fasste er zusammen und erntete einen ungläubigen Blick seitens Leian.

„Du glaubst doch nicht wirklich, dass es machbar wäre, dorthin zu gelangen? Und selbst wenn, in die andere Dimension würdest du es niemals lebendig schaffen. Also hör auf nachzudenken und genieß dein ewiges Leben", forderte der ältere Vampir genervt.

„Warum hast du kein Problem damit unsterblich zu sein und das Blut aus wehrlosen Opfern zu saugen?" Camil verstand nicht, wie sein Schöpfer so gelassen auf die Tatsache, dass er ein gefräßiges Monster war, reagieren konnte.

„Ich bin seit fünfhundert Jahren ein Vampir schon vergessen? Irgendwann findet man sich damit ab", seufzte Leian und hatte allem Anschein nach keine große Lust noch weiter zu diskutieren. Das hielt den jungen Vampir allerdings nicht davon ab weiter zu forschen.

„Wenn du dich damit abgefunden hast würde das ja bedeuten, dass du vorher auch nicht gerade begeistert gewesen bist?" Damit hatte er wohl genau einen Nerv getroffen, denn der ältere Vampir starrte gedankenverloren in die Ferne und machte ein trauriges Gesicht. Die sonst strahlenden Augen verloren plötzlich an Glanz und leuchteten nur noch halb so stark in der beißenden Dunkelheit.

„Ich war damals ein bisschen älter als du und die Zeiten waren hart. Ich gehörte dem Adel an und hatte viele Privilegien, doch die interessierten mich nicht. Mir machte es zu schaffen, dass unser Volk, die Bauern und Händler, unter Hungersnöten leiden mussten und ständig von Seuchen geplagt wurden." Leian machte eine Pause, während er wohl an die Zeit zurückdachte, in der er noch am Leben gewesen war.

„Hast du jemanden geliebt?", hakte Camil leise nach, da er den großen Schmerz in den Augen des Vampirs nicht übersehen konnte. Sein Schöpfer nickte traurig.

„Er war ein Bauerssohn. Ich lernte ihn kennen, als ich trotz des Verbots meines Vaters, in die umliegenden Dörfer ging, um mir ein Bild von den Zuständen dort zu machen und den Menschen etwas zu Essen zu bringen. Ich habe mich sofort in ihn verliebt, in seinen liebevollen Charakter. Er war ein herzlicher Mensch, trotz der schlimmen Armut brachte er mich zum Lachen und genoss das Leben."

„Was ist passiert? Hat dein Vater davon Wind bekommen und euch getrennt?", mutmaßte Camil und fürchtete, es könnte sich ähnlich zugetragen haben wie bei ihm und Pascal. Doch Leian schüttelte energisch den Kopf.

„Nein, mein Vater hatte besseres zu tun als mich zu überwachen. Ich glaube nicht, dass er von meiner Liebschaft wusste und falls doch, hat er es zumindest nie erwähnt. Wir wurden auf andere Art und Weise getrennt." Er ließ dem älteren Vampir die Zeit, die dieser benötigte, um Kraft zu sammeln für das Aussprechen von dem, was damals passiert war.

„Es war Herbst und das Dorf meines Liebsten wurde von einer tödlichen Seuche heimgesucht, die fast alle Bewohner ausrottete. Auch Hermon erkrankte und ich wusste er würde bald sterben. Eigentlich hätte ich mich vom Dorf fernhalten sollen, doch ich konnte ihn einfach nicht alleine lassen. Also machte ich mich auf den Weg zu ihm. Auf halbem Weg hielt mich ein Reiter an, den ich erst für einen Räuber hielt. Doch er war ein Vampir und er bot mir an, mich ebenfalls zu einem Vampir zu machen, als ich ihm die Hoffnungslosigkeit, in der ich mich befand, schilderte. Ich willige sofort ein, da ich so Hermon retten konnte, indem ich ihm mein Blut zu trinken gab und ihn unsterblich machte. Im Dorf musste ich mich durch unzählige Leichenberge kämpfen, bis ich endlich an der Hütte seiner Familie ankam."

Leian stockte plötzlich und eine kleine Träne bahnte sich den Weg über die bleiche Wange. Mit einem dicken Kloß im Hals senkte Camil den Blick zu Boden. Er konnte sich schon denken, wie die Geschichte ausgegangen war.

„Es war zu spät, nicht wahr?", hauchte er kaum hörbar in die Nacht und fühlte das sachte Nicken des älteren Vampirs, ohne es sehen zu können. Ein drückendes Schweigen legte sich über die beiden unsterblichen Geschöpfe. So unterschiedlich ihre Wege auch waren, in einem glichen sie sich, beide hatten die Liebe ihres Lebens verloren.

Camil machte sich kaum Hoffnungen das Reich des Dämons rechtzeitig zu finden, bevor Pascal in den Tod gleiten würde. Um sein kaltes Herz etwas zu erwärmen schmiegte er sich an Leian, der ihn sofort in die Arme zog. Er ahnte, dass der Vampir ihn aus einem bestimmten Grund als Gefährten ausgesucht und nicht weiter nach seiner Meinung gefragt hatte. Wahrscheinlich erinnerte er ihn an Hermon, seinen verstorbenen Liebsten.

„Ich werde dir helfen, obwohl dieses Unterfangen zum Scheitern verurteilt ist. Aber sollte auch nur die geringste Hoffnung bestehen, dass wenigstens du noch ein paar Jahre glücklich mit der Person, die du liebst, verbringen kannst, ist es einen Versuch wert“, flüsterte sein Schöpfer in sein Haar und küsste zärtlich seinen Kopf. Glücklich und unendlich dankbar drückte Camil den Vampir fest an sich und seufzte erleichtert auf.

Das nahende Ende der Nacht störte ihre angenehme Zweisamkeit und sie zogen sich in den Keller der alten Ruine zurück. Camil legte sich auf seine Decken und starrte an die Decke. Obwohl es stockfinster in diesem Raum war, konnte er die Gemäuer genau erkennen. In seinen Adern floss Dämonenblut, ein Umstand, den er immer noch kaum fassen konnte.

„Wie sieht dieser Krawon eigentlich aus? So wie sich Menschen Dämonen vorstellen, vielleicht mit ein paar Hörnern?“, fragte der junge Vampir seinen Gefährten, der es sich neben ihm auf den Decken bequem gemacht hatte.

„Ich habe ihn noch nie persönlich getroffen. Die einzigen, die ihn je gesehen haben, sind die Urvampire, doch die halten sich bedeckt und leben abgeschieden in einem Clan zusammen. Sie halten sich für was Besseres, weil in ihnen reineres Dämonenblut fließt, als in allen hinter her erweckten Vampiren. Eigentlich sollte man sich von ihnen fernhalten, sie sind dafür bekannt, jüngeren Vampiren den Garaus zu machen, weil sie diese für unwürdige Nachfahren halten.

Alles was ich weiß, habe ich nur aus zweiter Hand und ich kann nicht garantieren, dass all das Wissen richtig überliefert wurde. Er hat die Gestalt eines großen Mannes, allerdings mit einem ausladenden Schweif aus dunkler Materie, die aussieht wie Nebelschwaden, die ihm aus dem Hintern kommen. Sein Haar besteht ebenfalls aus dieser nicht greifbaren Materie und reicht ihm bis zu den Hüften. Das markanteste sollen jedoch seine feuerroten, glühenden Augen sein und sein Körper dunkelbraun und ledrig. Besonders gefährlich ist die Aura von Krawon. Sie ist nichts weiter als gebündelte Energie, die jeden, der ihr zu nahe kommt, in ein Inferno aus Blitzen hüllt."

Am Ende dieser vagen Erklärung ging die Sonne auf und Camil fiel in seine traumlose Schockstarre, umgeben vom schützenden Gemäuer seiner erwählten Burgruine. Manchmal wünschte er sich wieder richtig schlafen und träumen zu können. Er vermisste die schemenhaften Bilder seines Unterbewusstseins.

Wie jeden Abend, erwachte er mit Einbruch der Dunkelheit, aber etwas später als Leian, der neben ihm im Schneidersitz saß und ihn beim

Schlafen beobachtete. Im Blick des Älteren lag Entschlossenheit, ein Umstand, den der junge Vampir sehr zu schätzen wusste. Ihm war egal, warum sein Schöpfer ihm half, Hauptsache er tat es.

Kaum hatte er sich aufgerichtet, wurden ihm die Einzelheiten des Plans aufgezählt. Es gab eine Menge zu bewältigen, wollten sie den Dämon namens Krawon bezwingen. Während Leian ihre bevorstehende Reise preisgab, kam zur Entschlossenheit noch etwas anderes hinzu, eine tiefe Traurigkeit, die sich Camil nicht erklären konnte.

„Wir müssen nach Russland, dort hält sich der Clan der Urvampire in einer sibirischen Eishöhle versteckt, die den Zugang zur Dämonendimension enthalten soll. Wir werden eine Weile suchen müssen, da keiner den genauen Standort der Höhle kennt. Sind wir in der Nähe, werden wir jedoch die Präsenzen der Urvampire spüren und können sie finden. Kampflos werden sie uns aber bestimmt nicht zum Portal in die Dämonenwelt lassen. Sie wissen, dass ihr Leben an Krawons Existenz hängt."

Das waren ja fantastische Aussichten, fand Camil, der sich besseres vorstellen konnte, als in einer Wüste aus Schnee und Eis nach einer Höhle zu suchen. Aber was hatte er schon zu verlieren? Seine Eltern waren der Sterblichkeit zum Opfer gefallen, hatten ihn in seiner Einsamkeit und trostlosen Ewigkeit zurückgelassen, wie auch Pascal es früher oder später tun würde.

„Auf nach Sibirien!", rief er voller Tatendrang aus und stand entschlossen auf. Die Nacht war gerade erst hereingebrochen, was ihnen Zeit gab für die Reise und einen Grund Zeit zu verschwenden sah der junge Vampir nicht gegeben. Leians Blick schweifte verstohlen durch die derzeitige Unterkunft, bevor auch er sich erhob und zustimmend nickte.

Kapitel 5:

Dämonenblut

Voller Hoffnung auf ein baldiges Ende der Qual des unsterblich seins, trat Camil zusammen mit seinem treuen Begleiter die Reise mit ungewissem Ausgang an und fand sich, nach wenigen durchlaufenen Nächten, im eisig kalten Sibirien wieder. Eine nie zuvor gesehene Landschaft aus hohen Bergen, bedeckt mit Schnee und meterdickem Eis, ersteckte sich vor seinen erstaunten Augen.

Täler aus Geröll und Felsen gaben den Blick frei auf glatte, blau leuchtende Eiswände, so hoch wie mehrere Hochhäuser übereinander gestapelt. Türkisfarbenes Schmelzwasser vereinte sich zu kleinen Bächen, die zwischen den Eisbergen hinab flossen und angenehm plätscherten. Ein Idyll wie aus einem Reisekatalog, doch ihre Mission lag nicht darin, sich der Schönheit der Gletscherwelt hinzugeben.

Die ersten zweitausend Meter entdeckte Camil hin und wieder kleine Holzhütten, in denen mutige Bergsteiger nächtigten, um bei Tagesanbruch weiter hinauf zu klettern. Abseits dieser Hütten übernachteten die ganz hartgesottenen Abenteurer in Zelten, deren Plastikplanen im eisigen Wind raschelten. Beschämt stellte der junge Vampir fest, dass er beim Anblick der Zelte daran dachte, hier zumindest nicht verhungern zu müssen.

Sein Begleiter schien den gleichen Gedanken zu hegen, denn er steuerte ohne Umschweife eines der abgelegenen Behausungen an und öffnete den

Reißverschluss des auserkorenen Zeltes. Drinnen lag ein einsamer Wanderer, eingehüllt in einen wärmenden Schlafsack und schnarchte leise im Schlaf. Leian machte sich nicht die Mühe den Mann aufzuwecken. Abwechselnd labten sie sich am süßen Blut, ohne ihrem Opfer einen tödlichen Blutverlust zuzufügen. Dasselbe taten sie mit zwei weiteren Wanderern, die in anderen Zelten schliefen und setzten ihren Weg anschließend fort.

Je höher sie kamen, desto weniger Zelte und Hütten waren zu sehen, bis schließlich nichts mehr als unberührter Schnee die Berge strahlen ließen. Das Mondlicht reflektierte sich in den weißen Eiskristallen, Finsternis suchte man hier vergebens.

Der Aufstieg war selbst für unsterbliche Vampire mühsam, unebene Eiserhebungen, die teils scharfkantig waren, erschwerten ihnen das Klettern immens. Trotz allen Widrigkeiten schafften sie es noch vor Mitternacht den Gipfel zu erreichen und atmeten erleichtert auf, als sie sich von den Strapazen der Reise kurzzeitig erholten.

Lange währte ihre Pause nicht, sie mussten so schnell wie möglich die Höhle ausfindig machen, bevor die Sonne aufging und ihre untoten Körper verbrannte. Sollten sie die gesuchte Eishöhle nicht ausfindig machen können, blieb ihnen nur zu hoffen einen Unterschlupf zu finden, der sie so gut es ging vor den Sonnenstrahlen schützte. Kein besonders leichtes Unterfangen in dieser feindlichen Umgebung.

„Die Urvampire sind übrigens nicht besonders hübsch anzusehen. Es handelt sich um entstellte Kreaturen, die nur entfernt an ihre ehemalige Menschlichkeit erinnern. Je konzentrierter das Dämonenblut in den Adern der Vampire, desto schrecklicher ihre Gestalt. Da jüngere Vampire nur wenig Dämonenblut in sich tragen, bleibt ihre menschliche Gestalt erhalten, bis auf die Augen, die nach der Verwandlung anfangen rötlich zu leuchten, die bleiche Haut und die blutroten Lippen.“, durchbrach Leian die Stille und Camil zog zweifelnd die Augenbrauen in die Höhe.

„Das sagst du mir jetzt erst?“, beschwerte er sich über den Vorenthalt dieser unangenehmen Fakten, was jedoch sein Vorhaben nicht beeinflusste. Egal, wie widerlich diese Gestalten waren, er wollte heil das Dämonenportal erreichen.

Plötzlich blieb sein Begleiter aprubt stehen und zeigte auf den Berg neben ihrem gerade erklommenen Gletscher. Er überragte diesen um gut zweitausend Meter und stand mächtig inmitten des Bergmassivs.

„Das muss die Höhle sein“, klärte der alte Vampir ihn über den Stopp auf, doch er konnte nichts in der Richtung erkennen. Allerdings schien Leian sich sehr sicher zu sein und er folgte ihm wieder ein Stück nach unten, von wo aus sie auf den anderen Berg gelangten.

„Ich sehe keinen Eingang, wir müssen falsch sein. Hier gibt es nicht annähernd etwas wie eine Höhle“, merkte Camil frustriert an, als sie auf halber Höhe des riesigen Gletschers Halt machten und sich umsahen. Seit Nächten waren sie schon umhergewandert, auf der Suche nach der Höhle und Leian hatte ihm bisher nicht verraten, nach was genau sie suchten.

„Doch, wir sind hier definitiv richtig!“, nickte sein Begleiter zufrieden und kletterte über das rutschige Eis bis zu einer kleinen Plattform, hinter der sich eine Eiswand befand. Wo hier ein Höhleneingang sein sollte, konnte der junge Vampir sich nicht vorstellen, doch er vertraute auf das Wissen seines Schöpfers.

„Hier ist es, das ist der Eingang.“ Leian deutete auf die Eiswand, die meterdick vor ihnen stand und senkrecht bis zur Plattform ging. Camil zog misstrauisch eine Augenbraue hoch und zweifelte nun doch ein wenig am Verstand seines Begleiters. Zur Demonstration seiner Annahme, dass hier keine Höhle sein konnte, trat er an die Eiswand und wollte gegen die gefrorene Barriere klopfen. Er streckte den Arm aus und schlug gegen das Eis, zumindest war das der Plan gewesen.

„Was zur Hölle?“ Entsetzt stolperte er zurück und starrte fassungslos auf die Wand, die seine

Hand einfach verschluckt hatte. Es war unmöglich gegen das Eis zu schlagen, seine Hand ging tatsächlich hindurch, als wäre keine Barriere vorhanden, obwohl er sie eindeutig sehen konnte.

„Die Urvampire besitzen schwach ausgeprägte Zauberkräfte durch das Dämonenblut. Sie können zum Beispiel eine solche Barriere erschaffen, um Menschen aus ihrer Höhle fernzuhalten. Nur wer ebenfalls Dämonenblut in sich trägt, kann diese Barriere problemlos durchschreiten. Deshalb wurde diese Höhle hier auch nie von Menschen entdeckt, da es schlichtweg keinen sichtbaren Eingang gibt", erklärte Leian ihm, während Camil immer noch staunend abwechselnd seine Hand und die Eiswand betrachtete.

„Können ihre Zauber uns etwas anhaben?" Eine legitime Frage, bevor sie in das Reich der Urvampire eintraten, fand der junge Vampir. Er hatte keine große Lust verzaubert zu werden und am Ende noch als Wildschwein sein Dasein zu fristen.

„Nein, wie gesagt, die Zauber sind so schwach ausgeprägt, dass sie lediglich für Barrieren zunutze sind und das Portal zum Dämonenreich öffnen können", versicherte ihm Leian überzeugend. Trotzdem blieb ein Stück Misstrauen zurück, als er hinter seinem Begleiter durch die Eiswand ins Innere der Höhle eindrang.

Lautlos schlich Camil seinem Gefährten hinterher, hinein in die massive Eishöhle, deren Kälte ihnen nichts auszumachen schien. Nur ihr weißer Atem zeugte von der Eiseskälte, die hier herrschte. Fasziniert betrachtete er die riesigen Eiszapfen, die von der Decke bis beinahe zum Boden gingen. Einige Fackeln beleuchteten die Eisgebilde und tauchten sie in ein Spiel aus Licht und Schatten.

Der Boden war ebenso gefroren wie die Wände und der Gang, den sie nutzten, war eng und düster. Ganz geheuer war ihm dieser Ort nicht, doch er wollte sich nicht beklagen, war das Auslöschen des Dämons doch seine Idee gewesen. Stetig erklang das Geräusch des langsam herabtropfenden Wassers, das auf dem Boden aufschlug, wo sich neue Eisskulpturen bildeten.

An manchen Stellen musste Camil den Kopf einziehen, um nicht gegen die eisigen Gebilde zu stoßen. Zu Lebzeiten wäre ihm so eine Höhle sicher unangenehm gewesen und hätte ihm Beklemmungen beschert. Plötzlich blieb Leian stehen und der junge Vampir krachte in dessen Rücken.

„Vorsicht, hier sind Fallen aufgestellt“, flüsterte sein Schöpfer und deutete auf ins Eis eingelassene Armbrüste, die beim Stolpern über einen unsichtbar gespannten Draht am Boden, auslösten und tödliche Pflöcke in die Herzen der Eindringliche schießen konnten.

„Die scheinen ja echt gut auf ungebetene Gäste vorbereitet zu sein“, merkte Camil anerkennend an und bemühte sich, die Drähte vorsichtig zu umgehen. Die Urvampire schienen sich nicht an die moderne Welt angepasst zu haben, alles in dieser Höhle machte einen mittelalterlichen Anschein, als wären sie in der Zeit stehen geblieben. Wie so oft, erriet sein Begleiter auch diesmal seine Gedanken und beantwortete die unausgesprochene Frage prompt.

„Da die Urvampire keine hübschen Kreaturen sind, konnten sie sich nie unter die Menschen mischen so wie wir. Sie wären sofort aufgefallen und gejagt worden. Deshalb haben sie sich hier her zurückgezogen und jagen in den angrenzenden Wäldern, am Fuße der Berge, überwiegend Tiere oder verirrte Wanderer. Der Fortschritt der Menschheit ist komplett an ihnen vorbei gegangen und sie selbst haben sich ebenfalls nicht weiter entwickelt. Bis auf ihre Fallen haben sie rein gar nichts zustande gebracht."

Schwer beeindruckt von der Ignoranz dieser Urvampire, schlich Camil seinem Vampirmeister leise hinterher. Den ersten Gang hatten sie hinter sich gelassen und traten in einen größeren Höhlenbereich, der nicht nur aus Eis, sondern teils auch aus feuchtem Stein bestand. Vegetation suchte man hier jedoch vergeblich. Weitere Fackeln beleuchteten den Raum nur notdürftig, es war kaum etwas zu erkennen und sie mussten sich den nächsten Gang mühevoll suchen.

Niemand schien bisher ihr Eindringen bemerkt zu haben, sehr zur Freude des jungen Vampirs, der sich immer unwohler in seiner Haut fühlte. Der nächste Gang führte noch tiefer in das Höhlensystem und schlängelte sich in zahlreichen Kurven tiefer ins ewige Eis. Er fragte sich, ob sie hier jemals wieder rausfinden würden.

„Ich denke, wir müssten bald in der Schlafkammer ankommen. Sie werden uns bald schon bemerken an unserer Aura, dann geht der Kampf los. Vergiss nicht, um einen Vampir zu töten, musst du die mitgebrachten Silberpflöcke direkt ins Herz der Kreaturen rammen, sonst bleiben sie am Leben", wies Leian ihn ein letztes Mal darauf hin, wie er zu agieren hatte und griff in den Rucksack, den er auf dem Rücken trug.

Bewaffnet mit einigen Pflöcken, bahnten sie sich ihren Weg durch das Eis, bis sie an einer eisernen Tür ankamen. Sie war wohl das einzige, was die Urvampire sich erbaut hatten in der langen Zeit ihrer Existenz und sie war fest verschlossen. Dahinter vermutete Camil den Schlafbereich, also die Särge der Kreaturen, die sich schon bald öffnen würden. Er hoffte, dass ihnen noch ein bisschen mehr Zeit als gedacht blieb, um wenigstens einige von ihnen schon vor dem Erwachen auszulöschen.

Leian machte sich am Schloss zu schaffen und knackte es nach wenigen Sekunden fast geräuschlos. Die schwere Tür knarzte allerding gefährlich, als sie aufgeschoben wurde. Hinter der Tür war jedoch alles still. Entweder die Urvampire schliefen noch oder sie erwarteten ihre Ankunft und verhielten sich leise.

Nervös trat Camil hinter seinem Begleiter in den tiefsten Punkt der Höhle und hatte einen weitaus größeren Raum vor sich, als der, den sie vorher durchschritten hatten. Es roch unangenehm nach verwesendem Fleisch und die nassen Pfützen, in die er trat, waren nicht durch herabtropfendes Wasser entstanden. Die Urvampire nahmen sich anscheinend ihre Beute mit in die Höhle, um sie dort in Ruhe zu verspeisen. Der Boden war übersäht von klebrigen Blutlachen, teils frisch, teils bereits eingetrocknet.

Das Blut funkelte dunkelrot im weißen Eis und klebte an seinen Schuhen, als er entlang der Eiswand durch den Raum schlich, auf der Suche nach den Särgen der Höhlenbewohner. Diese standen in Reih und Glied in der Mitte unter einer hohen Steindecke. Schwarz glänzten sie im flackernden Licht der Fackeln und machten einen surrealen Eindruck. Nie hätte Camil sich vorstellen können einmal in einer Vampirgruft Gast zu sein.

Leian winkte ihn zu sich heran und deutete ihm mit einer zurückhaltenden Geste, dass sie sich beeilen mussten die Särge zu öffnen und die Kreaturen im Schlaf zu erstechen. Er nickte wissend und machte sich an die Arbeit. Angeekelt von den

Tierfetzen, die auf dem Boden verstreut lagen, bahnte er sich einen Weg zum ersten Sarg und stemmte sich gegen den schweren Deckel.

Was er auf einer cremefarbenen Innenverkleidung liegend zu sehen bekam, verschlug ihm gänzlich die Sprache. Dort lag sie, eine der niederen Kreaturen und war genauso hässlich wie Leian sie beschrieben hatte. Vereinzelte, graue Haarsträhnen standen vom Kopf des Urvampirs ab, der Rest schien ausgefallen zu sein. Das Gesicht war übersät von bläulichen Geschwüren, die es dermaßen entstellten, dass er nun wusste, warum diese Kreaturen den Menschen nicht zu nahe kamen.

Um den Mund herum war dieser Urvampir blutverschmiert und ein widerlicher, penetranter Geruch nach fauligem Fleisch ätzte Camil beinahe die Nasenschleimhaut weg. Er war froh, nicht selbst diese Art von Vampir sein zu müssen, denn nichts an ihnen war betörend und anziehend. Zudem war der eindeutig männliche Vampir sehr klein und hatte sogar im Schlaf eine ungesund gekrümmte Haltung angenommen, dass der Buckel selbst in dieser Lage zu sehen war.

Weit aufgerissen starrten ihm leblose Augen entgegen, so dunkel wie die Nacht selbst. Nichts hatten diese schwarzen Augen gemein mit den leuchtenden, roten seines Begleiters, die ihn stets in den Bann zogen. Diese hier widerten ihn einfach nur an und er zwang sich wegzusehen. Präzise setzte er den Pflock zwischen den Rippen seines Opfers an und holte kräftig aus. Mit einem Ruck versenkte er das Metall im Herzen der Kreatur. Ein kurzes Zucken ging durch den Körper des Urvampirs, bevor er vor Camils Augen zu Staub zerfiel.

„Sehr gut, weiter so!", lobte ihn Leian von weitem, der in der gleichen Zeit bereits drei weitere Urvampire zu Staub hatte zerfallen lassen. Der junge Vampir seufzte und machte sich daran den nächsten Sarg zu öffnen.

Gerade wollte er sich gegen den Deckel stemmen, da schob sich dieser wie von selbst zur Seite und eine schrumpelige, verkrampfte Hand streckte sich nach ihm aus. Er konnte nicht schnell genug ausweichen, sie packte ihn grob am Hals und drückte gnadenlos zu. Ein Zischen ertönte aus dem geöffneten Sarg und Camil röchelte aufgrund des Drucks auf seine Luftröhre.

Vehement wehrte er sich gegen die starke Kreatur, die genauso scheußlich aussah, wie die getötete. Der modrige Atem schlug ihm entgegen, als der Urvampir sich aus seinem Sarg erhob und ihm direkt in die Augen schaute. Angewidert rümpfte er die Nase und versuchte den Kopf zur Seite zu drehen, um dem Gestank zu entkommen.

Dabei übersah er, wie die Kreatur nach dem Pflock in seiner Hand griff und ihm diesen entriss. Panisch schrie er nach Leian, der mit dem Rücken zu ihnen stand und gerade den nächsten Vampir tötete. Als sein Begleiter den Schrei vernahm, drehte dieser sich sofort um und eilte zur Hilfe. Gerade noch rechtzeitig konnte sein Schöpfer der Kreatur den Pflock abnehmen und ihr diesen ins Herz rammen. Sofort entstand ein staubiger Aschehaufen zu seinen Füßen und Camil atmete heftig, aufgrund der brenzligen Situation, in der er sich befunden hatte.

„Los, wir müssen uns beeilen, sie werden jetzt bald alle aufwachen und es sind mindestens noch zwanzig Stück, gegen die wir so nicht ankommen!“, befahl Leian hastig und legte beim Töten einen Zahn zu. Geschockt von der Kraft der Kreaturen gab auch er sich Mühe schneller zu arbeiten, doch sie konnten nicht verhindern, dass einige Urvampire vor vollendeter Tat aus ihren Särgen krochen und sich auf sie stürzten.

Die gekrümmte Haltung machte es den Kreaturen zwar schwer Schnelligkeit zu beweisen, dafür waren sie umso stärker und bohrten ihre knochigen Finger in Camils Fleisch. Er fuchtelte wild mit den Armen, kam gegen die Vielzahl der grapschenden Finger jedoch kaum an. Ebenso hatte Leian mit den Urvampiren zu kämpfen, die sich knurrend und zischend an ihn hängten und ihm fast die Haut vom Körper rissen.

Verzweifelt schlug der junge Vampir um sich, einen Silberpfahl fest im Griff und ohne richtig zu zielen. Außer Gefecht gesetzt gingen einige Kreaturen zu Boden, seine Chance endlich frei zu kommen von den Bastarden. Sein Schöpfer war deutlich stärker und schaffte es, die unliebsamen Widerlinge abzuschütteln, um ihm zur Hilfe eilen zu können.

Mit aller Macht kämpften sie sich durch und löschten jeden einzelnen Urvampir aus, der aus seinem Sarg gekrochen kam. Am Ende sank der junge Vampir kraftlos auf den Boden und lehnte sich gegen einen der schwarzen Särge. Die Säuberung der Höhle hatte mindestens eine halbe Stunde gedauert, doch endlich waren nur noch Aschehaufen zu sehen, die hässlichen Kreaturen waren tot.

„Gibt es noch mehr von diesen grausamen Urvampiren?“, fragte er seinen Begleiter, der sich pikiert den Staub von der Kleidung klopfte. Leian lachte bitter auf und schüttelte vehement den Kopf.

„Nein, zum Glück nicht. Isam hatte nur Zeit diese paar armseligen Seelen zu Vampiren zu machen, bevor Krawon ihn ins Exil geschickt hat. Alle anderen, die durch diese Urvampire verwandelt worden sind, gehören schon nicht mehr zu diesen Kreaturen. Wobei…“ Leian starrte nachdenklich Richtung Decke und der junge Vampir spürte, dass sein Begleiter noch etwas Wichtiges verbarg.

„Wir sind noch nicht ganz am Ziel. Wenn wir zum Portal kommen, werden wir auf einen weiteren Urvampir treffen. Das ist aber wirklich der letzte. Den Legenden zufolge hat dieser Vampir damals

als erster von Isams Blut gekostet und ihn dazu gebracht, ihm das meiste an Blut abzugeben. Er ist seither der Wächter des Portals mit der größten Zauberkraft. Wir können ihn nicht einfach töten, da wir seine Macht brauchen, um das Portal zu öffnen. Bist du bereit?“

Genervt von der Zurückhaltung solch wichtiger Fakten, knurrte Camil, fand sich jedoch damit ab und nickte letztendlich. Er hoffte keine weiteren bösen Überraschungen mehr zu erfahren und nun endlich alles über die Urvampire und deren Dämon zu wissen.

Erpicht darauf, die Sache endlich hinter sich zu bringen, erhob der junge Vampir sich und bahnte sich seinen Weg durch Staub und Blut. Einen Ausgang, außer der Tür, durch die sie gekommen waren, sah er nicht, er musste sich wieder einmal auf Leians Instinkt und Wissen verlassen. Sein Blick streifte durch den spärlich beleuchteten Raum aus Stein und Eis und blieb an einer Wand hängen, die ähnlich glatt und massiv wie der Eingang zur Höhle hervor stach.

Fragend deutete er mit dem Kopf in Richtung der Eiswand, womöglich war dies eine weitere Barriere, die sie einfach durchschreiten konnten. Sein Begleiter grinste anerkennend, anscheinend war die Eingebung richtig gewesen. Ohne zu zögern lief er zur Wand und trat durch das Eis in den nächsten Gang. Eigentlich hatte er gedacht, dies wäre schon der tiefste Teil der Höhle gewesen, doch der stockdunkle Weg führte noch tiefer hinab.

„Wir müssen vorsichtig sein, dieser Urvampir hat die Macht seine Präsenz zu verbergen und könnte uns auflauern“, ermahnte ihn Leian, der diesmal hinter ihm lief. Camil schnaubte abfällig, aufgrund der abermals neuen Information, die er gerne früher bekommen hätte. Furchtlos ging er weiter. An einem besonders steilen Teil des Ganges, der weit nach unten in den Berg führte, waren notdürftig ein paar Stufen ins Eis gehauen worden, die den Abstieg deutlich erleichterten.

Am Ende des elend langen Tunnels war schon aus einiger Entfernung flackerndes Licht zu sehen, das die Umrisse einer offen stehenden Tür preisgab. Plötzlich ertönte ein lautes Fauchen über ihnen und eine dunkle Gestalt stürzte von der Decke auf Camil herab. Erschrocken ging der junge Vampir in Abwehrhaltung und wehrte sich fluchend gegen die haarigen Hände seines Gegners.

Sein Schöpfer kam ihm sofort zur Hilfe und packte die hässliche Kreatur an den wenigen, langen Haaren, um sie grob von ihm runter zu zerren. Eine schaurige Gestalt offenbarte sich ihm, noch gebeugter in der Statur als die getöteten Urvampire aus dem Raum zuvor, mit einer langen gebogenen Nase, die sich fast über den schiefen Mund des Wesens legte.

Die Augen waren blutunterlaufen und die Lider hingen seitlich herab, gespickt mit grauen Warzen. Ein unappetitlicher Anblick, der nur von dem ranzigen Geruch, ausgehend von den schleimigen Poren der Kreatur, übertönt wurde. Was der Gestalt an Haaren auf dem runzligen Kopf fehlte, wuchs in Büscheln auf ihren Extremitäten und erinnerte entfernt an einen entarteten Werwolf.

Camil war sofort klar, dass dies der letzte Urvampir sein musste, den die Dämonenevolution noch härter erwischt hatte als die restlichen niederen Kreaturen. Es schüttelte ihn innerlich, wenn er bedachte, dass auch er dieses widrige Blut in sich trug. Ein kurzer Blick zu seinem schönen Begleiter beruhigte ihn, dass auch nach Jahrhunderten seine Schönheit nicht verloren gehen würde. Mutierte er zu so einem Wesen, wollte er auf der Stelle sterben.

Leian kämpfte währenddessen gegen die scharfen Krallen der Gestalt und hatte alle Hände voll zu tun diese von sich zu halten. Der Urvampir schien außer sich, so wild wie er um sich schlug und versuchte den Eindringling außer Gefecht zu setzen. Entgeistert beobachtete Camil seinen Begleiter, der gerade dabei war, einen Silberpflock in das Herz der Kreatur zu rammen, die ihnen beim Öffnen des Portals behilflich sein sollte.

„Verdammt, was tust du da, wir brauchen das…äh…Ding doch noch?!“, schrie er mit weit aufgerissenen Augen und wollte dazwischen gehen.

Doch Leian stieß ihn knurrend zur Seite und kümmerte sich nicht weiter um seine Einwände. Wieder halbwegs gefasst, bemerkte Camil, dass der Urvampir gar nicht zu Staub zerfiel, wie die anderen, sondern lediglich in sich zusammensackte und keinen Mucks mehr von sich gab.

Zufrieden warf sein Begleiter sich die leblose Gestalt über die Schultern und setzte seinen Weg fort. Er folgte ihm verwundert in den Raum, der nun endlich der tiefliegendste sein sollte. Er glich einem noch schlimmeren Schlachtfeld als der mit den vielen Särgen. Halb verweste Tiere stapelten sich in einer Ecke, in der das Eis bereits schmolz durch die Wärme, die auch tote Körper noch abgeben konnten.

Vermischt mit geronnenem Blut, sickerte das Wasser in kleinen Rinnsalen durch den gesamten Raum und es stank fürchterlich. Camil hielt sich die Nase zu, das Gesicht zu einer Grimasse des Ekels verzogen. So hatte er sich ihren Ausflug in die Geschichte der Vampire und Dämonen wahrlich nicht vorgestellt. Auf einem Steinpodest stand ein prächtiger Sarg aus Mahagoni, innen mit rotem Samt ausgeschmückt, das durch den halbgeöffneten Deckel hervorblitzte.

Wenn die Urvampire auch sonst nichts besaßen, die schönsten Särge hatten sie allemal. Trotzdem konnte Camil sich nicht vorstellen jemals in so einer beengenden Kiste zu schlafen. Särge waren etwas für Tote, nicht für untote Blutsauger, die jede Nacht auferstanden, um sich am Lebenssaft der Menschen und Tiere zu laben.

Der Sarg war umgeben von Eis-Stalagmiten, die von der Decke bis zum Boden ragten und zum Teil das Holz eingeschlossen hatten. Camil wandte den Blick zur Mitte des Raumes. Eine kreisrunde Steinstafel mit einigen Metern Durchmesser bedeckte den Boden, versehen mit für ihn unverständlichen Zeichen und Symbolen, die vor Ewigkeiten eingemeißelt worden sein mussten.

Genau zu dieser okkult anmutenden Steintafel brachte Leian die Kreatur und legte sie auf die Mitte ab. Gespannt trat der junge Vampir heran und wartete auf Instruktionen was er nun tun sollte. Doch sein Schöpfer beachtete ihn nicht weiter, zog den Silberpflock aus dem Herzen der Gestalt heraus und erweckte sie dadurch wieder zum Leben.

Röchelnd spannte der Urvampir alle Muskeln an und verharrte in einer unbequem aussehenden Position: auf dem Rücken, alle Viere nach oben gestreckt, doch die Gliedmaßen so verkrümmt, dass es schon vom Hinsehen wehtat.

„Wieso zerfällt er nicht zu Staub wie die anderen?“, wollte Camil nun doch endlich wissen und dachte an die Kreaturen im Raum zuvor, die allesamt in ihre einzelnen Zellen zerbarsten.

„Diesen Urvampir kann man nicht mit den gängigen Tötungsmethoden umbringen. Das Dämonenblut ist zu stark“, erklärte ihm Leian schulterzuckend, während er das Blut mit den Händen auffing, das der gekrümmten Gestalt aus dem Herzen floss. Es war deutlich dunkler als normales Blut. Bei genaueren Hinsehen, riss der junge Vampir die Augen weit auf, da er kaum glauben konnte, was sich vor seinen Augen abspielte.

Das dickflüssige Gemisch in den Händen seines Begleiters bewegte sich auffällig stark, als würde etwas in ihm schwimmen. Er erkannte kleine, schwarze Wesen, die an Geister in Miniaturformat erinnerten. Fassungslos rieb er sich die Stirn, hinter der es ratterte, bis ihm die Rauchwolken fast zu den Ohren rauskamen. So etwas hatte er noch nie gesehen. Es faszinierte ihn und widerte ihn zugleich an. Leian, der seinen ratlosen Blick bemerkt hatte, setzte zu einer Erklärung an.

„Je mehr Dämonenblut in den Adern eines Vampirs fließt, desto größer ist der Anteil an dunkler Materie, die du hier als kleine, bewegliche Klumpen erkennen kannst. Aber keine Sorge, bei uns ist der Anteil so klein, dass ein solch dämonisches Wesen nicht zu finden sein wird.“ Also hatte Camil mit den kleinen Geistern fast richtig gelegen.

„Und wie bringt man so einen dämonischen Vampir um, wenn nicht durch einen Silberpflock?“, fragte Camil interessehalber nach, da er die Möglichkeit Isam zu töten schon schwinden sah.

„Ich weiß es nicht. Das müssen wir in der Dämonenwelt herausfinden, sonst haben wir auch bei Isam keine Chance“, lautete die unbefriedigende Antwort, die ihn zudem erschrocken zusammenzucken ließ.

„Na toll, sag es noch lauter. Jetzt weiß diese Kreatur, dass wir keinen Plan haben, wie wir sie umbringen können und wird uns sicher das Portal nicht öffnen“, fluchte der junge Vampir, erbost über die Fahrlässigkeit seines Begleiters.

„Immer mit der Ruhe. In den unendlichen Jahren der Einsamkeit ist ihnen die Sprache völlig abhanden gekommen. Sie verständigen sich wie Tiere durch Laute und Gesten. Irgendwo in dieser Höhle müssten noch alte Schriften gelagert sein, von der Zeit, als sie noch lesen und schreiben konnten. Diese Sprache ist für uns allerdings kaum zu entschlüsseln.“ Camil schürzte schnaubend die Lippen, so ganz stellte ihn diese Antwort nicht zufrieden.

Mehr sagte sein Begleiter nicht dazu. Das Blut in dessen Hand drohte sich zu verflüchtigen, es war Eile geboten. Mit einem Bein stieß Leian die immer noch erstarrte Kreatur von der Steintafel herunter und stellte sich in die Mitte.

„Komm her, es geht gleich los.“ Dem jungen Vampir war ein wenig mulmig zumute, als er sich zu seinem Schöpfer auf die Steintafel gesellte und in der Mitte eine Art Kristall entdeckte, der in den Stein eingelassen war. Als das Dämonenblut auf den hellgrünen, ovalen Stein tropfte, ging ein lautes Grollen durch den Raum. Erschrocken sah Camil sich um und stellte mit Entsetzen fest, dass der Boden unter seinen Füßen begann sich aufzulösen.

Die gesamte Steintafel war plötzlich in grünliches Licht getaucht, das sich von außen nach innen in den Stein fraß und diesen nach und nach ersetzte. Immer näher kam das Licht ihren Füßen, bis es sie schließlich ganz umgab und mit in die Tiefe riss. Ein gellender Schrei löste sich aus Camils Kehle, als ihn die Arme des Lichts packten, als würde es leben, und mit hoher Geschwindigkeit durch den Boden ins Nichts rissen.

Nach wenigen Sekunden war der Fall vorbei und sie kamen auf einer Plattform in einer völlig fremden Welt zum Stehen. Sie hatten es geschafft in die Dämonenwelt einzudringen und der junge Vampir besah sich schluckend die triste Landschaft, in der sie sich wiederfanden.

Vor der Plattform aus Licht, auf der sie in diese Welt gekommen waren, lag ein Weg aus schwarzen Rauchschwaden, der nicht so aussah, als könnte man darauf auch nur einen Schritt laufen. Ein bisschen kam er sich vor wie ein Engel, der auf einer Wolke sitzt, als er den ersten Fuß auf den dichten Nebel setzte, ohne zu versinken.

Zu beiden Seiten lag ein Meer aus gräulichen Staubpartikeln, aus denen dunkle Bäume ohne Blätter oder Blüten wuchsen, eine Wüstenlandschaft der anderen Art. Vereinzelt standen turmähnliche Bauten in diesem Meer aus Nichts, bestehend aus eben diesen dunklen Nebelschwaden, die diese Welt auszumachen schienen.

Was anderes war nicht zu erwarten gewesen, immerhin war dies das Reich eines Dämons, aus dessen Blut Vampire entstanden. Durch die karge Landschaft flimmerten helle Lichtstreifen in grün und blau, wie entartete Schlangen nur etwas größer.

„Das sind Dämonendiener", erklärte Leian, der sich recht gut auszukennen schien. Die Fülle der neuen Reize und Eindrücke überforderten den jungen Vampir. Schön war diese Welt bei weitem nicht, doch für den Neuling hochinteressant zu sehen. Ließ er den Umstand, dass er sich in einem bösartigen Reich befand mal außen vor, ergaben die bunten Lichter in diesem Gruselkabinett ein mystisch anmutendes Bild.

„Wenn die Überlieferungen stimmen, muss es im Palast des Dämons ein Portal zu Isams Gefängnis geben. Also sollten wir als erstes den Palast ausfindig machen. Am besten fragen wir die Sklaven, falls wir welche finden sollten." Camil hatte keine Bedenken den Palast zu finden, schließlich baute sich diese Welt rund um Krawon auf. Alle Wege würden mit Sicherheit früher oder später zu ihm führen.

Die leuchtenden Dämonendiener, wie Leian sie genannt hatte, beachteten die Eindringlinge nicht weiter, zogen lautlos an ihnen vorbei und verschwanden in den düsteren Weiten. Je tiefer der Weg sie ins Dämonenreich führte, desto klarer wurde die bösartige Intention Krawons, die Menschen zu quälen und eine Herrschaft von Angst und Schrecken zu führen. An den Mauern der vielen gespenstischen Türme standen, lagen und saßen versklavte Männer und Frauen, in schwere Ketten gelegt und teils bis zur Unkenntlichkeit geschunden.

Das Leise Wimmern der Gefangenen begleitete sie auf ihrem finsteren Weg, gepaart mit Schmerzensschreien derjenigen, die derzeit wohl in den Türmen gefoltert wurden. Camil versuchte das alles auszublenden und sich auf das Wesentliche zu konzentrieren, was gar nicht so einfach umzusetzen war. Das Leid der Sterblichen war unermesslich und am liebsten hätte er jeden einzelnen befreit.

Nach einigen hundert Metern Fußmarsch, machte der Weg eine scharfe Biegung nach rechts, vorbei an einem größeren Turm, in den Dämonendiener ein und ausflogen. Direkt an den Turm grenzte ein kleines Gebäude, bewohnt von Sklaven, die sich nicht der Folter stellen mussten. Allem Anschein nach hatten sie einen höheren Stand bei

Krawon und durften sich unter Aufsicht der Lichtdiener frei bewegen.

Einige von ihnen betrachteten die Eindringlinge neugierig, tuschelten miteinander, hielten jedoch gebührenden Abstand und verstummten, sobald sie ihnen zu nah kamen. Camil nutzte die Gunst der Stunde und trat an einen Mann heran, der gerade Fesseln herstellte, wahrscheinlich für die armen, gefolterten Sklaven.

„Wir suchen Isam, kannst du uns sagen, wo wir ihn finden?“, fragte er gerade heraus und der spärlich mit einem zerschlissenen Hemd und einer eingerissenen Stoffhose bekleidete Mann zuckte erschrocken zusammen. Hektisch schaute der Sklave sich zu allen Seiten um, bis er sicher war, dass kein Lichtdiener sie belauschte.

„Seid ihr Vampire?“ Er hielt sich die Hand seitlich an den Mund und flüsterte ihm diese Worte tonlos und mit Ehrfurcht in der Stimme zu. Camil nickte. Verheimlichen konnten sie ihre Gattung nicht, da sie die typisch roten Augen hatten, die bei ihm selbst jedoch geringfügig heller ausfielen als bei seinem Schöpfer.

„Dann seid ihr also hier, um Isam zu töten“, stellte der Mann ehrfurchtsvoll fest, als hätte er diesen Tag seit langem erwartet. Diesmal war es Leian der nickte ohne eine Miene zu verziehen.

„Wisst Ihr nun, wo das Portal zu Isams Gefängnis zu finden ist? Wie kann man ihn töten?“ Im Gegensatz zu dem jungen Vampir drückte sein Begleiter sich weitaus höflicher aus und kam direkt auf den Punkt. Der auserkorene Informant dachte einen Moment nach und tippte mit dem Zeigefinger gegen die Unterlippe.

„Das Gefängnis, ja. Es liegt ganz oben im Palast im rechten Turm. Mehr weiß ich leider nicht. Ihr solltet euch an Mera wenden, sie ist die einzige Sklavin, die im Palast wohnt und die Vertraute Krawons. Trotz ihrer Privilegien kann sie Krawon nicht leiden und sehnt sich nach seinem Tod, dem Ende seiner Schreckensherrschaft. Sie weiß ganz sicher, wie Isam zu töten ist", flüsterte der redselige Mann. Das reichte ihnen an Informationen. Jetzt hoffte Camil nur, dass sie diese Mera problemlos finden konnten.

Mit einem Schulterklopfen bedankte er sich bei dem Sklaven und folgte Leian auf dem Weg in Richtung Palast, den sie nach der Kurve schon von weitem sehen konnten. Um das riesige, schwarze Gebäude herum tummelten sich, laut surrend, tausende von Dämonendienern, die eine Art Schutzwall um den Palast bildeten.

„Hoffentlich kommen wir unbemerkt und vor allem unbeschadet ins Innere", merkte der junge Vampir zweifelnd an und starrte nachdenklich auf die magische Barriere.

„Keine Sorge, diese Dämonendiener können Vampiren nichts anhaben, wir sind gegen ihre

Energie immun, dank des Dämonenblutes in unseren Adern. Sie werden uns allerdings mit Sicherheit bei Krawon melden, wir müssen also schnell sein, sobald wir einmal drinnen sind", erklärte Leian gefasst. Ihm schien die Situation keine Angst zu machen und doch war der alte Vampir irgendwie verändert.

Seine Augen funkelten nicht mehr und die ganze Körperhaltung war relativ abweisend ihm gegenüber. Camil dachte fieberhaft darüber nach, was der Grund für die Veränderung sein konnte, bis es ihm auf einmal wie Schuppen von den Augen fiel. Ruckartig blieb er stehen und sah seinen Begleiter traurig an.

„Was passiert mit dir, wenn wir Isam getötet und die Vampire ausgerottet haben?" Er konnte sich die Antwort schon denken, verlangte jedoch nach Gewissheit.

„Alle Vampire, die als Mensch noch leben würden, werden zurückverwandelt. Diejenigen, die ihr menschliches Leben schon lange verwirkt haben, zerfallen zu Staub und hören auf zu existieren", sagte Leian genau das, was er befürchtet hatte. Sollte es ihnen also gelingen Isam zu töten, könnte er den alten Vampir nie wieder sehen. Es machte ihn ein wenig traurig, doch die Liebe zu Pascal war eindeutig größer, dafür war ihm jedes Opfer recht.

„Ist schon gut. An deiner Stelle würde ich genauso handeln. Ich hatte leider nicht die Gelegenheit, Hermon war schon tot, als ich zum Vampir gemacht wurde. Für uns gab es keine Chance mehr. Aber du, du könntest noch viele Jahre mit deinem Liebsten verbringen und ich möchte dir nicht im Weg stehen." Gerührt von so viel Mitgefühl stiegen dem jungen Vampir Tränen in die Augen, die er schnell wegblinzelte.

Wortlos setzten sie ihren Weg fort und erreichten kurz darauf den Palast. Die Lichter wurden sichtlich unruhig, je näher sie dem Reich des Dämons kamen und flimmerten vor ihren Augen. Einig darüber, nicht den Haupteingang zu nutzen, liefen sie um den Palast herum, auf der Suche nach einer versteckten Tür.

Am Fuße eines der Türme wurden sie schließlich fündig und betraten zum ersten Mal die düstere Behausung Krawons. Eine schmale Wendeltreppe führte den Turm nach oben, kaum beleuchtet und so eng, dass sie nur hintereinander laufen konnten. Camil sehnte sich das Ende dieser Mission herbei, der Dämon und dessen Diener machten ihn zunehmend nervös.

„Da wir uns schon im rechten Turm befinden, schlage ich vor, wir suchen direkt das Portal zu Isams Gefängnis und nicht nach Mera. Wer weiß, ob der Kerl uns die Wahrheit über sie gesagt hat oder sie uns nicht doch dem Dämon zum Fraß vorwirft", schlug Leian flüsternd vor und deutete nach oben zur Turmspitze.

Nach Abwägung der Möglichkeiten stimmte er zu und konnte nur hoffen, dass Isam ihnen bereitwillig verriet, wie man ihn ausschalten konnte. Nach Jahrhunderten der Gefangenschaft rechnete er jedoch mit einer leicht suizidalen Psyche und schätzte ihre Chancen gut ein.

Ohne entdeckt zu werden erreichten sie nach etlichen Stufen die Turmspitze, ein kreisrunder Raum ohne Fenster oder sonstigem Licht. Eingerichtet war dieser Raum nicht, nur an einer Wand befand sich eine runde Steintafel, die schwer an die in der Höhle erinnerte. In der Mitte prangte ein bläulicher Kristall, der das Portal wahrscheinlich wieder öffnen würde.

„Und wie bekommen wir dieses Portal geöffnet?“ Prüfend strich der junge Vampir über den blauen Kristall, der in die Wand eingelassen war, doch nichts rührte sich. Er ahnte schon, dass es einem bestimmten Gegenstand bedurfte, den sie nicht bei sich hatten, wurde allerdings von seinem Begleiter eines Besseren belehrt.

„So wie das andere auch. Man braucht für alle Portale das Blut eines Dämons oder eben das des Urvampirs, der genügend Dämonenblutbestandteile besitzt.“ Resignierend ließ Camil die Schultern hängen, den Urvampir hatten sie natürlich nicht auf ihre Mission mitgenommen.

„Hier ist aber kein Urvampir! Was machen wir jetzt?“ Krawon Blut abzuzapfen war selbstredend keine anzustrebende Lösung des Problems, doch der junge Vampir war bereit es zu versuchen, wenn es nötig war. Zum Glück konnte sein Schöpfer mit einer besseren Lösung aufwarten.

„Ich habe natürlich vorgesorgt. Hier!“ Leian reichte ihm ein kleines Fläschchen gefüllt mit geisterhaftem Blut. Er musste es unbemerkt abgefüllt haben, als er sich am Blut der Kreatur in der Eishöhle bedient hatte. Froh, so einen umsichtigen Begleiter zu haben, öffnete Camil das Fläschchen und träufelte die wertvolle Flüssigkeit auf den Kristall. Wie zuvor löste sich auch hier der Stein in Wohlgefallen auf und grünliches Licht sog die beiden Eindringlinge in die Tiefe der nächsten Dimension, wo sie hofften, auf Isam zu treffen.

Ihre Reise endete in einem stockfinsteren Raum, der aus nichts weiter als begrenzendem, schwarzem Nebel bestand. Seine Augen gewöhnten sich sofort an die penetrante Dunkelheit, doch noch bevor er den gesuchten Vampir entdeckte, hörte er dessen dröhnende Stimme.

„Endlich! Ihr seid gekommen mich zu erlösen!“, hallte es durch den leeren Raum, als sie sich ihrem Opfer näherten. Es war ein kläglicher Anblick, den Isam bot. Die Arme ausgebreitet, stand er in der Mitte des Raums, mit unsichtbaren Ketten an Ort und Stelle gefesselt, ohne jegliche Bewegungsfreiheit.

Abgemagert bis auf die Knochen, die bereits unter der Haut zu sehen waren, den Kopf gesenkt, da jede Kraft fehlte, diesen hoch zu halten, machte Isam den Eindruck eines misshandelten Sklaven kurz vor dem Hungertod. Doch er konnte nicht einfach so sterben, das Dämonenblut hinderte ihn daran, seinem tristen Dasein ein Ende zu bereiten.

Die Haare lagen büschelweise am Boden, waren ausgefallen über die Jahre des Hungers und auch die Haut hatte eine ungesund rötliche Farbe angenommen. Doch der Gestank, der sich in Camils Nase einnistete, war das Schlimmste. Noch schlimmer als der faulige Geruch der Urvampire in der Eishöhle und er musste sich die Nase zuhalten.

„Wir sind hier, um alle Vampire durch deinen Tod von der Ewigkeit zu erlösen“, sprach Leian, der sich ebenfalls angewidert die Hand vor Nase und Mund hielt. Wie erwartet, war Isam, oder das was von dem einstigen Mann noch übrig war, bereit den Weg in den Tod zu gehen, um seinem Leiden endlich ein Ende zu setzen.

„Sehr gut...sehr gut...stoßt ihn mir ins Herz, schnell...“, nuschelte der gepeinigte Gefangene und hob den Kopf so weit er konnte. In Isams Augen schwammen die gleichen dunklen Geistergestalten, wie im Blut des Urvampirs, ein wahrlich gruseliger Anblick für Camil, der sicherheitshalber Abstand hielt.

„Wir haben nichts dabei, was dich töten könnte. Du musst uns erst verraten, was wir dir ins Herz stoßen sollen“, erklärte sein Begleiter dem Todessehnsüchtigen ruhig. Isam jammerte unverhohlen, als ihn diese Nachricht erreichte. Mit letzter Kraft stemmte sich der dämonische Vampir in die unsichtbaren Fesseln, als wollte er den Eindringlingen aus Wut den Garaus machen.

„Dann verschwindet wieder, ihr Nichtsnutze!“, zischte der Gefangene wie eine Schlange und fletschte die entstellten Zähne. Sie glichen scharfen Fangzähnen, es war nicht mehr viel Mensch in dieser Kreatur zu erkennen.

„Nicht bevor du uns sagst, was wir brauchen, um dich zu töten.“ Leian schnalzte arrogant mit der Zunge und verpasste Isam einen kräftigen Schlag gegen den blanken Hinterkopf. Camil schüttelte sich. Um nichts in der Welt würde er diese stinkende Kreatur berühren. Der Ehrgeiz seines Begleiters hingegen machte sich bezahlt, Isam beruhigte sich.

„Einen Knochen, ihr braucht einen Knochen“, plapperte er fleißig drauf los und nickte heftig, die Augen im Wahnsinn verdreht, dem er in all den Jahren, die er in Einsamkeit verbracht hatte, verfallen war. Die Spuren dieses Martyriums waren der Kreatur deutlich anzusehen. Wenigstens hatte er nicht verlernt zu sprechen und konnte sich ihnen mitteilen, auf seine schräge Art und Weise.

„Was für einen Knochen?“, hakte nun Camil nach und rollte genervt die Augen. Er wollte es endlich hinter sich bringen und die Zeit nicht mit Quatschen verschwenden. Der Gedanke an einen fleischbestückten Knochen, womöglich von einem der Sklaven, behagte ihm allerdings nicht sonderlich.

„Von Krawon, ein Knochen von Krawon. Nur damit zerfalle ich zu Staub und die Herrschaft des dunklen Dämons hat ein Ende.“ Isam schaute sie nicht an, philosophierte eher vor sich hin und seine Augen zuckten hektisch in alle Richtungen.

„Wir kommen wieder!“ Mit diesem Worten drehte Leian sich um und ging Richtung Portal. Er folgte seinem Schöpfer zurück in den Turm, wo sie mit der Suche nach Krawon beginnen mussten.

„Ich gehe davon aus, dass wir hier irgendwo eine Folterkammer finden. Am besten wir bewaffnen uns, bevor wir dem Dämon gegenüber treten.“ Camil war sofort einverstanden nicht mit bloßen Händen gegen diesen mächtigen Mann zu kämpfen.

Sie stiegen den Turm über die Wendeltreppe bis zur Mitte hinab und entdeckten eine Tür, die ins Innere des Palastes führen musste. Das knarzende Holz trug nicht gerade dazu bei, hier unbemerkt weiter zu kommen, doch das Glück war auf ihrer Seite und niemand nahm Notiz von ihrem Eindringen. Langsam tasteten sie sich durch einen dunkel gehaltenen Gang, bis sie erneut auf eine Tür stießen.

Der junge Vampir ließ seinem Begleiter gerne den Vortritt, als sie in das angrenzende Zimmer eintraten. Was sie zu sehen bekamen, war psychisch kaum auszuhalten. Drei Folterbänke, auf denen diverse Utensilien lagen, standen dort drinnen und zeigten die Schandtaten auf, die hier vonstattengingen. Literweise Blut klebte an den Foltergeräten und erzählte von den Menschen, die hier regelmäßig leiden mussten.

„Ach du meine Güte!“, flüsterte Camil entgeistert und betrachtete mit offenem Mund und großen Augen einen Berg mit Eingeweiden am Fuße der Folterbänke. Nie zuvor hatte er es für möglich gehalten, dass jemandem tatsächlich so etwas Schreckliches angetan wurde. Zwar war das hier nicht die Menschenwelt, dennoch konnte er sich nun ein genaueres Bild davon machen, wie in einigen Ländern gefoltert wurde.

„Stimmt, du kennst sowas ja nur aus Büchern oder Filmen. Zu meiner sterblichen Zeit, also im Mittelalter, waren diese Methoden normaler Alltag, um Straftätern Recht und Ordnung einzubläuen“, gestand Leian und dachte dem Blick nach an die Zeit zurück. Der junge Vampir konnte nur den Kopf fassungslos schütteln.

„Hier, nehmen wir diese Machete oder was das sein soll. Sieht zumindest groß und scharf aus, damit bekommen wir Krawon sicher klein." Er griff nach einer blutigen Klinge und wollte den Raum so schnell wie möglich wieder verlassen. Sein Begleiter schien einverstanden, denn er folgte ihm wortlos.

Sie drangen immer weiter in den Palast vor, stets darauf bedacht kein Aufsehen zu erregen. In den Nebenräumen war nichts weiter los, alle Bewohner schienen sich im Herzen des Palastes aufzuhalten. Je näher sie der Mitte kamen, desto mehr Geräusche vernahmen sie.

Vor einer geöffneten, großen Tür blieben sie stehen. Im Inneren des prächtig eingerichteten Raumes, der allem Anschein nach als Thronsaal diente, hörten sie die dunkle Stimme des Dämons, der seine Diener und Sklaven anbrüllte. Hier waren sie richtig, es konnte losgehen. Ungesehen huschten sie rechts an der Tür vorbei in den Thronsaal.

Lautlos und vorsichtig drangen sie in den großen Raum vor, der vor ihnen lag und duckten sich hinter einem massiven Schrank. Der junge Vampir schaute nervös um die Ecke und erhaschte den ersten Blick auf den berüchtigten Dämon, der in voller Pracht auf einer Art Thron saß, versklavte Menschen zu den Füßen.

Fest umschloss Camil die Machete aus der Folterkammer mit beiden Händen, bereit sich Krawon zu stellen und diesem einen Knochen aus dem Leib zu schneiden. Am liebsten wäre er direkt losgestürmt und hätte diesem bescheuerten Dämon mit einem glatten Schnitt den hässlichen Kopf abgetrennt, doch er wusste, dass er ihn nicht töten konnte und sich zurück halten musste.

Leians Hand legte sich beschwichtigend auf seine vor Wut zitternde Schulter und sorgte für die nötige Beruhigung. Selbst ein erfolgreicher Überfall auf Krawon hieß noch lange nicht, dass sie es sicher zurück zu Isams Gefängnis schaffen konnten. Alles hing davon ab, wie schnell sie wieder in den Turm gelangten, ohne von den Lichtdienern oder dem Dämon selbst erwischt und getötet zu werden.

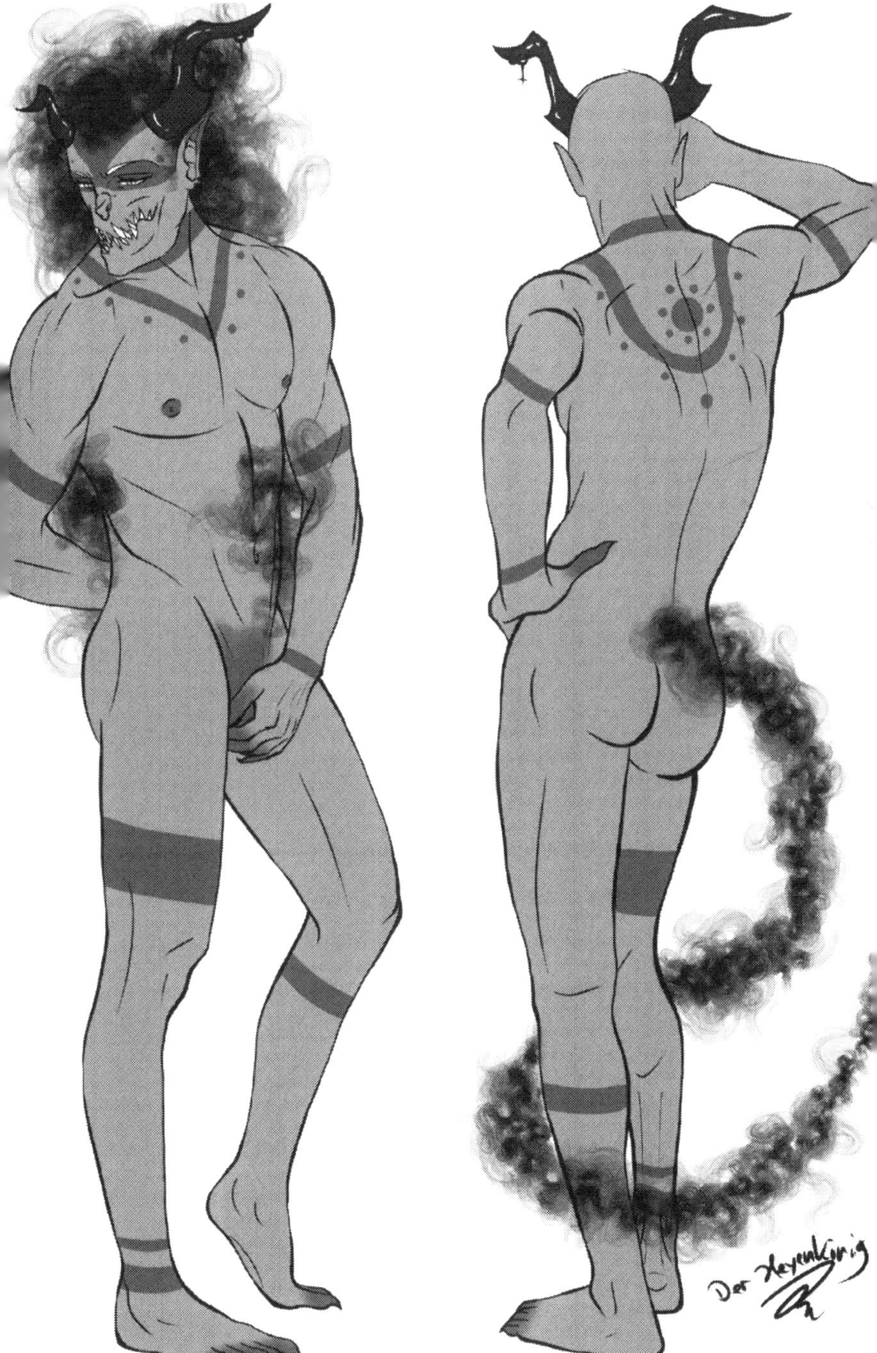

Glücklicherweise schien Krawon ihre Anwesenheit nicht bemerkt zu haben und kümmerte sich weiterhin um die Erniedrigung seiner menschlichen Sklaven. Mit einer porösen Lederpeitsche trieb er sie dazu an, ihn mit ihren Schmerzen zu unterhalten, ein wirklich barbarischer Anblick.

„Wir werden uns nicht anschleichen können. Ich zähle bis drei, dann stürmen wir los. Gib mir die Machete, ich versuche damit seinen Brustkorb zu spalten und du greifst rein, um dir eine Rippe herauszubrechen, klar soweit?“, wisperte Leian in sein Ohr und griff nach dem Folterwerkzeug in seiner Hand. Nur ungern ließ er sich die Machete aus der Hand nehmen, sein Begleiter hatte jedoch mehr Kraft als er und war eher dazu in der Lage, Krawon aufzuschlitzen. Also nickte er und gab klein bei.

„Eins…Zwei…Drei!“, zählte der alte Vampir hinter ihm leise und gemeinsam stürmten sie aus ihrem Versteck, direkt zum Thron des gefürchteten Dämons. Alles ging ganz schnell. Die Machete sauste auf die Brust des Opfers nieder und spaltete die ledrige Haut entzwei. Wie vereinbart griff Camil in die klaffende Wunde, bis er eine Rippe zu greifen bekam. Mit aller Wucht stemmte er einen Fuß gegen die Brust Krawons und brach den Knochen unter größter Anstrengung heraus.

Siegessicher hielt er die Rippe des Dämons in der Hand, als ihn eine mächtige Stoßwelle erfasste und durch die Gegend schleuderte. Der schwarze Nebel, der Krawon umgab, explodierte mit einer solchen Wucht, dass niemand der freiwerdenden Energie standhalten konnte. Der junge Vampir verdrehte schmerzerfüllt die Augen und wurde ohnmächtig.

„Camil? Hey, wach auf“, hörte er die Stimme seines Schöpfers neben sich rufen. Mühsam öffnete er die Augen und langte an seinen schmerzenden Kopf. Einige Sekunden erinnerte er sich an nichts, konnte nicht mal sagen wer er überhaupt war, doch dann schlugen die geschehenen Ereignisse in sein Gehirn ein und alles war wieder vollständig da.

„Scheiße“, fluchte er knurrend, als ihm klar wurde, dass er sich in der Eishöhle befand und nicht mehr im Reich des Dämons. Sie waren an der Energie Krawons gescheitert und hatten ihre Mission, Isam zu töten, nicht beenden können. So nah waren sie dran gewesen, doch mit der heftigen Explosion hatte der junge Vampir nicht gerechnet.

„Wir müssen sofort wieder in die Dämonenwelt, ich habe den Knochen noch“, versicherte er seinem Begleiter, der seufzend auf ihn herabblickte, als er sich aufrappelte und stolz die Rippe in die Luft hielt. Zu seiner Verwunderung kam Leian seinem Tatendrang in keiner Weise nach, sah ihn nur traurig an und rührte sich nicht.

„Daraus wird leider nichts. Es tut mir leid." Sein Schöpfer drehte sich um und machte Anstalten die Höhle einfach wieder zu verlassen, doch Camil hatte andere Pläne und zerrte den alten Vampir grob am Arm zurück.

„Was soll das? Wir können doch nicht einfach aufgeben? Wir müssen nur zurück in den Turm und Isam den Knochen ins Herz rammen, dann ist es vollbracht", forderte er ungeduldig. Sein Begleiter nickte in Richtung Steintafel, besser gesagt zu dem, was davon übrig geblieben war. Ungläubig trat der junge Vampir an das Portal heran und besah sich das Desaster aus der Nähe.

„Es wurde bei der Explosion zerstört. Wir kommen nie wieder zurück ins Dämonenreich", bestätigte Leian seine schreckliche Vermutung, was in ihm einen unsagbar großen Schmerz auslöste, dass er resignierend auf die Knie sank und die Hände vors Gesicht schlug.

„Nein verdammt, das kann nicht sein. Das darf nicht sein! Ich will wieder sterblich sein und an Pascals Seite alt werden. Bitte sag, dass das nicht wahr ist?!", schrie er verzweifelt und begann auf den zerborstenen Stein einzuschlagen, bis seine Hände ganz blutig von den scharfen Kanten waren.

Den Knochen neben sich am Boden liegen, spürte er sie Sinnlosigkeit dieses Unterfangens deutlich. Er besaß das Werkzeug, um der Unsterblichkeit ein Ende zu bereiten und konnte es nicht nutzen. Die bittere Wahrheit dröhnte in seinem Kopf. Er wollte es einfach nicht wahrhaben und weigerte sich diesen Ort zu verlassen, ohne wenigstens versucht zu haben, dieses Portal zu reparieren.

Trotzig erhob er sich und trat mit dem Fuß gegen einen der losen Steine, die in tausend Splittern am Boden lagen. Kleben lassen würden sie sich sicher nicht, es musste einen anderen Weg geben und Camil dachte an die erwähnten alten Schriften der Urvampire. In diesen musste es etwas Nützliches über das Portal geben, dachte er sich.

Plötzlich fiel sein Blick auf die zusammengekauerte Gestalt des Urvampirs, dessen Blut sie zum Öffnen des Portals verwendet hatten. In einer eisigen Ecke hockte die fiese Kreatur und beobachtete seinen Ausbruch neugierig. Vielleicht war er der Schlüssel zur Errichtung eines neuen Weges ins Dämonenreich. Dieses Wesen allein konnte wissen, wo sich die Schriften befanden und er sollte ihn dorthin führen.

„Was heckst du wieder für Pläne aus?“, fragte Leian ihn von der Seite, der seinen wahnsinnigen Blick zu deuten wusste. Doch ob mit oder ohne seinen Begleiter war ihm egal, notfalls schaffte er es auch alleine. Seine Idee wollte er dennoch mit ihm teilen, das war er diesem durchaus netten Vampir schuldig.

„Wir besorgen uns die alten Schriften und reparieren das Portal. Ich bin mir sicher, dass die Urvampire alles niedergeschrieben haben, was damit zu tun hat, schließlich haben sie ja auch vorgesorgt, damit niemand so einfach ins Dämonenreich kommen kann", sagte er gefasst und nickte sich selbst zur Bestätigung zu.

„Das ist Wahnsinn. Wir können diese Schrift sowieso nicht lesen, geschweige denn diese Kreatur dazu bewegen uns die Schriften auszuhändigen. Er versteht uns nicht!", wies Leian ihn auf die Unsinnigkeit seiner fixen Idee hin, doch Camil ließ sich nicht aus der Ruhe bringen. Es war seine einzige Chance sich selbst und seinen Liebsten glücklich zu machen.

„Ach was soll´s. Ich kann dich eh nicht vom Gegenteil überzeugen, also bleiben wir hier und versuchen unser Glück. Aber den da sperren wir lieber ein, bevor er auf die Idee kommt uns zu töten", stimmte sein Begleiter plötzlich doch seinem Plan seufzend zu und der junge Vampir fiel ihm erleichtert um den Hals.

„Nicht so stürmisch", knurrte Leian, dem die Nähe zu seinem auserwählten Gefährten nicht zu behagen schien. Schnell löste sich Camil von ihm, als er die Erregung, die sein Gegenüber verspürte, bemerkte. Ihm erging es jedoch nicht anders, zu lange war der letzte sexuelle Kontakt mit einem

Kerl schon her und er sehnte sich nach Nähe und unbändiger Lust.

„Lass uns dieses eklige Viech wegsperren und ein Lager aufschlagen. Bis zum Tag ist es nicht mehr lange hin." Der junge Vampir machte einen Schritt auf seinen Schöpfer zu und drängte sich verlangend an dessen Schritt, um ihm zu signalisieren, dass auch er mehr wollte. Sein Begleiter biss sich grinsend auf die Unterlippe und vollführte eine harte Stoßbewegung mit dem Becken, die ihn zum Stöhnen brachte.

Um den gaffenden Blicken des Urvampirs zu entgehen, suchten sie nach einem Nebenraum, den Leian aus Erzählungen kannte. Dort hielten diese Kreaturen ab und an Menschen gefangen, die sich in die Berge verirrt hatten und an denen sie sich einige Tage laben konnten. Die kleine errichtete Zelle schloss direkt am Portalraum an und bestand aus einem steinernen Boden, den die Urvampire vom Eis befreit hatten, um ihre Opfer länger am Leben zu erhalten.

Verweste Eingeweide säumten die Ecken und eingedicktes Blut zierte die kahlen Wände. Es war ein grausamer Anblick, den Camil sich nicht lange geben wollte. Zusammen mit seinem Begleiter zerrte er den Urvampir in die Zelle und verriegelte von außen die provisorische Eisentür. So konnten sie sicher sein, diese Kreatur immer parat zu haben, sollte es ihnen gelingen das Portal zu reparieren.

Das Lager errichteten sie sich allerdings im Vorraum, da es dort nicht ganz so penetrant roch wie hier. Um nicht in einem der Särge schlafen zu müssen, rissen sie die Innenverkleidung aus Stoff aus jedem einzelnen heraus und stapelten diese in einer Ecke, in der sowohl Wand als auch der Boden aus Stein waren. Das sollte als Bett genügen und sie trocken halten.

Obwohl sie großen Hunger hatten, entschieden sie sich dafür, erst am nächsten Tag auf die Jagd zu gehen, da die Zeit bis zum Morgengrauen nicht mehr ausreichte, den Berg hinabzusteigen und nach Beute zu suchen. Außerdem hatten sie sowieso andere Pläne.

Leian ließ sich auf das weiche Lager nieder und winkte ihn mit lüsternem Blick zu sich heran. Bevor Camil jedoch auf die Aufforderung reagierte, knöpfte er sein Hemd gemächlich auf und öffnete seine Hose. Langsam drehte er sich um und streifte die Hose über seinen Hintern hinweg nach unten und gab seinem Begleiter den Blick auf seinen perfekt geformten Po frei. Er hörte ein ungeduldiges Knurren und grinste in sich hinein.

Ein schlechtes Gewissen, sich einem anderen als Pascal hinzugeben, hatte er nicht. Sein ehemaliger Freund wollte sich neu orientieren und würde sicherlich nicht auf ewig alleine bleiben. Ob nun mit einem Mann oder einer Frau spielte für Camil keine Rolle.

Sollte Pascal mit jemand anderem zusammen sein, konnte er das gleiche Recht für sich beanspruchen. Außerdem war Leian nicht unbedingt die schlechteste Partie. Er hatte einen stählern trainierten Körper und ein verdammt hübsches Gesicht. Von Liebe konnte nicht die Rede sein, aber Verlangen war auf jeden Fall da.

Vornüber gebeugt, um sich die Hose von den Füßen zu ziehen, spürte er plötzlich eine warme Zunge an seinem Eingang, die zärtlich über seinen Muskelring strich. Er erzitterte wohlig seufzend, verharrte in seiner gebeugten Position und genoss das Lecken und Saugen an der empfindlichen Stelle. Lächelnd drehte er den Kopf nach hinten, um Leian zusehen zu können. Der intensive Blick, der ihn traf, verpasste ihm eine angenehme Gänsehaut.

Als sich die Zunge von seinem Eingang entfernte, richtete er sich wieder auf und wurde direkt in eine innige Umarmung gezogen. Ihre Lippen trafen sich und ein Gefühl der Geborgenheit breitete sich in seinem Herzen aus. Nah an den starken Körper seines Schöpfers gepresst, erinnerte er sich an seine sterbliche Zeit, in der er keine Einsamkeit gekannt hatte.

Mit geschlossenen Augen genoss er die Liebe, die von Leian ausging. Erwidern konnte er sie nicht, zumindest nicht im gleichen Maß, doch es tat gut zu wissen, dass er nicht alleine war. Seufzend sank er mit ihm in die Decken und gab sich ihm hin.

Kapitel 6:

Verschenktes Leben

Pascal war mittlerweile schon lange verheiratet, lebte mit der Frau in einer kleinen Wohnung und hatte große Probleme sein Leben in den Griff zu bekommen. Nach jahrelangen erfolglosen Versuchen das Portal zur Dämonenwelt zu reparieren, gaben Camil und Leian auf und kehrten nach Deutschland zurück, um in der Burgruine am Rande seines ehemaligen Heimatortes zu leben.

An der einzigen Möglichkeit, dem Vampirdasein zu entkommen, gescheitert, kam es für den jungen Vampir nicht in Frage, die Liebe seines Lebens hinter sich zu lassen und irgendwo auf der Welt von vorne anzufangen. Bis auch sein Liebster von dieser Welt geschieden war, wollte er in dessen Nähe bleiben.

Im Erdgeschoss eines kleinen Mehrfamilienhauses gelegen, bot die Wohnung seines Liebsten die idealen Voraussetzungen diesen am späteren Abend durch die Fenster hindurch zu beobachten. Was Camil nach zwei Jahrzehnten Abwesenheit jedoch zu sehen bekam, war ein trostloses Desaster.

„Warum tust du dir das nur an?“, murmelte er traurig, als er durch das Wohnzimmerfenster ins Innere der Wohnung blickte. Auf einem zerschlissenen Sofa lag Pascal, am Boden daneben lagen leere Schnapsflaschen, Erbrochenes und ein Karton mit einer halb aufgegessenen, bereits schimmelnden Pizza.

Maßlos entsetzt starrte Camil durch die Scheibe, eine Hand an das kühle Glas gelegt und kämpfte mit den Tränen. Jahre der Verdrängung seiner Homosexualität hatten den gealterten Mann in die Sucht getrieben, derer er kaum noch Herr wurde. Nichts in der Wohnung deutete mehr auf die Anwesenheit einer Frau hin, alles war heruntergekommen und unordentlich.

Ein dicker Kloß blockierte die Kehle des jungen Vampirs, sonst hätte er wahrscheinlich laut aufgeschrien. Dem Drang in die Wohnung einzubrechen und Pascal aus dem tiefen Loch, in dem dieser sich befand, zu holen, widerstand er jedoch. Es würde nichts bringen. An ihrer Situation konnte sich nichts ändern und solange sie zu unterschiedlichen Tageszeiten lebten, war sein Liebster alleine dem tristen Alltag ausgesetzt.

Für die Misere im Leben seines Liebsten konnte Camil nichts, dennoch fühlte er sich schuldig. Es fiel ihm schwer einzusehen, dass es auch nichts am Verlauf geändert hätte, wäre er nicht als Vampir damals zurückgekehrt. Pascal hatte sich entschieden eine Lüge zu leben, zum Wohlwollen seiner Eltern, woran der junge Vampir nichts hätte rütteln können.

Plötzlich ging ein Zucken durch den verwahrlosten Körper seines ehemaligen Freundes. Er erbrach sich laut würgend auf den Teppichboden und griff gleichzeitig nach der nächsten Flasche.

Bevor Pascal jedoch einen Schluck zu sich nehmen konnte, griff der Vampir durch das gekippte Fenster und ließ sich selbst ein in die muffige Wohnung. Schnellen Schrittes eilte er zum Sofa und entriss dem Besoffenen die Falsche.

„Lass den Scheiß, du hast dich doch eh schon halb tot gesoffen“, tadelte er seinen Liebsten oder was von dem ehemals hübschen Mann noch übrig war. Der hob mühsam den Blick, die Lider nur halb geöffnet, und schaute ihn aus glasigen Augen an. Trotz des hohen Alkoholpegels schien er Camil zu erkennen.

„Ahhh, mein Vams…Vap…pir“, lallte der Betrunkene und streckte eine Hand ungeschickt nach ihm aus. Die Nase, aufgrund des penetranten Geruchs eines ungewaschenen Körpers, pikiert gerümpft, begann der Vampir die leeren Flaschen aufzusammeln. Es brachte nichts sich jetzt mit Pascal zu unterhalten, in diesem Zustand würde der sowieso alles gleich wieder vergessen.

Schweigend räumte er die gesamte Wohnung auf und putzte grob den schlimmsten Dreck weg. Die halbe Nacht beschäftigte ihn diese Aufgabe, während sein Freund schnarchend auf dem Sofa schlief. Bis auf eine Flasche entleerte er den Schnaps in den Ausguss. Wollte er sich am nächsten Abend mit seinem Liebsten unterhalten, brauchte dieser den Schnaps.

Camil wusste, dass ein Alkoholkranker nur mit einem gewissen Pegel normal funktionierte und im nüchternen Zustand kein Gespräch möglich war, genauso wenig wie bei einem zu hohen Promillegehalt des Blutes.

Diese eine übriggebliebene Flasche stellte er auf den Couchtisch, damit Pascal am nächsten Morgen wenigstens den obligatorischen Schluck Alkohol zu sich nehmen konnte und nicht in ein Delirium verfiel. Am Ende der Putzaktion verschwand er zurück zur Burg, um für den Tag in den geschützten Mauern zu sein.

Rücken an Rücken kauerte er auf einem zerfallenen Stück Mauer und lehnte den Kopf gegen Leians. Ohne seinen Gefährten wäre er wahrscheinlich schon lange an seiner Unsterblichkeit verzweifelt, doch auf den alten Vampir konnte er sich voll und ganz verlassen, er war stets an seiner Seite.

„Willst du weiterhin versuchen das Dämonenportal zu reparieren?“, fragte sein Schöpfer in die dunkle Nacht und Camil dachte resigniert darüber nach. Wie alt war er jetzt? Ohne die unverkennbaren Zeichen der vorüberziehenden Jahre, hatte er jegliches Zeitgefühl verloren.

„Nein, das ist sinnlos. Wenn wir Isam und damit die Vampire jetzt noch töten würden, wäre auch mein Leben vorbei. Also könnte ich mich einfach selbst umbringen, wenn mir danach ist, ohne alle anderen Vampire mit in den Tod zu reißen“, dachte er laut und nickte leicht, um sich selbst zu bestätigen.

„Vielleicht wäre es gar nicht so verkehrt, wenn es keine Vampire mehr gäbe. Wir sind nicht die einzigen, die unter dem Verlust ihrer Lieben leiden. Fast jeder zweite Vampir kann eine ähnliche Geschichte erzählen“, gab Leian zu bedenken, doch das Portal war hinüber und in den alten Schriften der Urvampire war nichts zu finden gewesen, was das hätte beheben können.

„Ich möchte Pascal noch in den Tod verabschieden, danach sollten wir diesen Ort verlassen und an einem anderen Fleck neu anfangen.“ Hier wollte Camil definitiv nicht länger bleiben. Alles erinnerte ihn an seine Familie und seinen Liebsten, was Folter für seine untote Seele bedeutete.

„Einverstanden!“, stimmte der alte Vampir seinem Vorschlag zu und erhob sich. Die Sonne würde bald aufgehen, Zeit sich in das Kellergewölbe unter der Burg zurückzuziehen. Am Ende des Tages wollte er noch einmal zu Pascal und mit ihm reden, vielleicht konnte er ihn wenigstens vom Alkohol abbringen, obwohl das am misslungenen Leben seines Freundes nichts mehr ändern konnte.

Der Tag endete nach einem traumlosen Schlaf und Camil machte sich auf den Weg zu seinem Liebsten, um diesen zur Rede zu stellen. Diesmal kletterte er nicht durch das Fenster, sondern klingelte brav an der Haustüre. Es dauerte nicht lange, bis er schlurfende Schritte im inneren der Wohnung vernahm und ihm die Tür geöffnet wurde.

„Also habe ich es doch richtig in Erinnerung. Du warst letzte Nacht bei mir oder?“, begrüßte ihn der alte Mann, der nicht mehr viel mit seiner damaligen Jugendliebe gemein hatte und trotzdem noch sein Herz berührte. Nickend trat er in die Stube ein und sah sich prüfend um. Seine Putzaktion war nicht umsonst gewesen, es standen keine neuen Flaschen herum und auch der Dreck und das Erbrochene waren nicht wieder vorzufinden.

„Du alterst wirklich nicht, bist noch so hübsch wie eh und je“, schwärmte sein ehemaliger Freund und lachte gekünstelt. Im Wohnzimmer deutete Pascal ihm sich zu setzen, eine Bitte, der er gerne nachkam, bevor er seine brennende Frage stellte. Deutlich langsamer mühte sich auch sein Freund zum Sofa und ließ sich ächzend darauf fallen.

„Was ist mit dir passiert?“, musste Camil einfach wissen, denn bis auf die Hochzeit und dem anschließenden Eheleben, wusste er nichts von den letzten Jahren seines geliebten Jugendfreundes. Dieser schaute ihn aus traurigen Augen an, der Schmerz über die verschenkten Jahre waren ihm anzusehen.

„Eigentlich bin ich schon seit ein paar Jahren trocken. Vor zwei Jahren habe ich dann die Diagnose Krebs bekommen und wieder zur Flasche gegriffen, allerdings nur sporadisch. Seit einer Woche weiß ich, dass es keine Therapiemöglichkeiten mehr gibt und ich definitiv in nächster Zeit an meiner Krankheit sterben werde“, erklärte Pascal niedergeschlagen. Die anstrengenden Jahre der Lügen hatten ihn noch schneller altern lassen. Früher dichtes, glänzendes Haar, heute graue, fettige Strähnen, die farblos im Gesicht des alten Mannes hingen.

„Wo ist deine Frau?“, wollte Camil wissen, konnte sich die Antwort jedoch schon denken. Auf Dauer wird sie nicht begeistert von der fehlenden Intimität gewesen sein, zudem hatte er ihr keine Kinder geschenkt und sie nie wirklich geliebt. Ein Mensch musste das einfach spüren und wahrscheinlich war auch sie irgendwann daran zerbrochen.

„Ich habe Vanessa verlassen, nachdem meine Eltern verstorben sind. Dieses Scheinleben, ich habe es einfach nicht mehr ertragen. Vorher schon habe ich mit dem Trinken angefangen. Das war für sie eine echte Tortur und wir haben nur noch gestritten“, seufzte Pascal.

„Ich hätte mich gegen meine Eltern wehren müssen, aber ich war zu bequem und hatte zu viel Angst vor meinem Vater. Und was hat es mir gebracht? Ein verkorkstes Leben voller Unglück und nun ist es zu spät für mich. Ich bin alt und krank“, gestand der alte Mann resigniert und ließ den Kopf hängen. Viel konnte der junge Vampir nicht dazu sagen. Sein ehemaliger Freund hatte Recht und war selbst schuld an seinem Elend. Jeder ist für sein Glück selbst verantwortlich, zumindest ab einem gewissen Alter.

„Du solltest jetzt besser gehen. Es ist mir richtig peinlich, dass du mich so siehst. Helfen kannst du mir sowieso nicht und ich möchte dir diesen Anblick gerne ersparen“, sagte sein Liebster plötzlich mit einer dermaßen festen Stimme, die keine Widerrede zuließ, dass Camil nur nickte.

„Ich wünsche dir eine schöne Ewigkeit mit deinem Gefährten. Leian hieß er, richtig? Ein wirklich hübscher Mann, der dich bestimmt glücklicher machen wird als ich.“ Wie ein Messer trafen ihn diese Worte in der Brust. Pascal gab ihm den Freifahrtsschein mit einem anderen Mann glücklich zu werden.

„Selbst wenn ich wollte, ich könnte Leian gar nicht so sehr lieben wie dich“, murmelte er, während er sich erhob und meinte es vollkommen ernst. Es gab nicht mehr viel das er tun konnte, als das Ableben der Liebe seines Lebens zu verfolgen.

Er hauchte dem alten Mann einen kurzen Kuss auf die faltige Stirn und verließ den Ort des Grauens. Er verzichtete darauf, ihm zu erzählen, wie er versucht hatte wieder sterblich zu werden. Da der Versuch gescheitert war, machte es keinen großen Sinn.

Nacht für Nacht kehrte Camil zur Wohnung seines schwerkranken Freundes zurück, ohne diese noch einmal zu betreten. Dennoch konnte er den unaufhaltsamen Zerfall genau erkennen. Die Bewegungen waren plötzlich von einem schmerzverzerrten Gesicht begleitet, die Haltung gebeugt und die Schritte langsam.

Bis eines Abends ein weißgekleideter Herr, dem Aussehen nach ein Pfleger, Pascal im Rollstuhl ins Wohnzimmer schob und diesem von da an jeden Abend beim Waschen und umziehen half. Stocksteif stand der junge Vampir am Fenster, die Lippen fest aufeinander gepresst und erfüllt von einem mächtigen Schmerz, den er sich nie hätte träumen lassen.

Hatte ihn schon der Tod seiner Eltern damals aus der Bahn geworfen, so war der kurz bevorstehende Verlust der Person, die er seit Jahrzehnten liebte und fest im Herzen trug, die größte erdenkliche Qual für Camil. Trotz allem ließ er sich von Leian nicht davon abbringen, die Abende hier zu verbringen. Sein eigenes Seelenheil musste hinten anstehen, er wollte um nichts in der Welt den Tod seines Liebsten verpassen.

Zu seinem Erstaunen war oftmals nicht nur der Pfleger anwesend. Bis dieser am Abend kam, hatte Pascal stets Besuch. Er nahm an, es handelte sich um Freunde, doch auch der jüngere Bruder seines Liebsten, mit dem dieser sich früher eigentlich nie gut verstanden hatte, aufgrund des doch recht großen Altersunterschieds, leistete dem Sterbenden Gesellschaft.

Ein paar Monate hielt Pascal noch durch, dann war es soweit. Ans Bett gefesselt nahten die letzten Tage auf Erden und der junge Vampir entschied sich, ihm noch einmal unter die Augen zu treten. Der viele Besuch hatte seinen Freund gekonnt davon abgehalten, in seinen letzten Wochen zu viel Alkohol zu trinken, zumindest hatte der kein einziges Mal mehr betrunken gewirkt.

Mit Tränen in den Augen stand er an Pascals Krankenbett und blickte auf die ausgemergelte Statur seiner großen Liebe herab. Der Anblick brach sein Herz in tausend Stücke, die Liebe war noch genauso stark wie früher. Obwohl er jung und hübsch geblieben war und hier nur einen alten, faltigen Mann vorfand, wusste er doch tief im Inneren, was für eine liebenswerte Person sein ehemaliger Freund war.

Pascals Augen hatten ihren Glanz verloren und ebenso den Kampfgeist, dennoch wirkte er zufrieden, mit sich im Reinen und eindeutig bereit aus dem Leben zu treten. Nicht verwunderlich nach jahrelangem Kampf gegen eine unheilbare Krankheit, die sein Innerstes nach und nach zerfressen hatte.

Von der Hüfte an gelähmt, aufgrund einer Metastase am untersten Wirbelkörper, war er schon seit Monaten nicht mehr fähig gewesen zu gehen und hatte die Zeit im Rollstuhl verbracht. Zur Unterstützung der Atmung benötigte Pascal Sauerstoff, der durch einen dünnen Schlauch direkt in seine Atemwege geführt wurde durch die Nase.

Eine klägliche Erscheinung, mit der Camil wirklich zu kämpfen hatte, doch er wollte seinem ehemaligen Freund die letzte Ehre erweisen und sich anständig verabschieden. Zudem führte ihm der Zustand seines Liebsten vor Augen, was ihn niemals ereilen würde: das Alter!

Nie würde er mit Falten zu kämpfen haben oder mit immer gebrechlicher werdenden Gelenken. Auch Krankheiten wie dieser bösartige Krebs blieben ihm erspart. Das Leben als Vampir hatte einige Vor- doch ebenso viele Nachteile, wie ihm in diesem Moment vollends bewusst wurde.

Tagsüber war Pascal in den letzten Wochen niemals alleine gewesen, viele Menschen hatten sich rührend um ihn gekümmert und würden ihn nach seinem Tod betrauern. Um Camil trauerte niemand, er war allein und musste zusehen, nie zu lange an einem Ort zu verweilen, damit niemand merkte, dass er nicht alterte.

Langsam trat er an Pascals Bett heran und setzte sich an die Bettkante. Er konnte nicht sagen, wie viel sein Liebster davon mit bekam trotz geöffneter Augen, doch er hoffte, er konnte spüren, dass er da war und sich darüber freute. Zärtlich nahm er die schrumpelige Hand des alten Mannes in die seine und strich mit dem Daumen über die raue Haut.

„Du bist gekommen, um dich von mir zu verabschieden. Ich dachte wirklich, du wärst nach unserem letzten, unglücklichen Zusammentreffen endgültig verschwunden und würdest nicht mehr an mich denken“, krächzte Pascal heiser, begleitet von einem unschönen Hustenanfall.

Camil reichte ihm ein Glas Wasser vom Nachtschrank und half ihm beim Trinken, bis der Hustenreiz verschwand. Sein Jugendfreund konnte natürlich nicht ahnen, dass er ihn seit besagtem Tag ständig beobachtet hatte.

„Wie könnte ich dich jemals vergessen? Ich liebe dich noch genauso sehr wie am ersten Tag und war ständig in deiner Nähe“, gestand er seufzend und wandte den Blick zum Fenster. Die alten Vorhänge flatterten leicht im Wind, der durch das gekippte Fenster ins Zimmer drang.

„Ohne dich konnte ich nie wirklich glücklich werden. Mein Leben lang an einer Lüge festzuhalten war wohl nicht die beste Entscheidung“, stellte Pascal fest, sein angestrengtes Schnaufen erfüllte den gesamten Raum. Es grenzte an ein Wunder, dass er überhaupt noch ansprechbar war und klar denken konnte.

„Und ich konnte nichts für dich tun, dir nicht helfen oder für dich da sein. Es tut mir schrecklich leid." Vom Schmerz erfüllt verzog Camil das Gesicht, als er an all die Dinge zurückdachte, die seinem Liebsten im Leben widerfahren waren.

„Wusstest du, dass ich ab und an nachts in Szenebars unterwegs war, für eine schnelle Nummer mit Kerlen? So konnte ich mein wahres Ich wenigstens ein bisschen ausleben, aber diese Männer konnten mir nie das geben, was wir beide hatten und was ich mir wirklich gewünscht habe. Wie dumm von mir, eine Frau zu heiraten. Sie hat genauso schlimm darunter gelitten wie ich. Ich bin kein guter Mensch. Als ich das erkannt habe und wir uns trennten, war es aber zu spät für mich, noch mal von vorne anzufangen mit einem Mann an meiner Seite. Ich hatte einfach keine Kraft mehr."

Es dauerte lange, bis Pascal diese Worte ausgesprochen hatte, der Husten wurde schlimmer und er hatte Mühe zu sprechen. Rücksichtsvoll verhielt Camil sich ruhig und gab ihm so viel Zeit, wie er brauchte. Erst als nichts mehr weiter kam, ergriff der junge Vampir das Wort.

„Ich habe gesehen, dass du in den letzten Wochen viel Besuch hattest? Ich glaube auch deinen Bruder erkannt zu haben, Simon", erzählte er von seinen Beobachtungen und sah liebevoll auf den Sterbenden herab.

„Ja, am Ende haben einige meiner früheren Freunde zu mir gefunden und waren für mich da.

Simon und ich hatten jahrelang gar keinen Kontakt, doch ein Bekannter hat ihn angerufen und ihn von meinem nahenden Ende in Kenntnis gesetzt. Es tat gut, ihn an meiner Seite zu wissen, obwohl ich mich nicht immer gerecht ihm gegenüber verhalten habe. So verbittert wie ich war, habe ich sehr oft meine Emotionen an anderen rausgelassen."

Die früher so weiche Stimme wurde immer schwächer und kratziger. Camil gab seinem Freund einen weiteren Schluck zu trinken und fuhr ihm beruhigend durch das Haar. Die andere lag regungslos um Pascals knochige Finger.

„Ich wünschte, ich hätte damals zugestimmt", hauchte Pascal plötzlich in die nachdenkliche Stille und drückte seine Hand so fest es ging in diesem Zustand. Verwundert wandte er den Blick wieder dem todkranken Mann zu und wusste ihm ersten Augenblick nicht was dieser meinte. Fragend legte er den Kopf ein wenig schief und wartete auf eine Erklärung.

„Was meinst du?", hakte er nach, als der Sterbende die Augen schloss und nichts weiter von sich gab. Nur das Geräusch der schweren Atmung erfüllte den Raum.

„Dein Angebot mich zum Vampir zu machen, als ich noch jung und fit war. Ich hätte ja sagen sollen, dann wären wir jetzt glücklich vereint und ich müsste nicht so qualvoll hier sterben." Völlig entgeistert verkrampfte sich Camil und starrte seinen

Liebsten ungläubig in die glasigen Augen, die sich wieder halb öffneten.

„Ich kann dich doch jetzt zum Vampir machen, noch ist es nicht zu spät“, sagte er schnell und beugte sich bereits nach vorne, um seine Zähne in die Halsschlagader des Freiwilligen zu rammen. Doch Pascal war trotz des Alters und der Krankheit schneller und wehrte ihn mit beiden Armen ab.

„Nein, bitte nicht. Es ist zu spät. Ich bin alt und du so jung. Willst du wirklich mit einem alten Kerl die Ewigkeit verbringen? Also ich habe keine Lust in diesem Körper weiter zu leben. Damals wäre es perfekt gewesen und ich wünschte, ich hätte mich anders entschieden. Hätte ich jetzt die Wahl, wäre ich damals auf dein Angebot eingegangen. Jetzt will ich einfach nur sterben, mit dem Wissen, dass du mich immer geliebt und nie vergessen hast."

Pascals Stimme ließ immer mehr nach, das viele Reden strengte ihn ungemein an. Camil hingegen brach nun endgültig in Tränen aus und bettete den Kopf auf der Brust des Sterbenden. Warum musste sein geliebter Freund ausgerechnet jetzt zugeben, dass er doch gerne ewig leben würde? Er ahnte, dass er das nur sagte, da er den Tod vor Augen hatte.

„Verdammte Scheiße", heulte er, ohne die sich schließenden Augen und den schwächer werdenden Atem seines Liebsten zu bemerken. Erst einige Minuten später stellte er den Tod fest und trennte sich schweren Herzens von diesem friedlichen Anblick, den Pascal in seinem immerwährenden Schlaf bot. Wenigstens war es ihm vergönnt gewesen, die Person an der Seite des Sterbenden zu sein und nicht dessen Freunden oder dem Bruder. Das tröstete ihn ein wenig.

Trauernd zog er durch die dunklen Straßen seiner Stadt. Seine bisherigen Vampirjahre hatte er voll und ganz der Beobachtung seines Jugendfreundes und einer Heilung seines Vampirismus gewidmet, das war ein für alle Mal vorbei. Er fühlte sich einsamer denn je, hatte keine Aufgabe mehr, die ihm Halt spenden könnte und musste sich für einen neuen Weg entscheiden.

In Gedanken versunken suchte er den Park auf, in dem er früher oft mit Freunden unterwegs gewesen war und fasste für sich einen fatalen Entschluss: er wollte sterben. Genau wie Pascal, wollte er seinem jämmerlichen Dasein ein Ende setzen, sonst würde er stets nur an den Mann seiner Träume denken und an dem Wissen, ihn nie wieder sehen zu können, zerbrechen.

Fest entschlossen sein Vorhaben in die Tat umzusetzen, setzte er sich auf eine Bank im Park und wartete auf den Sonnenaufgang. Zu Staub zerfallen war sein größter Wunsch in diesem Moment, den ihm die Sonnenstrahlen schon bald erfüllen würden. Nichts sollte von ihm und seinem abscheulichen Hunger übrig bleiben, niemand ihn je wieder fürchten müssen.

Die Arme hatte er zu beiden Seiten auf das morsche Holz der Lehne und den Kopf in den Nacken gelegt. So konnten ihn die ersten Sonnenstrahlen am ganzen Körper treffen, sobald die Sonne am Horizont erschien und den Tag ankündigte.

Ein zittriges Seufzen entfloh seinen Lippen, als er müde die Augen schloss und sich das Bild seines geliebten Freundes ins Gedächtnis rief. Er sollte das letzte sein, an das er dachte, was er vor seinem inneren Auge sah, wenn er unwiderruflich aus dieser unfairen Welt schied. Weinend presste er die blutroten Lippen fest aufeinander und wartete.

Dann war es endlich soweit. Der Himmel färbte sich in ein Gemisch aus rosafarbenen Wolken und hellblauem Firmament, als die Sonne der Nacht ein Ende bereitete. Er spürte sofort ein unangenehmes Brennen auf seiner empfindlichen Haut, begleitet von einem widerlichen Zischen, da das Licht, besser gesagt die Energie, seinen Körper nach und nach auflöste.

Er hatte mit Schmerzen gerechnet, doch diese Tortur war fast mehr als er ertragen konnte, sie forderte wirklich Durchhaltevermögen. Sein Gesicht verkrampfte sich schmerzhaft und er begann zu stöhnen. Den Qualen ausgesetzt, wandte sich unter den Verbrennungen. Seine gesamte Haut rauchte und immer mehr Brandblasen bedeckten seine Gliedmaßen.

Als die Sonnenstrahlen noch intensiver wurden, hielt er es kaum noch aus und schrie aus Verzweiflung laut auf. Er wollte nur noch, dass es schnell vorbei war und er diese unendlichen Qualen nicht länger durchmachen musste.

Der
Hexenkönig

Plötzlich spürte er, wie jemand ihn unter Beinen und Schultern packte und hochhob. Die Augen zu öffnen war ihm kaum mehr möglich, sein Spürsinn jedoch ließ ihn noch nicht im Stich. Kraftlos ließ er sich tragen, wohin auch immer ihn diese Person bringen wollte.

„Leian…“, keuchte er unterdrückt. Sein alter Wegbegleiter hatte ihn aufgespürt und rannte mit ihm durch den Park, wohin wusste er nicht. Ihm war nur klar, dass Leian genauso Schmerzen erleiden musste wie er selbst, da auch er nicht bei Tag draußen sein konnte.

Der alte Vampir antwortete nicht, rannte nur weiter, bis zu dem Café in der Mitte des Parks, in dem er früher oft mit Freunden gesessen und Eis gegessen hatte. Ohne Vorwarnung durchbrach sein Entführer mit der Schulter die Glastür und huschte ins Innere. Er hielt nicht an, lief schnurstracks weiter zu einer Treppe, die nach unten zu den Toiletten und privaten Räumen des Cafés führte.

Unten angekommen stieß Leian eine beliebige Tür auf, hinter der ein unübersichtlicher Lagerraum lag. Erst hier legte er Camil auf dem Boden ab und machte sich an Regalen und gelagerten Kisten zu schaffen. Es wirkte, als würde sein Retter ein Nest für sie beide bauen.

„Hier sind wir erstmal sicher“, kommentierte Leian sein Handeln, als er ihn wieder hochhob und hinter die Regale unter einige Kisten legte. Gleich darauf ereilte ihn die übliche, bleierne Müdigkeit eines jeden Morgens und Camil verfiel in seinen alltäglichen Schlaf.

Die Nacht kündigte sich mit einem lautstarken Gewitter an, als er die Augen öffnete und versuchte sich zu bewegen. Er erinnerte sich deutlich an seinen gescheiterten Selbstmordversuch, doch das einzige Überbleibsel war ein kaum spürbares Brennen auf seiner Haut.

Draußen sorgte das laute Krachen des Donners für Weltuntergangsstimmung, die sich mit seinem derzeitigen Befinden perfekt vereinte. Tief in seinem Herzen grollte er Leian, dass der ihn gerettet hatte, gleichzeitig spürte er eine unfassbare Erleichterung.

Sein Entschluss aus dieser Welt zu scheiden war nichts weiter als ein Fluchtversuch gewesen, vor seinem gescheiterten Versuch, seiner Jugendliebe auf ewig nah sein zu können. Jetzt hatte er die Möglichkeit noch einmal anzufangen, nicht mit Pascal, aber eventuell mit einem anderen.

Seufzend setzte er sich auf und stieß dabei einige Kisten um, hinter denen Leian ihn sicher versteckt hatte für den Tag. Seine Augen mussten sich nicht an die Dunkelheit gewöhnen, er sah direkt beim Erwachen alles klar und deutlich, trotzdem hatte er diesmal leichte Schwierigkeiten seinen Gefährten zu erkennen. Die Linsen vom Sonnenlicht noch leicht beschädigt, war ihm sein Nachtblick vorübergehend teilweise abhandengekommen.

„Leian?“, hauchte er in die Dunkelheit und stemmte sich nach oben. Neben ihm ertönte ein leises Rascheln, sein Retter war ebenfalls wach und nicht weit von ihm entfernt.

„Na, wieder fit du Vollidiot?“ Die Stimme des alten Vampirs strotzte nur so vor Wut und Verachtung, doch auch die Trauer war nicht zu überhören. Ihm musste es wehtun zu sehen, dass sich der Mann, den er sich als Gefährten erwählt hatte, am liebsten umbringen und ihn niemals so sehr lieben würde wie seinen Jugendfreund.

„Ich weiß, du liebst ihn, aber dein Tod bringt ihn dir nicht wieder zurück und in ein paar Jahrhunderten hast du ihn vergessen“, seufzte sein Retter, ohne wirklich überzeugt zu klingen. Vampire hielten eben an ihrer Liebe fest, falls diese schon zu Lebzeiten bestanden hatte und vergaßen sie auch nach tausend Jahren nicht.

Äußerlich waren Camils Wunden verheilt, innerlich schmerzte die Tatsache, dass die Liebe seines Lebens tot war, ungemein und hinterließ tiefe Furchen in seinem nicht mehr schlagenden Herz. Er verstand sehr gut, warum Pascal in seinem hohen Alter nicht mehr zum Vampir mutieren wollte, doch nun, da es zu spät war, ärgerte er sich darüber, nicht beharrlicher gewesen zu sein.

Alle Krankheiten und Leiden wären verschwunden, das Alter, die faltige Haut und die gebeugte Haltung jedoch wären geblieben und hätten Pascals Dasein zu einer Qual gemacht. Dennoch war Camil sich sicher, dass er diesen Mann trotz allem weiterhin geliebt hätte. Nicht mehr auf eine erotische, anziehende Art, dafür aber mit dem Herzen.

„Wir sollten verschwinden, bevor uns jemand entdeckt", riss Leian ihn aus seinen abstrusen Gedanken und reichte ihm die Hand. Widerwillig ergriff er sie und übergab sein weiteres Leben an den Mann, der ihn zu diesem unsterblichen Monster gemacht hatte. Einerseits hasste er ihn dafür, andererseits war der Gedanke ans Altern und an den Tod nicht sonderlich prickelnd.

Froh aus seinem Selbstmordversuch gerissen worden zu sein, rappelte er sich auf und folgte seinem Gefährten nach draußen in die Dunkelheit. Ja, Leian war ab sofort sein alleiniger Gefährte, niemand stand ihnen mehr im Weg, damit würde Camil sich abfinden müssen. Für ihn war es unvorstellbar, dass der Vampir solange auf ihn gewartet hatte. Doch nun würden sie die Ewigkeit gemeinsam verbringen.

Im Park angekommen, sah der junge Vampir sich schweren Herzens um, entdeckte den Baum, unter dem er Pascal das erste Mal geküsst hatte, und wandte sich schnell wieder ab. Die Erinnerung an die damalige Zeit war präsenter denn je, als Vampir vergaß er nichts, konnte sich bis ins kleinste Detail an jeden Tag, den er auf der Welt verbracht hatte, erinnern.

Ein besonders harter Fluch, der auf ihm lastete, zumal er sich auch in tausend Jahren noch haargenau an Pascals süßen Duft, dessen weiche Stimme und zarten Lippen würde erinnern können. Ihm blieb nur die Hoffnung auf ein medizinisches Wunder in den nächsten Jahren, das ein totales Vergessen bestimmter, vergangener Vorfälle ermöglichte. Quasi eine Auslöschung kleinster Hirnstrukturen, die solche Informationen speicherten.

Bis es soweit war, oder er sich doch für den Tod entschied, beschloss er, an Leians Seite seine Beute zu jagen und sein Leben im Schatten der Nacht zu verbringen. Dabei spürte er jeden Tag mehr wie ihm die Sonne fehlte, die warmen Strahlen auf seiner Haut und der hellblaue Himmel. Nie wieder würde er Sonne und Himmel mehr zu Gesicht bekommen, außer in völliger Dunkelheit.

Schweigend schlenderten sie durch den Park auf dem Weg zum Ausgang, als sie eine Gruppe Jugendlicher sahen, die sich im Schatten der Bäume ein paar Bier gönnten. Weder er noch Leian standen auf Blut mit Alkoholnote, doch Camils Hunger war stark in dieser Nacht, hervorgerufen von den Strapazen des Sonnenlichts, dass ihm fast das Leben gekostet hatte.

„Glaub mir, die würden deinen Durst nicht stillen“, hielt sein Gefährte ihn am Arm zurück, als er gerade losstürmen und seine spitzen Zähne in den Hals einer der Kerle rammen wollte. Knurrend stoppte er in seiner Bewegung und funkelte Leian gierig an.

„Ich weiß, dass Alkohol im Blut ekelhaft schmeckt, aber ich bin am verhungern“, jammerte er flehentlich, doch sein Begleiter zog ihn unnachgiebig weiter, bis sie den Park verlassen hatten und in einer belebten Straße in eine Kneipe einkehrten.

„Achte darauf, dass du dir den Fahrer aussuchst“, riet ihm sein Schöpfer grinsend, doch ihm war es gerade so ziemlich egal, wen oder was er zwischen die Zähne bekam. Ohne zu zögern näherte er sich einem Mann im mittleren Alter, der zumindest vom Aussehen her ganz schön was her machte. Blut von hübschen Männern schmeckte ihm nun mal am besten, da konnte er nichts dran ändern.

„Hallo schöner Mann“, säuselte Camil, während er sich auf den Barhocker neben der ausgesuchten Beute niederließ und seine Aura aktivierte. Der Kerl reagierte sofort auf seinen Trick, sich Leute gefügig zu machen, und schüttelte benebelt den Kopf.

„Lust auf einen kleinen Spaziergang?“ Es war nicht nötig diese Frage überhaupt zu stellen, seine Aura machte den Mann willenlos und er wäre ihm überall mit hin gefolgt. Sofort stand der Kerl auf und legte sich die Jacke um die Schultern, bezahlte sein Getränk und wandte sich zum Gehen. Zufrieden folgte Camil ihm nach draußen.

Viel schien der Mann nicht getrunken zu haben, das Blut duftete herrlich frisch und unverbraucht. Gemächlich führte er ihn in eine menschenleere Gasse, bevor er ihn unwirsch gegen eine Hauswand drückte und den Kopf des Kerls nach links neigte. Den Mund weit geöffnet, entwickelte er sich binnen Sekunden zu dem Monster, das er war, und ließ seine Fangzähne im Mondlicht blitzen.

Ein leises Fiepen entwich der Kehle seines Opfers, mehr nicht, als er seine Zähne in dessen Hals bohrte, gierig auf das frische Blut, das seinen Hunger endlich stillen sollte. Das schwere Atmen des Mannes und die Schluckgeräusche waren das einzig hörbare in diesem Moment und Camil genoss sein Mahl. Er konnte sich kaum zügeln und trank sogar ein paar Schlucke zu viel, was bei seinem Opfer zu einer tiefen Ohnmacht führte.

Doch er kümmerte sich nicht weiter um den schwachen Körper, der, nachdem er ihn losgelassen hatte, an der Hauswand in sich zusammen sank. Berauscht vom roten Saft des Lebens, leckte er sich die letzten Tropfen von den Lippen und ließ sie sich auf der Zunge zergehen. Dann erst kehrte er zur Kneipe zurück, um Leian abzuholen und mit ihm zusammen zurück zur Burgruine zu gehen.

„Heute schlafen wir noch ein letztes Mal hier, dass verlassen wir diesen Ort, der dir nichts als Verzweiflung und Trauer eingebracht hat“, kündigte der alte Vampir ihm auf dem Heimweg an, sehr zu Camils Freude, denn er wollte keine Sekunde länger in dieser Stadt verweilen als nötig. Nun waren alle Menschen verstorben, die ihm je etwas bedeutet hatten. Dieser Ort hieß für ihn Erinnerung an alles, was er nicht haben konnte.

„Und wohin sollen wir gehen?“, fragte er nachdenklich und dachte darüber nach, welche Orte dieser Welt ihn schon immer interessiert hatten. Ob sie jemals irgendwo ankommen und ein Leben aufbauen konnten war fraglich.

„Mir ist das gleich, ich habe schon alles gesehen. Mehr als ein paar Jahre am selben Ort können wir sowieso nicht bleiben. Das hier war eine absolute Ausnahme, da wir sehr darauf geachtet haben, dass uns außer Pascal niemand zu Gesicht bekommt. Aber ich habe nicht vor weiterhin abseits zu leben, ich will mittendrin sein, die Nächte in großen Städten verbringen, mit den Menschen feiern, bevor ich mich an ihrem Blut labe und in einer richtigen Wohnung leben“, schwärmte Leian von ihrem zukünftigen Leben.

Nur der junge Vampir war dafür schwer zu begeistern. Er hatte gerade erst den wichtigsten Menschen in seinem Leben verloren und konnte das nicht einfach so vergessen von heute auf morgen. Doch es musste weitergehen, also stimmte er zu, am nächsten Abend die Reise in die Ferne anzutreten.

„Und wer weiß, vielleicht verliebst du dich mit den Jahrhunderten ja doch noch in mich", grinste sein Gefährte und legte ihm den Arm um die Schulter, während die Augenbrauen vieldeutig wippten. Trauerzeit war wohl Fehlanzeige, doch die würde der junge Vampir sich definitiv gönnen, da konnte ein Kerl, der scharf auf ihn war, nichts dran ändern.

„Wir werden sehen", entgegnete er seufzend. Er wusste, so sehr wie Pascal konnte er niemals wieder jemanden lieben, auch nicht diesen wunderschönen, weißhaarigen Traum von einem Mann. Das sollte ihn jedoch nicht daran hindern, sich auf Leian einzulassen. Die Ewigkeit war lang, viel zu lang um allein zu bleiben.

Kapitel 7:

Reise zur Vergangenheit

In seiner derzeitigen Stammkneipe saß er am Tresen und trank ein Glas Rotwein, das einzige Getränk, das er zu sich nehmen konnte, ohne vor Ekel das Gesicht zu verziehen. Der Alkohol hatte keine Wirkung auf Geist und Körper, dennoch gefiel ihm dieses Stück Normalität, das er sich über die Jahre bewahrt hatte.

Leider konnten er und sein Gefährte nie länger als einige Jahre am selben Ort verweilen, zu offensichtlich wäre ihr gleichbleibendes Alter für die alternden Sterblichen. Aus diesem Grund zogen sie mindestens alle zehn Jahre weiter, in eine andere Stadt und bauten sich so gut es ging ein Leben auf.

Dass dieses Leben nur aus Dunkelheit und Blut bestand, kümmerte Camil schon lange nicht mehr, er hatte sich damit abgefunden und fühlte sich an Leians Seite wohl. Momentan teilten sie sich ein schickes Apartment in Chicago, das sie für ihre Zwecke hergerichtet hatten. Sie hatten absichtlich nach einer Wohnung im Erdgeschoss mit ausgebautem Keller, der nur zu ihren gehörte, gesucht und waren ohne Probleme fündig geworden.

Die Tür mit einem einbruchssicheren Schloss versehen, diente der fensterlose Kellerraum als Schlafgemach und bot ein großes Bett, auf dem sie tagsüber ihre Totenstarre verbrachten. In Gegenden, in denen die Keller nicht standardmäßig als Wohnraum hergerichtet waren, mussten sie die

Fenster verbarrikadieren, um vor der Sonne geschützt schlafen zu können.

Fünfhundert Jahre waren es her, dass er zum Vampir mutiert war, eine halbe Ewigkeit, doch nichts im Vergleich zu den noch bevorstehenden Jahren. Untergehen konnten sie nur, wenn die Welt in Stücke zerfiel, was angesichts der andauernden Kriege gar nicht so abwegig war.

Kriege, Terror, Verbrechen, all das war regelmäßig an der Tagesordnung und viele seiner Artgenossen, so wie auch er und sein Gefährte, reisten gerne an die Schauplätze, um sich an dem Blut der sowieso im Sterben liegenden Menschen zu bereichern. Manche nannten es ein Festmahl, er bezeichnete es lieber als Fest der perversen Gier, die in jedem von ihnen steckte.

Vieles hatte sich rasant verändert. Einige Länder waren komplett ausgelöscht und unbewohnbar geworden, nachdem bereits der sechste Weltkrieg gewütet hatte. Was früher die Atombomben waren, entwickelte sich schnell zu neueren, noch grausameren Waffen. Ganze Teile der USA glichen einer menschengemachte Wüste.

Schuld daran hatten die Russen, die mit ihren neuartigen Bomben ganze Bundestaaten treffen und verwüsten konnten. Zu der gefürchteten Strahlung war tödliches Gift hinzugekommen, das jegliches Leben sofort auslöschte und den getroffenen Landstrich auf ewig unbewohnbar machte. Nur die nördlichen Bundesstaaten hatten überlebt und trotz aller Widrigkeiten lebten die Menschen hier in einem hochtechnologischen Zeitalter.

Camil hatte in den fünfhundert Jahren die ganze Welt gesehen. Jeden noch so kleinen Ort hatte er mit seinem Gefährten bereist, um ein paar Jahre dort zu verweilen. Zwischendurch waren sie ein paar Jahrzehnte getrennte Wege gegangen, da er mit der trostlosen Ewigkeit nicht mehr klargekommen war und einen Hass auf Leian entwickelt hatte. Schnell hatte er jedoch einsehen müssen, dass es für ihn keinen ebenbürtigen Gefährten geben konnte und sich mit Leian wieder vertragen.

Zu den vielen bestialischen Kriegen schlug der Klimawandel jährlich weiter zu und tat sein Übriges, die Welt zu entzweien. Ganze Südseeinseln waren dem Meeresanstieg zum Opfer gefallen, hatten einfach aufgehört zu existieren und lagen nun vergessen am Meeresgrund. Länder, die früher mit Wind und Regen zu kämpfen hatten, warben jetzt mit Strandurlauben in sengender Hitze und frühere Badeurlaubsorte wiederum versanken in Eis und Schnee.

Den Blick starr auf den Bildschirm gerichtet, der schräg über seinem Kopf hing, verfolgte er die Nachrichten aufmerksam. So viel war in den Jahren geschehen, seit er als Vampir auf dieser Welt wandelte, und trotzdem faszinierten ihn die menschlichen Ausschweifungen noch immer sehr.

Doch das war heute nicht der Grund für sein gebanntes Lauschen der Nachrichten. Vor wenigen Monaten war bekannt geworden, dass ein renommierter Wissenschaftler namens Prof. Dr. Layson es geschafft hatte, das allseits begehrte Zeitreisen in die Tat umzusetzen. Ein hochbrisantes Thema für Leute, die mit ihrem Leben unzufrieden waren und gerne etwas ändern wollten.

Wer genug Geld besaß, konnte sich bereits zu Beginn für eine Zeitreise anmelden, was jedoch viele aus Angst vor den Konsequenzen ablehnten. In den Medien war lediglich von drei Personen die Rede, die bereit waren, als Versuchskaninchen eine Reise in ihre weiter zurückliegende Vergangenheit zu unternehmen.

Der Erfolg war grandios und der Professor in kürzester Zeit steinreich, dank der Förderungen, die er für sein geniales Projekt erhalten hatte. Allerdings interessierte sich Dr. Layson nicht für Geld, sondern ausschließlich für die Wissenschaft an sich und lebte weiterhin bescheiden in seinem kleinen Labor.

Der Nachrichtensprecher verkündete, dass es endlich soweit war und die Zeitreise ab sofort einsetzbar auf die ersten Freiwilligen wartete. Lange hatte Camil auf diesen Augenblick mit gemischten Gefühlen gewartet. Einerseits liebte er Leian und hatte sich an dessen Gesellschaft gewöhnt, andererseits gehörte der Großteil seines toten Herzens weiterhin Pascal, seiner Jugendliebe.

Es war eine Chance, seinen damaligen Freund doch noch davon zu überzeugen, ein Vampir zu werden und die wollte er nutzen. Etliche Gespräche hatte er mit Leian darüber geführt, stets mit dem gleichen Ergebnis, dass sein Gefährte diese Reise nicht befürwortete, ihn jedoch ziehen lassen würde, wenn er dies unbedingt wollte.

Die Entscheidung fiel ihm schwer und bis zu diesem Tag hatte er sie vor sich her geschoben, schließlich war bisher kein Grund da gewesen eine zu fällen, da das Zeitreisen noch nicht für allgemeintauglich befunden worden war. Nun war es soweit, normale Menschen durften sich melden und direkt in die Vergangenheit zurückkehren – er musste sich entscheiden.

Seufzend trank er den billigen Wein aus und zahlte seine Rechnung. Die Nacht war noch jung und er wollte mit Leian auf die Jagd gehen in einem vor kurzem eröffneten Club, in dem sich allerlei junge, saftige Menschen herumtrieben. Er nahm sich vor, erst nachdem sie ihren Hunger gestillt hatten, mit seinem Gefährten zu reden.

Leian wartete bereits, im Schatten einiger Zierbäume am Straßenrand, vor der Kneipe auf ihn und begrüßte ihn mit einem innigen Kuss. Sie waren seit hunderten von Jahren ein Paar, wurden einander jedoch nicht überdrüssig, was zum Teil an den nächtlichen Ausschweifungen mit ihren Opfern und ihrem durchaus interessanten Sexleben lag.

„Auf geht´s, ich komme schon um vor Hunger“, lachte sein Gefährte und grinste bis über beide Ohren. Mehr als ein unechtes Lächeln brachte Camil allerdings nicht zustande, er wusste was für ein Gespräch ihnen noch bevorstand.

„Alles okay? Du wirkst niedergeschlagen.“ Vor seinem Schöpfer konnte er nichts verbergen, der merkte immer sofort, wenn ihn etwas beschäftigte und er hasste diesen empathischen Spürsinn zeitweise an ihm.

„Ich bin nur ein bisschen schlecht gelaunt, mehr nicht“, log er und drückte Leian einen feuchten Kuss auf die bleiche Wange, um ihn zu beruhigen. Es funktionierte glücklicherweise, sein Gefährte schien keinen Verdacht zu schöpfen.

Nur Camil wusste, dass dies womöglich ihre letzte gemeinsame Nacht sein würde, da er keine Zeit verlieren wollte, auf diese ungewisse Reise in die Vergangenheit zu gehen. Wehmütig blickte er verstohlen zu seinem derzeitigen Freund, der gut gelaunt neben ihm herlief und sich auf das frische Blut freute. Er wollte ihm nicht das Herz brechen, würde es aber definitiv tun.

Plötzlich verspürte er das Bedürfnis, Leian wenigstens ein letztes Mal so nah wie nur möglich zu sein, dessen kalte Haut an seiner zu spüren und die roten Lippen leidenschaftlich in Beschlag zu nehmen. Das Verlangen nach Nähe wurde so stark, dass er sich nicht lange zurückhalten konnte und seinen Freund entschlossen in die nächstbeste Gasse zerrte.

„Was soll das werden?“, fragte sein Gefährte überrascht, als er diesen gegen eine dunkle Hauswand drängte und seinen ganzen Körper gegen ihn presste.

„Shhht, ich will dich, und zwar jetzt“, hauchte er gegen die halb geöffneten Lippen, die ohne Widerrede begannen, sich gegen seinen Mund zu bewegen. Bald schon wurde der zärtliche Kuss zu einem leidenschaftlichen Zungenspiel und Camil stöhnte unterdrückt auf.

Leian hatte beide Hände an seinen Po gelegt und presste hart ihre Unterleiber gegeneinander. Ihre erregten Längen rieben durch die Stoffe ihrer Hosen ohne Unterlass aneinander und schaukelten die Lust ins Unermessliche.

Die eigenen Hände unter das Hemd seines Freundes geschoben, erkundete er mit Hingabe die definierten Muskeln, die darunter lagen. Währenddessen machte Leian sich an ihren Hosen zu schaffen und öffnete jeweils die Knöpfe und Reißverschlüsse, um sie bis zu den Knien runterschieben zu können.

Als ihre Längen einander das erste Mal mit bloßer Haut berührten, stöhnten beide erregt und unterbrachen für einige Sekunden ihren heißen Kuss. Ungeduldig umschloss Camil ihre harten Glieder, massierte sie gemeinsam und stieß, wie auch sein Freund, ohne Unterlass in seine Hand.

Der Finger, der sich ihm gleichzeitig zwischen die Pobacken schob, dort sachte auf und ab fuhr, bevor er sich langsam in ihn drängte, brachte ihn zusätzlich um den Verstand. Nachdem er genug geweitet und er Leians Schwanz soweit bearbeitet hatte, dass dieser so groß und hart war, wie er es liebte, packte ihn sein Gefährte unter den Beinen und hob ihn ohne Mühe hoch.

Erst jetzt tauschten sie die Position und Camil fand sich mit dem Rücken zur Hauswand wieder, die Beine fest um die Hüfte des Größeren geschlungen. Sein Kopf prallte schmerzhaft gegen die harte Mauer, als sich die Länge unsanft in ihn schob und ohne Rücksicht zu stoßen begann.

Sein Gefährte nutzte die Gelegenheit, die spitzen Zähne in seine entblößte Haut zu rammen und sich an seinem Blut zu ergötzen. Das tat er nur, wenn ihr Liebesspiel besonders leidenschaftlich und heiß einherging, wie es gerade der Fall war.

Als schien Leian seine Entscheidung zu erahnen, seinen innerlichen Kampf zu spüren, stieß er so gnadenlos und stöhnend wie nie zuvor in ihn und brachte ihn mit jedem Stoß dem Höhepunkt weiter entgegen. Camils Schwanz rieb hemmungslos gegen ihre verschwitzten Oberkörper und tropfte schon vor Erregung.

„Ahhhh, Camil, beeil dich“, keuchte sein Freund gegen seinen blutigen Hals und er konnte bereits das verräterische Pochen des Schwanzes in seinem Hintern spüren, das den nahenden Höhepunkt ankündigte.

Doch auch er selbst war schon lange soweit, bäumte sich bei diesen Worten stöhnend auf und spritzte seinen Samen zwischen ihre Oberkörper bis an Leians Kinn. Keine drei Stöße später folgte ihm sein Freund mit einem gekeuchten ´Ich liebe dich´ auf den Lippen, das ihm beinahe das Herz zerriss.

Wortlos zogen sie sich wieder richtig an und verließen die dunkle Gasse. Sein Gefährte wusste Bescheid und hatte allem Anschein nach keine große Lust darüber zu reden. Das war ihm jedoch ganz recht, was sollte er auch groß dazu sagen? Es war Camils Entscheidung und die Liebe zu diesem Vampir reichte eben nicht aus, für immer an dessen Seite zu bleiben.

Nachdem sie sich an diversen Menschen satt getrunken hatten, gingen sie zurück zu ihrer Wohnung. Bis dahin hatten sie kein weiteres Wort miteinander gewechselt, doch nun durchbrach Leian die Stille mit einem schweren Seufzen auf den Lippen.

„Wann gedenkst du deine Reise in die Vergangenheit anzutreten?" Sein Gefährte fragte nicht einmal, ob er sie überhaupt antreten wollte, sondern nahm es als gegeben hin. Ihn zu überreden, doch hier in der Zukunft zu bleiben, versuchte sein Freund gar nicht erst, die bisherigen Gespräche darüber hatten seine Meinung nicht geändert.

„Morgen Abend wollte ich den Professor aufsuchen und wenn alles so klappt, wie ich es mir vorstelle, dann werde ich sofort in die Vergangenheit zurückreisen", klärte Camil seinen Schöpfer auf, hatte jedoch noch etwas Positives auf Lager.

„Ich habe vor, in die Zeit zurückzureisen, in der ich bei Pascal im Keller gewohnt habe. Das heißt, ich bin weiterhin ein Vampir und du wirst auch vor Ort sein. Wir sehen uns also wieder", zwinkerte er und lächelte lieb. Er wusste, dies war nur ein schwacher Trost, zumal er vorhatte, die Ewigkeit anschließend mit Pascal zu verbringen, aber immerhin war es ein kleiner Lichtblick für seinen Gefährten.

„Wieso reist du nicht in die Zeit zurück, in der du noch am Leben warst?", hakte Leian verwundert nach, doch auch darüber hatte Camil sich eingehend Gedanken gemacht und war zu dem Entschluss gekommen, dass es schade wäre, die Ewigkeit aufs Spiel zu setzen.

„Du weißt doch, dass Pascal mir kurz vor seinem Tod gesagt hat, er wünschte, er hätte damals zugestimmt, ein Vampir zu werden. Jetzt kann ich ihm diese Chance noch einmal geben und vielleicht doch noch auf ewig mit ihm zusammen sein. Würde ich in die Zeit davor zurückreisen, säße ich schnell wieder in Rumänien fest und er wäre dem Hass seines Vaters erneut ausgeliefert", erklärte er seinem Gefährten. Dieser nickte nachdenklich und schien seiner Meinung zu sein.

„Die Sonne geht bald auf", stellte Leian plötzlich fest und begab sich auf das große Doppelbett. Er folgte ihm seufzend und kuschelte sich ein letztes Mal an seinen langjährigen Freund heran.

„Ich drücke dir fest die Daumen, dass alles so klappt, wie du es dir vorstellst. Trotzdem werde ich dich sehr vermissen. Leb wohl, mein Gefährte!" Ein trauriger Kuss landete auf seinen Lippen, dann schliefen sie mit der aufgehenden Sonne ein.

Als es endlich dunkel geworden war, machte Camil sich auf den Weg zu Professor Dr. Layson, der bis spät in die Nacht an seinen Projekten saß. Auf leisen Sohlen schlich er sich in dessen Labor und betrachtete amüsiert die vielen wissenschaftlichen Utensilien, die auf Tischen, in Regalen und auf dem Boden verstreut herum lagen.

Er selbst hatte sich nie so richtig für die Wissenschaft begeistern können, was mitunter an den schlechten Lehrern in Mathe, Physik und Chemie gelegen hatte. Seine Stärke lag in Sprachen, in der

Musik und Kunst, die er in den letzten fünfhundert Jahren perfektioniert hatte.

„Könnten Sie vielleicht morgen tagsüber wiederkommen? Ich wollte jetzt eigentlich nach Hause gehen", warf der zerknirschte Wissenschaftler ihm an den Kopf und drängte ihn mit einer abweisenden Handbewegung zur Tür. Er hatte den kleinen Mann gar nicht gesehen zwischen all dem Gerümpel und nicht einmal die Präsenz wahrgenommen, zu sehr war er mit seinen Gedanken beschäftigt gewesen.

„Das ist mir leider nicht möglich. Ich interessiere mich für eine Zeitreise, die bieten Sie doch an, oder?" Die Erwähnung der Zeitreise änderte schlagartig die Meinung des Professors und dessen Augen glänzten plötzlich vor Begeisterung.

„Ja, ja, die biete ich an. Möchten Sie denn eine Zeitreise vornehmen oder nur den Mechanismus ergründen, um mir die Idee zu klauen? Das bringt nichts, ich habe die Erfindung bereits patentieren lassen." Wieder etwas skeptischer musterte ihn der kleine Mann eindringlich, als ob er auf diese Weise Camils Intentionen erraten könnte.

„Ich habe keine Ahnung von Wissenschaft und mich interessiert ehrlich gesagt auch nicht, wie es funktioniert. Ich möchte wirklich in die Vergangenheit zurückreisen", erklärte er freundlich, in der Hoffnung, der Wissenschaftler würde ihn sogleich auf eine Reise zu seinem Jugendfreund schicken.

Nun konnte der Mann sich vor Begeisterung kaum mehr halten und bat ihn, in das Labor einzutreten. Zufrieden folgte Camil ihm zu der Maschine seines Begehrens und betrachtete das unscheinbare Gerät, das, wie eine Baustellentoilette, nur aus einem betretbaren Kasten Bestand und ein paar Kabel an sich baumeln hatte.

„Gut, gut, dann möchte ich Ihnen gleich mal alle Eckdaten erklären und hoffe, Sie überlegen es sich später nicht anders. Bisher sind die meisten wieder gegangen und haben sich am Ende doch nicht getraut. Aber es funktioniert, das versichere ich Ihnen. Ich habe es an mir selbst getestet. Natürlich nur mit kurzen Reisen, so ein bis zwei Wochen in die Vergangenheit. Wie Sie sehen bin ich heil geblieben und kann Ihnen nun berichten, dass meine Erfindung keine Defizite aufweist."

Der alte Vampir hatte nicht den Nerv sich Lobeshymnen auf Maschinen anzuhören, doch er nickte mit gespieltem Interesse und lauschte den Worten des Mannes nur am Rande. Wenn es nach ihm ginge, brauchte er gar keine Einweisung, nur eben die Zeitreise. Was hatte er schon zu verlieren, wenn etwas schief ging, etwa sein Leben? Das war sowieso nicht besonders lebenswert ohne seinen geliebten Pascal an seiner Seite.

„Nun gut, ich erkläre Ihnen noch, wie es funktioniert, das Zeitreisen. Sie können sich einen bestimmten Zeitpunkt ihres Lebens aussuchen, allerdings nur in der Vergangenheit. Reisen in die Zukunft sind leider noch nicht möglich, aus dem ganz einfachen Grund, da es nur möglich ist, in eine Zeit zu reisen, in der der Reisende definitiv lebt. Und niemand kann vorhersehen wie lange Sie noch leben werden." Camil grinste in sich hinein, wusste er doch ganz genau, wie lange er noch zu leben hatte, nämlich ewig.

„Damit komme ich gleich zum nächsten Punkt: Es ist nur eine Reise in Ihre eigene Vergangenheit möglich, nicht in eine, die vor Ihrer Geburt stattgefunden hat. Sind Sie dort angekommen, müssen Sie ihr Leben noch einmal von diesem Zeitpunkt an komplett durchleben, es gibt nämlich kein Zurück in die heutige Zeit. Das ist übrigens der Grund warum viele Menschen doch wieder von einer Zeitreise absehen", sagte der Wissenschaftler geknickt und erwartete wohl, dass auch er dankend ablehnen würde.

„Ist gut, ich bin damit einverstanden mein Leben noch einmal bis zum heutigen Tag zu erleben. Mit ein paar klitzekleinen Veränderungen, versteht sich." Er hoffte, Änderungen waren erlaubt und würden keinen allzu großen Schaden in der Zukunft anrichten.

„Ändern Sie aber bitte nicht zu viel, das könnte böse Auswirkungen haben. Leider kann ich nicht vorgeben was erlaubt ist und was nicht, denn ich habe keine Möglichkeit, Sie auf Ihrer Reise zu kontrollieren“, bat ihn der Mann mit strenger Stimme und Camil nickte lächelnd.

Alles was er wollte, war, seinen damaligen Freund ebenfalls dazu zu überreden ein Vampir zu werden und mit ihm die Ewigkeit zu verbringen. Es hingen keine Kinder an dieser Veränderung dran, die dadurch eventuell nicht geboren werden würden, also machte er sich wenig Sorgen darüber.

„Alles klar, ich glaube ich habe alles verstanden, können wir dann jetzt loslegen?“, drängte er den Professor zur Eile, um sich nicht noch mehr von dessen Geschwafel anhören zu müssen.

„Einverstanden, dann müssten Sie mir nur noch sagen, zu welchem Datum Sie zurückkehren möchten und es kann losgehen. Ach ja, eine Unterschrift, dass alles auf eigene Gefahr stattfindet, brauche ich natürlich noch. Und vielleicht sollte ich noch erwähnen, dass Zeitreisen für jeden Menschen nur zweimal möglich sind, also sollten Sie nicht erledigen können, weswegen Sie zurückreisen, habe Sie nur einen weiteren Versuch. Mitnehmen dürfen sie nur einen einzigen Gegenstand ihrer Wahl.“ Ihm wurde ein Formular unter die Nase gehalten, das er sich nicht durchzulesen gedachte, sondern sofort unterschrieb.

„Ich möchte zurück zum 28.06. im Jahr 2005. Mitnehmen brauche ich allerdings nichts“, unterrichtete er den Wissenschaftler von seinem Wunsch, der jedoch riss nur ungläubig die Augen auf und schüttelte frustriert den Kopf.

„Ich sagte doch bereits, Sie können nur in Ihre eigene Vergangenheit zurückreisen und ich nehme an, Sie sind keine 500 Jahre alt“, seufzte der Mann und ordnete das unterschriebene Formular in einen zerfledderten Ordner ein.

„Doch das bin ich“, versicherte Camil dem Wissenschaftler, der nur verärgert schnaubte und sich anscheinend auf den Arm genommen fühlte. Also versuchte er es auf eine andere Tour.

„Was passiert denn, wenn ich lüge und zu der Zeit noch nicht gelebt habe, Sie mich aber versuchen dahin zu schicken?“, wollte er wissen.

„Dann passiert gar nichts. Sie kommen aus der Zeitmaschine genauso raus, wie Sie reingegangen sind und das war´s.“ Demnach war der Professor auf der sicheren Seite, konnte das Geld für den Versuch einkassieren und fertig. Das schien diesem im nächsten Moment auch klar zu werden, denn er setzte ein verwegenes Lächeln auf.

„Ich kann es ja versuchen. Zahlen müssen Sie jedoch im Vorfeld. Das macht 5000 Euro. Und das unterschriebene Formular hat Sie darüber aufgeklärt, dass es nicht möglich ist, in eine frühere Vergangenheit zu reisen, als die der eigenen Geburt.

Sollte der Versuch missglücken, kann ich Ihnen leider das Geld nicht zurück erstatten.“ Der gierige Blick des Wissenschaftlers amüsierte Camil. Schnell erklärte er sich einverstanden und bezahlte den Mann in bar.

„Gut, dann begeben Sie sich bitte in die Maschine.“ Er nickte und öffnete die Türe der seltsamen Kabine. Drinnen war es steril und lediglich ein einsamer Hocker aus undefinierbarem Material stand dort, auf den er sich zu setzen hatte.

Kurz darauf wurde die Türe von außen verschlossen und ein unangenehmes Summen erklang. Plötzlich zerrten starke Kräfte an Camils Körper und schienen ihn förmlich auseinanderreißen zu wollen, bis er dem Druck nicht länger standhielt und in eine erlösende Ohnmacht fiel.

Als er wieder zu sich kam, dauerte es einige Augenblicke, bis er sich an alles erinnern konnte, die Zeitreise und auch, dass er nun zurück sein sollte in seiner Vergangenheit. Explizit in der Zeit kurz vor seinem Versuch Pascal davon zu überzeugen, wie er ein Vampir zu werden.

Um ihn herum war es dunkel, doch seine Vampiraugen funkelten rot in die Finsternis, konnten alles sehen, was um ihn herum geschah. Er lag auf etwas weichem, einem Stapel bequemer Decken und neben ihm stand ein großer Schrank.

Er sah sich noch im Liegen ein wenig um und stellte bald fest, dass er im Keller von Pascals Eltern lag, dort, wo er einige Zeit genächtigt hatte, nach seiner Rückkehr nach Deutschland. Versteckt hinter einem alten Schrank, den er einfach ein Stück nach vorne gezogen hatte, war sein beschauliches Quartier gewesen und war es nun wieder.

Bevor er komplett zu sich kommen konnte, vernahm er das leise Quietschen der Kellertür und sah erschrocken in die Richtung, aus der er plötzlich Schritte vernahm. Auf seiner Zeitreise musste er ganz schön gelitten haben, sonst war er als Vampir darauf spezialisiert, Lebewesen schon zu erahnen, bevor sie sich auch nur irgendwie bemerkbar machen konnten.

„Camil? Bist du da?“, vernahm er die bekannte Stimme seines Liebsten und entspannte sich. Er hatte sich an den Tag zurückversetzen lassen, an dem Pascal ihm von der Verlobung mit Vanessa berichtet hatte und er verschwunden war, um sich das nicht länger geben zu müssen. Jetzt hatte er eine neue Chance und die wollte er nutzen.

Geräuschlos erhob er sich von der Unterlage und huschte auf seinen Freund zu, um ihn mit aller Kraft in die Arme zu schließen. So lange hatte er ihn nicht gesehen, mehrere hundert Jahre waren seit dem letzten Kuss vergangen und sein gesamter Körper verzehrte sich nach Liebe.

„Nicht so stürmisch, du zerquetscht mich noch“, wimmerte Pascal in seiner kraftvollen Umarmung und fuchtelte hechelnd mit den Armen.

Sofort ließ er ein wenig locker und sah dem Mann seines Lebens tief in die Augen.

„Endlich, endlich habe ich dich wieder", hauchte er gegen die weichen Lippen, die er so vermisst hatte und stahl einen heißen Kuss von ihnen. Sein Freund ließ es wortlos geschehen, erwiderte den Kuss jedoch nicht sonderlich begeistert. Enttäuscht löste er sich von ihm und presste traurig die Lippen aufeinander.

„Du verhältst dich heute echt komisch", kommentierte Pascal die groteske Situation und wandte sich aus den Armen, die ihn gefangen hielten.

„Ich bin eigentlich nur gekommen, um dir zu beichten, dass ich mich heute mit Vanessa verlobt habe und bald heiraten werde. Ich will einfach kein Vampir sein, obwohl ich dich über alles liebe. Bitte mach es nicht noch schwerer als es ist" Er konnte den Kloß im Hals seines Freundes förmlich spüren, nicht zuletzt aufgrund der gepressten Stimme, die eindeutig versuchte stark zu klingen, obwohl sie es nicht war.

„Ich weiß!" Ein sanftes Lächeln breitete sich auf Camils bleichem Gesicht aus, als er liebevoll mit der Hand über Pascals warme Wange strich und ihm weiterhin tief in die Augen sah.

„Woher willst du das denn wissen?", fragte dieser perplex, schmolz jedoch unter seinen Berührungen dahin, ob er nun wollte oder nicht. Der Widerstand gegen seine innige Umarmung brach und sein Freund hing kraftlos und traurig in seinen Armen.

„Hör mir gut zu: Ich war fünfhundert Jahre unterwegs, nachdem du mit knapp siebzig Jahren verstorben bist. Mittlerweile gibt es Zeitreisen und ich konnte endlich zu dir zurückkehren. Lass mich dich zum Vampir machen, sonst wirst du es später bereuen." Der Dringlichkeit seiner Bitte verlieh seine vibrierende, tiefe Stimme Ausdruck, doch Pascal seufzte nur ernüchtert.

„So ein Schwachsinn, Zeitreisen werden nie möglich sein und was meinst du überhaupt damit, dass ich es bereuen werde?" Wenn er ehrlich war, hatte Camil nicht damit gerechnet, dass es ein leichtes Unterfangen werden würde, seinen Liebsten von der Wahrheit zu überzeugen, doch Aufgeben kam für ihn nicht in Frage.

„Es ist wirklich wahr! Als du Mitte sechzig warst, bist du an Krebs erkrankt und hast jahrelang hart dagegen angekämpft. Mit Vanessa bist du nie glücklich geworden und nachdem du Alkoholkrank wurdest, habt ihr euch getrennt. Ich habe dich damals lange Zeit aus der Ferne beobachtet und dich erst an deinem Totenbett wieder aufgesucht. Du hast gesagt, du würdest es bereuen, kein Vampir geworden zu sein, doch in diesem Alter wolltest du keiner mehr werden. Jetzt bin ich zurückgekehrt, um dich vor einer Fehlentscheidung zu warnen. Komm mit mir, verbring die Ewigkeit an meiner

Seite!“ Flehend verengte er seine Augen und presste die Lippen fest aufeinander.

„Du verarscht mich doch. Du willst mich doch nur auf perfide Art und Weise dazu bringen einer von euch zu werden, aber das kannst du vergessen. Und falls du Recht haben solltest, dann habe ich im Angesicht des Todes vielleicht kurz den Verstand verloren. Niemals würde ich dich bitten, mich zum Vampir zu machen.“ Pascal stapfte wütend auf den Boden auf und verschränkte die Arme vor der Brust.

Das war weitaus schlechter verlaufen als gedacht, doch er wollte nicht aufgeben und nahm die Hände seines Liebsten fest in die seinen. Tief schaute er ihm in die eisblauen Augen und versuchte sein Glück erneut.

„Ich hatte schon das Gefühl, du wärst sehr traurig gewesen, dass du dein Leben lang dich selbst belogen hast, um deinen Eltern alles recht zu machen. Doch das kann einfach nicht funktionieren. Du stürzt dich in dein eigenes Unglück, bist irgendwann alt und verbittert und hattest nichts vom Leben. Egal, ob du mir das mit der Zeitreise glaubst oder nicht, denk darüber nach, ob du dir ein Leben voller Alkohol und Hass wünschst oder nicht doch lieber an meiner Seite bleibst.“

Seine Worte zeigten Wirkung und Pascal seufzte ergeben. Sein Freund wehrte sich nicht mehr gegen seinen Griff, ließ sich stattdessen gegen ihn fallen und in eine Umarmung schließen.

„Das mag ja alles sein, auch wenn ich an Zeitreisen definitiv nicht glaube. Aber meine Entscheidung steht fest, ich werde mich nicht zum Vampir machen lassen. Ohne den Tod hat das Leben doch gar keinen Sinn, alle Ziele und Wünsche wären nichtig. Ich würde durchdrehen. Findest du nicht, man kann das Leben viel mehr genießen, stärker lieben und härter arbeiten, wenn man ein Verfallsdatum hat?“

So gesehen hatte sein Liebster Recht. Was hatte er in den fünfhundert Jahren schon groß erreicht? Genaugenommen rein gar nichts, denn es war nicht nötig gewesen für ein besseres Leben zu kämpfen. Je mehr Zeit vor einem lag, desto fauler und gemütlicher wurde man, so auch er.

Enttäuscht wurde Camil klar, dass er nun weitere fünfhundert Jahre auf die Gelegenheit warten musste, in diese Zeit zurückzukehren. Doch was sollte das überhaupt bringen? Pascal war nicht zu überzeugen, es machte keinen Sinn, ihm seinen Wunsch kurz vorm Sterben zu erzählen. Auch beim nächsten Mal würde die Antwort gleich ausfallen.

Die einzige Hoffnung, die ihm blieb, war es, die Dämonenwelt auf ein Neues zu bereisen und es diesmal zu schaffen, die Vampire auszurotten. Ob er und Leian der geballten Energie Krawons standhalten konnten, blieb jedoch fraglich. Zumindest wollte er sich den Knochen beschaffen. Er ärgerte sich darüber, diesen nicht auf seine Zeitreise mitgenommen zu haben. Einen Gegenstand hätte er mitnehmen dürfen in die Vergangenheit und er hatte nicht daran gedacht, dass der Knochen vonnöten wäre.

„Dann heirate halt deine Vanessa und verbringe ein unglückliches Leben. Du wirst anfangen zu trinken, deine Ehe wird in die Brüche gehen und am Ende stirbst du mit dem Wissen, du hättest ewig Leben können“, giftete Camil zurück und verließ fluchtartig Pascals Elternhaus. Er hatte eigentlich gar kein Recht sauer zu sein, doch er war es eben, wenn auch eher auf sich selbst.

In Gedanken rief er nach Leian, der bisher stets gespürt hatte, wenn er ihn brauchte und sofort zur Stelle gewesen war. Auch diesmal traf er ihn an der alten Burgruine an, mit dem Rücken an eine Mauer gelehnt auf ihn wartend.

Vor Enttäuschung knurrend, begrüßte er seinen Schöpfer kurz und knapp und schüttete diesem anschließend sein Herz aus. Leian lauschte fasziniert seinen Worten, die so erfunden klangen, dass selbst Camil sich selbst kaum mehr glaubte.

„Hör zu, ich bin in der Zeit zurück gereist, um Pascal doch noch zum Vampir machen zu können. Er weigert sich aber weiterhin. Das klingt jetzt wahrscheinlich total verrückt, aber könntest du noch mal mit mir nach Sibirien, um über das Portal in die Dämonenwelt einzudringen? Um Isam zu töten brauchen wir einen Knochen von Krawon, den ich leider in der Zukunft liegen lassen habe. Beim letzten Mal hat uns seine Energie aus der Dämonenwelt befördert und das Portal komplett zerstört. Ich würde es trotzdem gerne noch mal versuchen."

Er hatte keine große Lust noch weiter auszuholen und beließ es bei dieser knappen Schilderung der eigentlich deutlich größeren Ereignisse ihrer gemeinsamen Vergangenheit der Zukunft. Die Erwähnung des Portals und Krawons verschafften ihm jedoch die gewünschte Reaktion seitens Leian.

„Das kannst du eigentlich alles gar nicht wissen, was bedeutet, du kommst tatsächlich aus der Zukunft", staunte der alte Vampir mit offenem Mund und legte verwundert den Kopf schief. Genau darauf hatte er spekuliert. Mit Wissen, das ihm eigentlich gar nicht zugänglich sein konnte, schaffte er es, dass sein Schöpfer ihm sofort Glauben schenkte.

„Ja, ich war fünfhundert Jahre lang dein Gefährte, bis das Zeitreisen möglich wurde", nickte er bekräftigend und dachte an den ulkigen Professor zurück, der sich jetzt wahrscheinlich vor Verwunderung die Augen rieb, da er nicht wie erwartet noch in der Kabine saß, sondern tatsächlich fünfhundert Jahre zurück gereist war.

„Dann hast du mich nach fünfhundert Jahren einfach verlassen? Nicht besonders nett", entgegnete sein Schöpfer und rümpfte beleidigt die Nase, was Camil zum Lachen brachte. Innerlich dachte er sich, dass es gar keine so schlechte Aussicht war, erneut einige Jahrhunderte mit diesem netten Vampir zu verbringen.

„Wenn es um Pascal geht, würde ich jeden sofort verlassen, das weißt du." Klar wusste Leian das und der spielte auch nur die beleidigte Leberwurst, ohne es wirklich ernst zu meinen, das konnte er an den zuckenden Mundwinkeln deutlich erkennen.

„Gut, da du ja Bescheid weißt über Krawon, I-sam und die Urvampire, brauche ich dir nichts weiter zu erklären. Ich helfe dir selbstverständlich wieder, aber wahrscheinlich wird es genauso enden wie beim letzten Mal", seufzte sein Schöpfer.

„Falls wir an den Knochen kommen und aus der Dämonenwelt fliegen sollten, bleibt nur die Möglichkeit weitere fünfhundert Jahre auf eine Zeitreise zu warten. Kannst du den Knochen bis dahin aufbewahren und am Ende in die heutige Zeit mitbringen?", fügte Leian noch an. Sein Pragmatismus erstaunte den jungen Vampir, er hatte mit ein bisschen mehr Gegenwehr gerechnet.

„Das ist prinzipiell möglich, allerdings bin ich doch dann ein Sterblicher und kann die Reise nach Sibirien nicht auf mich nehmen. Selbst wenn ich es den Berg hinauf schaffen würde, als Mensch kann ich die Höhle und das Reich der Dämonen niemals betreten."

Er konnte den Wunsch des alten Vampirs gut nachvollziehen, zu viel hatte dieser schon erleben müssen und wollte ohne ihn nicht unbedingt auf ewig weiterleben. Irgendwann war man der Ewigkeit einfach überdrüssig, vor allem, wenn so vielen Gefährten verloren gingen und das Glück nicht auf seiner Seite stand.

„Ich weiß. Du könntest aber nach Rumänien kommen und mich in der Berghütte treffen, um mir den Knochen zu geben. Wenn du rechtzeitig sagst, dass du aus der Zukunft zurückgekommen bist und mir irgendetwas an den Kopf wirfst, was du eigentlich gar nicht wissen kannst, werde ich dir auf jeden Fall zuhören und dich verschonen. Dann kann ich selbst entscheiden, ob ich den Vampiren ein Ende bereite oder nicht."

Kurz dachte er über diesen Vorschlag nach und entschied, dass dies die beste Lösung war. Einer Reise zur Berghütte stand nichts im Wege, sobald er wieder sterblich und mit Pascal zusammen war. Mit der Ungewissheit, ob Leian ihn nicht doch wieder zum Vampir machen würde, konnte er leben, denn er rechnete nicht damit. Sein Schöpfer war eine gerechte Person, der das Glück anderer nicht am Hintern vorbei ging.

„Klingt vernünftig. Ich verspreche dir, ich werde an der Hütte auf dich warten", versprach Camil feierlich und lächelte glücklich über das Wohlwollen seines Gefährten.

In diesem Leben verzichtete er darauf, auf den Tod seiner Eltern zu warten, um diesem beizuwohnen. Viel wichtiger war ihm der Knochen Krawons, den sie sich in den nächsten Wochen, ohne große Probleme beschafften. Alles lief nach Plan, doch auch diesmal zerstörte die Energie des Dämons das Portal in die fremde Welt und Camils Schicksal, weitere fünfhundert Jahre warten zu müssen, war damit besiegelt.

Er hütete die Rippe des Dämons wie seinen eigenen Augapfel und trug ihn stets am Körper, eingewickelt in ein Stück Stoff. Pascals Leben verfolgte er nicht weiter, lieber blieb er zurückgezogen auf seiner Burg an der Seite seines Gefährten. Das Trauerspiel wollte er sich nicht ein weiteres Mal antun.

Lediglich kurz vor dem Tod seines Liebsten, begab er sich an dessen Sterbebett, um noch einmal mit ihm zu sprechen. Mittlerweile musste Pascal den Wahrheitsgehalt seiner Worte erkannt haben und er war gespannt auf dessen Gemütszustand.

Über den Zustand des alten Mannes war er nicht weiter entsetzt, schon einmal hatte er diesen in all dem Leid gesehen, geschwächt von der schlimmen Erkrankung und gezeichnet vom tragischen Leben. Als er das Zimmer betrat, öffnete sein

Liebster die Augen und lächelte leicht. Es machte den Anschein, als wäre Camil bereits erwartet worden. Mit traurigem Blick trat er ans Bett und hielt dem Sterbenden die Hand.

„Du hast nicht gelogen. Unvorstellbar, dass es Zeitreisen wirklich irgendwann geben wird. Alles ist genauso geschehen, wie du es mir vorhergesagt hast. Ich habe Vanessa geheiratet, bin alkoholkrank geworden, habe meine Ehe verbittert beendet und war in meinem ganzen Leben nicht ein einziges Mal glücklich“, begann Pascal mit leiser Stimme zu erzählen, unterbrochen von Hustenanfällen.

„Manchmal dachte ich, mein Leben verläuft nur so, weil du mir diese Idee in den Kopf gesetzt hast und ich unterbewusst darauf reagiert habe. Aber selbst die Krebserkrankung ereilte mich und nun liege ich hier und werde sterben. Und wie du es mir prophezeit hast, wünsche ich mir jetzt ein Vampir zu sein und die Ewigkeit mit dir verbringen zu können.“

Mit nichts anderem hatte Camil gerechnet und doch schmerzten ihn diese Worte ungemein. Er wusste, dass er nur noch eine allerletzte Chance hatte, ein weiteres Mal in die Vergangenheit zurück zu reisen und das Leben seines Freundes auf die Reihe zu kriegen.

„Bitte gib mich nicht auf, versprich mir, dass du wieder kommst und es noch einmal versuchst mich zu überreden. Dann werde ich die Ewigkeit an deiner Seite verbringen“, krächzte der alte Mann mit Tränen in den Augen. Der junge Vampir schüttelte den Kopf. Nicht, weil er nicht wiederkommen wollte, vielmehr hatte er keine Lust darauf, ein weiteres Mal abgewiesen zu werden.

Sollte es missglücken, Pascal beim nächsten Mal zu überreden, gab es kein Zurück mehr und er war verdammt, die Ewigkeit mit Leian zu verbringen oder sich das Leben zu nehmen. Entschlossen holte er tief Luft, um seinem Liebsten zu unterbreiten, was er vorhatte.

„Nein! Ich weiß, dass du das nur sagst, weil du gleich sterben wirst. Die Ewigkeit ist wirklich nicht erstrebenswert, das habe ich jetzt kapiert. Ich werde wiederkommen, aber nicht als Vampir, sondern als Mensch. Vielleicht haben wir Glück und finden einen Weg zusammen sein zu können, ohne von unseren Eltern fertig gemacht zu werden“, sagte Camil mit zittriger Stimme. Es war ein Versprechen, das ihm einiges abverlangte, doch er wollte es einhalten.

„Denkst du wirklich, du kannst meine Denkweise beeinflussen und mich davon abhalten, mein Leben für meine Eltern wegzuwerfen?“, fragte Pascal hoffnungsvoll und der junge Vampir nickte. Natürlich war es sich ganz und gar nicht sicher, doch einen Versuch war es wert. Er musste sich nur gut darauf vorbereiten, um nicht wieder in

Rumänien zu landen, getrennt von der Liebe seines Lebens.

Ihm standen lange fünfhundert Jahre bevor, die er für den Augenblick der Erlösung jedoch ertragen wollte. Zum zweiten Mal sah er zu, wie sein geliebter Freund die Augen für immer schloss und die letzten schwachen Atemzüge nahm.

„Bis bald, mein Engel", hauchte er tonlos und küsste die kalte Stirn des Toten zum Abschied.

Kapitel 8:

Zweite Chance

Als Camil die Augen aufschlug, dauerte es eine Weile, bis sich seine Augen an die Dunkelheit, die ihn umgab, gewöhnten. Er lag in einem Bett, eingehüllt sich kuschelige Decken und den Kopf auf einem weichen Kissen gebettet. Verschlafen setzte er sich auf und rieb sich die müden Augen. Vor ihnen taten sich die Umrisse seines Kinderzimmers auf, er erkannte seinen großen Kleiderschrank, den unaufgeräumten Schreibtisch und die alte Kommode.

Die Tatsache, dass alle Gegenstände nur vage für ihn erkennbar waren, beruhigte ihn. Es bedeutete, er war kein Vampir mehr, der die Fähigkeit besaß im Dunkeln wie bei Tageslicht sehen zu können. Ganz überzeugt war er jedoch nicht und führte prüfend eine Hand zur Brust. Nervös hielt er den Atem an und seufzte erleichtert auf, als er seinen Herzschlag fühlen konnte. Er war tatsächlich am Leben, die zweite Zeitreise hatte funktioniert.

Auf dem Nachtschränkchen blinkte sein Handy, das er sogleich an sich nahm, um das Datum zu prüfen. Es war zwei Tage vor dem verhängnisvollen Kuss, den er aufgrund einer Wette mit Pascal teilen sollte. Das gab ihm genügend Zeit, mit seinem Kumpel zu reden und ihn über den weiteren Verlauf ihres Lebens aufzuklären, sollten sie sich erneut von ihren Eltern erwischen lassen.

Einem ehrlichen Gespräch stand nichts im Weg, zumal er wusste, dass sein langjähriger bester Freund ihn ebenso liebte, wie er ihn. Er brauchte sich keine Gedanken über eine Zurückweisung machen. Blieb nur noch zu hoffen, dass Pascal ihm die Zeitreise abkaufen und sich auf seine Schilderungen einlassen würde.

Die Uhr zeigte kurz nach sechs in der Früh an, ihm blieben nur ein paar Minuten, bis seine Mutter ins Zimmer treten würde, um ihn für die Schule zu wecken. Er lachte leise, als er daran dachte, wie komisch es war, wieder zur Schule gehen zu müssen, nachdem er bereits tausend Jahre auf dieser Erde verweilt hatte. Eigentlich gab es nichts, was ihm die Lehrer noch beibringen konnten.

Die Tür flog auf und seine Mutter betrat das Zimmer. Der vertraute Geruch nach ihrem Parfum drang zu ihm durch. Nach all den Jahren hatte er ihn niemals vergessen und fühlte sich sofort heimisch, als der Duft seine Nase kitzelte. Er war wieder zuhause, in seinem vertrauten Heim, fernab der Dunkelheit.

„Aufstehen, mein Liebling!" Eine liebevolle Hand streichelte ihm übers Haar und er seufzte wohlig auf. Vergessen war die Schmach ihrer Intoleranz gegenüber Schwulen und er wusste, er wollte nie mehr nach Rumänien geschickt werden. Bis er volljährig war, wollte er in der Obhut seiner Familie bleiben, geschützt vor der grausamen Welt da draußen und geliebt.

Diesmal würde er alles anders machen, sie nicht vor vollendete Tatsachen stellen, in dem er sich mit Pascal im Bett erwischen ließ. Sein Plan war es, seine Eltern behutsam auf seine Homosexualität aufmerksam zu machen und so vielleicht ihr Wohlwollen zu erlangen. Es musste ein Schock für sie gewesen sein, ihn und seinen Freund in so einer prekären Situation zu erwischen.

Nachdem er aufgestanden war, ging er ins Badezimmer und machte sich frisch für den bevorstehenden Schultag. Vorher freute er sich auf das leckere Frühstück, bestehend aus einer Schale frischem Müsli und einem Marmeladenbrot, dazu eine Tasse Tee oder Kakao, das durfte er sich täglich selbst aussuchen.

Es schmeckte hervorragend. Endlich ein anderer Geschmack im Mund anstelle des Eisens, das beim Bluttrinken an seinem Gaumen haften geblieben war. Er haute richtig rein, was seine Mutter verwundert von der Zeitung aufblicken ließ. So genüsslich wie an diesem Tag, hatte er das Frühstück noch nie zuvor verschlungen.

„Hast du doch noch mal einen Wachstumsschub oder wo kommt der Hunger her?“, fragte sie kopfschüttelnd, doch er konnte ihr natürlich nicht sagen, dass dies die erste anständige Mahlzeit seit Jahrhunderten für ihn war. Also zuckte er nur mit den Schultern, antworten war aufgrund des gefüllten Munds sowieso nicht drin.

Satt und zufrieden nahm er seinen Rucksack und verließ die Wohnung, um zur Schule zu gehen.

Als er hinaus trat, kamen ihm fast die Tränen. Über ihm lag der strahlendblaue Himmel und alles um ihn herum wurde vom grellen Licht der Sonne erhellt. Er spürte die Wärme der Sonnenstrahlen auf seinen nackten Armen und war kurz davor, seine Freude über dieses angenehme Gefühl in die Welt hinaus zu schreien.

Die Nase genießerisch nach oben gereckt, verharrte er einen Moment mit geschlossenen Augen, bevor er sich auf den Weg zu seinem Kumpel machte, den er vor der Schule abzuholen pflegte. Trotz der langen Abwesenheit kannte er die Straßen um sein Elternhaus herum noch in und auswendig.

Pascal wartete vor dem Haus auf ihn, wie jeden Morgen, und winkte ihm schon von weitem zu. Der Atem stockte ihm, als er den Mann, den er so sehr liebte, im warmen Licht der Morgensonne erblickte und er vergaß kurzzeitig weiterzulaufen. Wie angewurzelt stand er ungefähr fünfzig Meter von seinem Liebsten entfernt und starrte ihn selig lächelnd an.

Verwirrt wurde ihm erneut gewunken, doch der Anblick seines besten Freundes, wie diesem die Haare im Wind um die Nase tanzten und dessen Augen eisblau im Licht funkelten, fesselte ihn so sehr, dass er noch immer nicht reagierte.

„Hey, was ist los?" Erst als Pascal ihm zurief, kehrte Leben zurück in ihn und er stürmte auf ihn zu. Ohne anzuhalten riss er seinen verwunderten Kumpel mit sich zu Boden und umarmte ihn so fest, dass ihnen beiden fast die Luft wegblieb.

„Was ist denn jetzt kaputt?", japste sein bester Freund nach Luft und lachte, während er Camil ebenso fest umarmte. Eine Hand in den dicken Haaren vergraben, steckte er die Nase tief in diese und sog den betörenden Geruch in seine Nase. Pascal duftete einfach wunderbar und es war eine Wonne, ihn endlich wieder bei Tageslicht bewundern zu dürfen.

Plötzlich fiel ihm ein, dass sie noch vor dem Haus seines Kumpels waren und dessen Eltern jederzeit nach draußen sehen und ihre innige Begrüßung tadeln konnten. Schnell löste er sich von seinem Liebsten und half ihm beim Aufstehen.

„Was war denn das für eine stürmische Begrüßung? Habe ich was verpasst?", lachte der zerknautschte Junge und knuffte ihn freundschaftlich in die Seite. Camil war wieder ernst geworden und seufzte. Es war an der Zeit mit der Wahrheit rauszurücken. Nicht ganz einfach, da er nicht sagen konnte, wie die Reaktion ausfallen würde.

„Wir müssen reden", murmelte er ein wenig verlegen, denn wer konnte schon wissen, ob Pascal die Liebe zu ihm direkt zugeben wollte oder ihn erstmal von sich wies. Auch die Gewissheit, dass sein bester Freund ihn auf die gleiche Weise begehrte, machte unter diesen Umständen keinen großen Unterschied.

„Du bist heute irgendwie echt komisch“, kommentierte sein Liebster verwundert und schüttelte grinsend den Kopf. Verträumt betrachtete er die weichen Gesichtszüge, die rosigen Wangen und die vollen Lippen, die zu einem Lächeln verzogen den Blick auf die kleinen Grübchen freigaben.

„Versprich mir, dass du mich nicht auslachst und vor allem nicht für verrückt erklärst!“, forderte er, bevor er von seinen Zeitreisen und den Vampiren erzählen wollte. Vielleicht war es sogar besser, zunächst ein paar Details auszulassen, um seinen Freund nicht komplett zu verwirren.

„Du machst mir ein bisschen Angst. Jetzt sag schon endlich was Sache ist. Ich gebe mein Bestes dich nicht auszulachen“, willigte Pascal in seine Forderung ein und er konnte endlich loslegen. In seinem Kopf hatte er sich die Worte zurechtgelegt, doch nun hörten sie sich für ihn ziemlich dämlich an. Also improvisierte er.

„Na gut. Also, ich weiß, dass du mich liebst und ich wollte...“ Weiter kam er nicht, sein bester Freund unterbrach ihn mit weit aufgerissenen Augen und schlug sich die Hand vor den Mund. Ertappt starrte sein Liebster ihn an und begann leicht zu zittern.

„Woher weißt du das? Das habe ich doch nie jemandem erzählt“, stotterte Pascal fassungslos und sichtlich beschämt. Camil schalt sich dafür, nicht damit angefangen zu haben, dass diese Liebe auf Gegenseitigkeit beruhte.

„Dazu komme ich noch. Das Wichtigste ist erstmal: ich liebe dich auch, über alles. Ich will unbedingt mit dir zusammen sein und mein restliches Leben mit dir verbringen. Aber das wird nicht so einfach, weil unsere Eltern strikt gegen Homosexualität sind und dein Vater dich, sollte er davon erfahren, zusammenschlägt oder dich sogar in ein Umerziehungscamp stecken will. Und ich weiß, dass wir erwischt werden, wenn wir nicht vorsichtig sind, so ist es nämlich schon mal passiert und dann werden wir getrennt. Meine Eltern schicken mich nach Rumänien und du suchst dir eine Freundin, um deinen Eltern alles recht zu machen."

Eigentlich hatte er geplant, nicht gleich alles preiszugeben, doch die Worte quollen einfach so hervor, wollten unbedingt gesprochen werden. Pascals Augen wurden immer größer und er war einen Schritt zurückgetreten. Wahrscheinlich hielt ihn sein Freund für völlig bekloppt.

„Geht es dir nicht gut? Hast du dir den Kopf geschlagen?", wurde er völlig entgeistert gefragt, doch leider entsprach alles der Wahrheit.

„Ich weiß, das klingt alles verrückt, aber es stimmt. Thorsten wird in zwei Tagen eine Wette mit uns abschließen, die wir verlieren und weswegen wir uns küssen müssen. So lautet der Einsatz.

Daraufhin stellen wir fest, dass wir mehr füreinander empfinden und landen im Bett, wobei uns dann meine Eltern erwischen", versuchte er sein Glück Überzeugungsarbeit zu leisten erneut.

„Also, dass ich was für dich empfinde stimmt schon und ich wäre wirklich gerne mit dir zusammen, aber es ist mir ein Rätsel, woher du das weißt und wie du vorhersagen willst, dass unsere Eltern so reagieren." Pascal schüttelte fassungslos den Kopf und senkte ein wenig beschämt den Blick zu Boden. Es machte den Anschein, als hätte er das Gefühl, Camil würde ihn nur zum Narren halten, um an ein Liebesgeständnis zu kommen. Strahlend ging er auf seinen besten Freund zu und legte ihm die Hand an die gerötete Wange.

„Ich liebe dich! Und zwar so sehr, dass ich Jahrhunderte auf diesen Augenblick gewartet habe. Ich bin zurück gekommen, als Mensch, um mit dir zusammen sein und altern zu können, da du kein Interesse an ewigem Leben hast. Bitte gib mir die Chance, dir alles in Ruhe zu erklären und halte mich nicht für verrückt, denn es entspricht alles der Wahrheit und ich kann dir das sogar beweisen", sagte er ruhig und drückte Pascal einen kurzen, aber leidenschaftlichen Kuss auf die Lippen.

„Jahrhunderte? Sag mal wovon redest du bitte und was meinst du mit Ewigkeit?" Sein Freund hatte den Kuss zwar erwidert, war jedoch weiterhin sehr skeptisch und legte den Kopf verzweifelt schief. Camil zog ihn an der Hand hinter sich her Richtung Schule, um nicht zu großes Aufsehen zu erregen in der Nähe des Elternhauses. Während sie weitergingen, holte er weiter aus.

„Als unsere Eltern uns erwischt haben, wurde ich zu meiner Tante nach Rumänien geschickt. Dort bin ich auf Leian getroffen, ein Vampir, der mich zu seinem Gefährten machen wollte. Doch als ich ein Vampir geworden bin, wollte ich nichts anderes, als dich ebenfalls zum Vampir zu machen, damit wir ewig zusammen bleiben können. Du wolltest allerdings nicht unsterblich sein, was ich mittlerweile echt gut nachvollziehen kann.

Die Welt wird mit den Jahrhunderten immer grausamer, viele Kriege wüten auf der Erde und es gibt kaum noch einen sicheren Ort. In fünfhundert Jahren wird allerdings das Zeitreisen erfunden und ich konnte schon einmal zu dir zurückreisen. Damals bin ich allerdings als Vampir zurück gekommen, in der Hoffnung, ich könnte dich doch noch überreden. Das hat nicht geklappt, erst kurz vor deinem Tod hast du mir gesagt, du wünschtest doch ein Vampir geworden zu sein. Da ich allerdings wusste, dass du es nicht so meintest, bin ich als Mensch zurück gekommen. Diesmal müssen wir nur etwas vorsichtiger sein und wenigstens bis nach der Schule warten, bis wir unseren Eltern von unserer Liebe berichten. Vielleicht können wir ja für ein Studium gemeinsam ins Ausland gehen oder so."

Am Ende seiner Ausführung hatten sie die Schule erreicht und es blieb keine Zeit mehr für eine Antwort seitens Pascal, der sich die Geschichte wortlos angehört hatte, sie jedoch kaum glauben konnte, dem entgeisterten Blick nach zu urteilen.

„Treffen wir uns nach der Schule im Park, da können wir noch mal in Ruhe darüber reden, okay?", schlug sein bester Freund vor und gab an, sich bis dahin ein paar Gedanken dazu zu machen. Camil war sofort einverstanden, konnte sich allerdings kaum auf den Unterricht konzentrieren. Seine Gedanken kreisten nur um seinen Liebsten und er hatte Angst, diesen nicht von seiner Geschichte überzeugen zu können.

Am Nachmittag saßen sie nebeneinander auf einer Bank im Park, abseits des Trubels und ungestört, um ein Gespräch zu führen. Bereit sich seinen seltsamen Erzählungen zu stellen, betrachtete Pascal ihn von der Seite mit undefinierbarem Blick.

„Na gut, wo sind die Beweise von denen du gesprochen hast?", fragte sein bester Freund misstrauisch, doch er konnte ihm keine liefern, die mit sofortiger Wirkung all seine Erlebnisse bezeugten.

„Die habe ich, doch es dauert eine Weile, bis sie dich überzeugen können. Ich kann dir zum Beispiel sagen, dass mein Vater an einer Lungenentzündung versterben wird und meine Mutter kurz darauf an einem Herzinfarkt. Natürlich dauert das noch einige Jahre, aber wenn es soweit ist, wirst du sehen, dass meine Prophezeiung stimmt. Ansonsten gibt es natürlich noch die Wette, aber die würde ich lieber umgehen, wenn das für dich okay ist?" Er hatte keine große Lust vor ihrem Mitschüler wieder rumzuknutschen und den Hass der Klasse auf sich zu ziehen.

„Und ich, woran sterbe ich mal?", wollte Pascal grinsend wissen, er glaubte ihm kein Wort, das konnte Camil in dessen Augen sehen, die nur so sprühten von Belustigung.

„Willst du das wirklich wissen?" Der Zurückgekehrte blieb ernst. Er selbst konnte sich beim besten Willen nicht vorstellen, schon das Datum und die Todesart zu kennen. Wie sollte man so das Leben genießen können?

„Nein, eigentlich nicht, sonst habe ich womöglich mein Leben lang Angst davor. Was nicht heißt, dass ich dir glaube! Das mit der Wette klingt ziemlich bescheuert. Sollte es die wirklich geben, verzichte ich gern darauf", fügte Pascal noch schnell an.

„Einen Beweis hätte ich noch für dich, der schneller stattfindet, als der Tod meiner Eltern. Ich muss in den Sommerferien nach Rumänien. Genau in diesen Ferien hat Leian mich zum Vampir gemacht und das ist die einzige Chance ihn zu treffen. Wir wollten damals den Grund dafür, dass es Vampire überhaupt gibt, beseitigen, was aber leider nicht funktioniert hat. Doch ich habe noch etwas, das Leian braucht, um diesmal endgültig alle Vampire auszurotten, sollte er dies überhaupt noch wollen."

Er dachte an den mitgebrachten Dämonenknochen, den sie Isam ins Herz rammen wollten. Als Mensch war es ihm nicht möglich, die Höhle in Sibirien aufzusuchen und selbst dem Vampirismus ein Ende zu bereiten. Deshalb wollte er wenigstens seinem ehemaligen Gefährten die Chance geben, selbst zu entscheiden, was dieser mit dem Knochen anstellte.

„Von mir aus, ich komme mit. Aber nur, weil wir dann vielleicht ein bisschen Zeit für uns haben, ohne Gefahr zu laufen von unseren Eltern erwischt zu werden." Pascal beugte sich vor und hauchte ihm einen zärtlichen Kuss auf die Wange. Überwältigt von dieser süßen Geste, strahlte Camil über beide Ohren und legte einen Arm um die Schulter seines Freundes, um ihn näher an sich heran zu ziehen.

„Mir ist egal, warum du mitkommst, Hauptsache ich habe dich an meiner Seite", erwiderte er und beschloss, dass es an der Zeit war, nichts weiter von seiner düsteren Vergangenheit zu erzählen. Er hoffte einfach, der Ausflug nach Rumänien würde Klarheit bringen. Bis dahin ließ er Pascal gerne im Glauben, er wäre einfach nur verrückt.

„Sind wir dann ab jetzt ein Paar?“, wollte er noch wissen und küsste seinen Liebsten zurückhaltend auf den Mund. Als dieser Kuss jedoch stürmisch erwidert wurde, war er sich sicher, dass sie von nun an zusammen waren.

„Ich kann mir nichts Schöneres vorstellen, als dein fester Freund zu sein. Und lass uns vorsichtig sein was unsere Eltern angeht. Ich glaube zwar, dass du das alles nur erfunden hast, um mich zu unterhalten und rumzukriegen, aber sicher ist sicher“, lachte sein Liebster hell und laut und Camil zog trotzig eine Augenbraue hoch. Verübeln konnte er ihm die Zweifel jedoch nicht.

In den nächsten Monaten hielten sie sich brav an ihre Abmachung, die Hände bei sich zu behalten, sollten sie bei sich zuhause sein. Lediglich im Park küssten sie sich und hielten Händchen. Es war eine Tortur nicht miteinander schlafen zu dürfen, doch auch hierfür war irgendwann eine Lösung gefunden. Alle paar Wochen kratzten sie ihr Geld zusammen und fuhren für ein Wochenende auf einen Städtetrip, was ihre Eltern freute, da sie sich für die deutsche Kultur zu interessieren schienen.

Im Endeffekt ging es ihnen allerdings nur um die Nächte im Hotel. Dort waren sie sicher und konnten ihrer Lust freien Lauf lassen. Sie waren jung und hatten das erste Mal sexuellen Kontakt zu einem Partner, da konnten sie nicht ewig drauf verzichten. Zumindest galt das für Pascal, doch auch seine Libido lief auf Hochtouren.

Schließlich war es soweit, die Sommerferien standen an und der Trip nach Rumänien war gebucht. Besonders Camils Eltern freuten sich über sein plötzlich zurückgekehrtes Interesse an seinem Herkunftsland und den Verwandten und hatten nichts gegen ihre zweiwöchige Reise einzuwenden.

Bis nach der Schule mit dem Coming Out zu warten, erschien den beiden Verliebten mittlerweile doch ein wenig zu lange und sie einigten sich darauf, nach dem Urlaub ihren Eltern von ihrer Beziehung zu berichten.

Aufgeregt standen sie am Bahnhof und warteten auf ihren Zug, der sie innerhalb etlicher Stunden an den Rand der Karpaten bringen sollte. Viel Gepäck hatten sie nicht, schließlich wollten sie zur Berghütte hinauf klettern und nicht nur bei seiner Tante nächtigen. Zwei volle Rucksäcke mussten ausreichen.

Camil jedoch hatte das Wichtigste fein säuberlich in Stoff gewickelt und ganz unten in seinem Rucksack verstaut: den Dämonenknochen. Nicht nur die große Reise zusammen mit Pascal sorgte bei ihm für Aufregung, es war auch die Gewissheit, bald Leian wieder sehen zu dürfen. Ein komisches Gefühl, da er mehrere Jahrhunderte an dessen Seite verbracht hatte und jetzt Lebewohl sagen musste.

Unruhig verbrachte er die Stunden im Zug, sah hinaus oder überprüfte, ob der Knochen noch an seinem Platz war. Seinen Freund nervte dieses ständige hin und her, doch freundlicherweise beließ er es bei genervtem Augenrollen und wies ihn nicht zurecht.

„Wie weit ist es eigentlich bis zur Hütte?“, fragte Pascal am Ende der Zugfahrt. Lachend erklärte er ihm, dass es sich um einen mehrstündigen Fußmarsch handelte, natürlich den Berg hinauf. Er kannte seinen Liebsten nur zu gut und wusste von dessen Abneigung gegen lange Wanderungen.

„Das schaffst du schon. Immerhin haben wir eine ganze Woche dort oben unsere Ruhe und können tun und lassen was wir wollen.“ Ein zweideutiges Zwinkern stimmte seinen Freund milde, der ihm brummend in die Seite knuffte.

„Du denkst immer nur an das Eine“, beschwerte sich Pascal grinsend. Sie wussten beide, dass dies nicht der Wahrheit entsprach, doch selbst Kuscheln und Küssen war zuhause nicht immer möglich und zählte zu den Dingen, die sie in der Hütte tun konnten.

Camils Tante wartete am Bahnhof auf die beiden Reisenden und begrüßte sie herzlich mit einer festen Umarmung. Noch wusste sie schließlich nichts von der Liebe, die sie miteinander teilten.

Großes Interesse an der Verwandtschaft hatte er nicht, allein die Tour zur Hütte besänftigte ihn.

Nur eine Nacht wollten sie bei seiner Tante verbringen und am nächsten Morgen direkt loswandern. Da sie nicht zu viel Proviant mitschleppen konnten, war ihr Hüttenaufenthalt auf eine Woche begrenzt, die zweite Woche galt seiner Verwandtschaft, das hatten seine Eltern verlangt.

Nach einem reichhaltigen rumänischen Essen, verabschiedeten sie sich schnell ins Gästezimmer und verzichteten auf die bereitgelegte Matratze am Boden, neben dem schmalen Gästebett. An Schlaf war für Camil kaum zu denken, zu sehr beschäftigte ihn das nahende Zusammentreffen mit seinem ehemaligen Gefährten.

„Du wirkst so nervös? Glaubst du wirklich, wir werden in der Hütte auf einen waschechten Vampir treffen?", fragte sein Liebster, der den Kopf auf seiner Brust gebettet hatte und müde gähnte. Mittlerweile musste dieser wissen, wie ernst es ihm damit war und er sich die Geschichten nicht ausgedacht hatte, sondern fest daran glaubte.

„Sollten wir nicht in den Genuss kommen, einen Vampir zu sehen, musst du mir versprechen, dich nach unserer Rückkehr in psychiatrische Behandlung zu begeben", forderte Pascal. Er konnte allerdings problemlos dieser Forderung zustimmen, zumal er wusste, dass er Recht hatte.

„Du wirst schon sehen…“, murmelte er und kuschelte sich ins Kissen. Seine Finger strichen abwesend durch Pascals weiches Haar, was dieser schnurrend genoss. Bald schon war sein Freund eingeschlafen, nur er selbst schaffte es nicht, die Augen zu schließen.

Stets das Bild des weißhaarigen Vampirs vor Augen, verbrachte er die Nacht mit Grübeln, dachte an ihre gemeinsame Zeit zurück und an alles was sie erlebt hatten. Er fragte sich, ob Leian den Vampiren den Garaus machen oder den Knochen unbenutzt verschwinden lassen würde. Im Angesichts des unaufhaltsamen Todes könnte er es ihm nicht verübeln.

Als die Sonnenstrahlen am nächsten Morgen durchs Fenster fielen, erwachte Camil aus einem sehr kurzen und unruhigen Schlaf, den er spät in der Nacht doch noch gefunden hatte. Sein Freund stand bereits fertig angezogen neben dem Bett und wartete darauf, endlich den Berg zu erklimmen. Müde seufzend richtete er sich auf und wischte sich den Schlaf aus den Augen.

„Na los, aufstehen, ich will auf den blöden Berg“, lachte sein reisefreudiger Freund und rüttelte ihn endgültig wach. Die Wanderung war nicht unbedingt der Grund für die Eile, die Aussicht auf eine Woche Zweisamkeit trug eher zu Pascals Drängen bei.

Wenig ausgeruht packte Camil den Proviant in ihre beiden Rucksäcke und verabschiedete sich von Tante Anyana. Dann ging es endlich los. Staunend wanderte sein Liebster neben ihm her, konnte sich nicht satt sehen an der unberührten Natur, den Wäldern am Fuße des Berges und später den endlosen Weiten der mächtigen Bergkette.

„Ich muss zugeben, die Landschaft entschädigt ungemein für diesen steilen Aufstieg“, gab Pascal nach einer Weile zu und drehte sich einmal im Kreis, um alle Eindrücke auf sich wirken zu lassen. Lachend klopfte er ihm auf die Schulter und sie setzten ihren Weg fort.

Nach einigen weiteren Kilometern erblickten sie die kleine Berghütte, wie sie still vor der Felswand lag und auf ihre Besucher wartete. Noch heute Nacht musste Leian die Hütte heimsuchen, Camils Nervosität stieg ins Unermessliche.

Der Aufstieg hatte sie einiges an Kraft und Zeit gekostet und draußen wurde es bereits kühler. Zeit es sich am Kamin gemütlich zu machen. Sein Liebster war begeistert vom Sommerhaus seiner Verwandtschaft. Eingehend betrachtete er jeden Raum, während Camil das Feuer im Kamin schürte.

„Wir sollten öfter hier her kommen, ist echt gemütlich und so schön ab vom Schuss“, schwärmte sein Freund strahlend und nickte bekräftigend. Sollte alles nach Plan laufen und Leian hier auftauchen, wusste der frühere Vampir allerdings nicht, ob er jemals wieder hier her kommen und sich den Erinnerungen ein weiteres Mal wollte.

„Eine Runde kuscheln vorm Kamin?“, fragte er lächelnd und breitete einladend die Arme auf. Keine Sekunde später hing sein Liebster an ihm und kuschelte sich schnurrend an seine Brust. Mit fortschreitendem Abend wanderte sein Blick immer wieder und immer öfter zum Flur, wo sich die Tür befand.

„Entspann dich doch mal. Es gibt keine Vampire und du kannst dich heute Nacht ganz allein auf mich konzentrieren“, beschwerte sich Pascal, schmunzelte jedoch leicht.

„Er wird kommen, da bin ich mir sicher“, bekräftigte Camil seine Überzeugung, dass der Vampir laut Vorsehung genau in dieser Nacht ihre Hütte heimsuchen würde. Wie in seinem ersten Leben, saß er vor dem Kamin der kleinen Berghütte und wärmte sich am Feuer. Das einzig andere zu damals war die Anwesenheit seines Freundes, der ihn, in der Hoffnung auf ein Abenteuer, auf den Berg begleitet hatte.

„Ich denke immer noch du hast eine Meise, aber den Urlaub mit dir in Rumänien genieße ich. Dieser abgelegene Ort ist wirklich etwas Einmaliges und hier können wir ungestört zusammen sein.“ Pascal schmiegte sich frech grinsend an ihn und strich mit den Fingern über seinen Innenschenkel, gefährlich nahe an seinem Schritt. Er wusste was sein Freund damit andeuten wollte, konnte jedoch in dieser Nacht nicht darauf eingehen, um Leian nicht zu verpassen oder zu vergraulen.

„Nicht heute, mein Schatz. Das muss bis morgen warten. Heute Nacht warten wir auf Leian, der sich bestimmt über unser frisches Blut freuen wird“, wehrte er den Annäherungsversuch lächelnd ab und küsste Pascal nur kurz auf die sündig vollen Lippen. Zu gerne wäre er mit ihm in die Matratze gesunken, um sich ihrer Lust hinzugeben.

Schmollend verschränkte sein Liebster die Arme vor der Brust und rümpfte die Nase. So süß das auch aussah, Camil beließ es bei dem Kuss und warf einige Holzscheite in den Kamin, um das Feuer am laufen zu halten. Während er in den Flammen herumstocherte, hörte er plötzlich das Knarren einer Tür und schreckte auf.

„Das muss er sein“, flüsterte er aufgeregt, sein Herz pochte vor Nervosität deutlich schneller. Er musste den Vampir stoppen, bevor dieser ihn und seinen Freund mit der berüchtigten Aura willenlos machen konnte. Seine Strategie bestand darin, Leian sofort mit Namen anzusprechen und ihn so zu verwirren.

Pascal musterte noch skeptisch den dunklen Flur, aus dem das Geräusch gekommen war, sichtlich genervt von seinen unrealistischen Vorstellungen über Vampire und Dämonen. Doch da trat auch schon eine Gestalt ins Zimmer, mit wunderschönen, silberweißen Haaren, feuerroten Augen und kalkweißer Haut. Camils Freund blieb vor Staunen und Verwirrung der Mund offen stehen.

„Leian, endlich bist du hier“, flüsterte er andächtig und stellte sich dem alten Vampir mutig entgegen. Kaum hatte er den Namen ausgesprochen, zuckte die schöne Gestalt zusammen und legte fragend den Kopf schief.

„Woher kennst du meinen Namen?“ Die Aura, die bereits dabei war sich aufzubauen, um die Opfer willenlos zu machen, versiegte im Ansatz. Er hatte es geschafft ihn davon abzuhalten, ihn ohne Vorwarnung zu überfallen.

„Wir waren mehrere Jahrhunderte Gefährten, bis das Zeitreisen erfunden wurde und ich zurück gereist bin, um mit meinem Freund als Sterblicher zusammen sein zu können.“ Er deutete auf seinen ziemlich verängstigten Begleiter, der weit weg von ihnen die Situation beobachtete.

„Wie willst du mir das beweisen? Es könnte ein Trick sein, meinem tödlichen Biss zu entgehen“, warf Leian zweifelnd ein und zog eine Augenbraue nach oben. Doch Camil hatte genug Beweise auf Lager, die er ihm vorlegen konnte und so begann er, ihre Geschichte zu erzählen.

„Du hast mich genau in dieser Nacht zum Vampir gemacht und damit mein Schicksal besiegelt. Ich habe jeden meiner Freunde und meine Familie altern und sterben sehen, während ich jung blieb und im Schatten der Nacht auf die Jagd ging. Du wolltest, dass ich dein Gefährte für die Ewigkeit werde, weil ich dich an Hermon erinnere, den Mann, den du geliebt hast und der vor deinen Augen zugrunde gegangen ist."

Leians Blick hing unergründlich an ihm fest. Die vernichtende Aura war komplett verschwunden und Fassungslosigkeit stand dem alten Vampir ins Gesicht geschrieben. Er schien überfordert mit der Tatsache, dass Camil jedes Detail seines Daseins kannte und ihn mit diesen konfrontierte.

„Gemeinsam haben wir versucht den Dämon zu bezwingen, in dem wir durch das Portal in einer Eishöhle Sibiriens gegangen sind und Isam in seinem dämonischen Gefängnis aufgesucht haben. Wir wollten der Ewigkeit ein Ende bereiten, damit ich mit meinem Freund zusammen sein kann, genauso altere wie er und nicht an meiner verloren gegangen Liebe verzweifeln muss."

Außer Atem holte Camil einmal tief Luft und gab dem Vampir Zeit seine Worte zu verarbeiten. Mit Tränen in den Augen taumelte dieser zurück, stieß mit dem Rücken gegen eine Wand und sank kopfschüttelnd zu Boden.

„Das kann doch alles nicht wahr sein. Du kennst Krawon, Isam, meinen Hermon. Du weißt über die Geheimnisse der Vampire Bescheid, obwohl du keiner bist? Und du hast Recht, ich bin gekommen, um dich zu meinem Gefährten zu machen. Deine goldenen Locken erinnern mich an den Mann, mit dem ich vor fünfhundert Jahren mein Leben teilen wollte. Es ist, als wäre er wiedergeboren worden, eine andere Seele in seinem Körper."

Der Vampir schien fix und fertig mit den Nerven, so wie er mit starrem Blick ins Leere vor sich hin stammelte. Plötzlich richtete Leian die Augen ruckartig wieder auf ihn und stemmte sich vom Boden hoch, um nah an ihn heran zu treten.

„Warum bist du hierher gekommen, wenn du nicht gewillt bist ein Vampir zu werden? Du hättest genauso gut einfach fern bleiben können, dein Leben leben und mich vergessen", stellte der hübsche Vampir realistisch fest. Verwunderung schwang in seiner angenehm tiefen Stimme mit. Pascal stand in sicherem Abstand neben ihnen und gab keinen Mucks von sich. Die Tatsache, dass Camil die Wahrheit über sein erstes Leben gesagt hatte, musste ihm die Sprache verschlagen haben.

„Ich wollte dir etwas geben. Etwas, womit du Isam töten und den Vampiren ein Ende bereiten kannst, sofern du es noch einmal zum Dämonenportal schaffen solltest", erklärte er lächelnd und lief zu seinem Rucksack, aus dem er den in Stoff gehüllten Dämonenknochen heraus nahm.

„Hier, das ist eine Rippe von Krawon. Diese musst du Isam ins Herz stoßen, dann hat der ganze Spuk endlich ein Ende. Ob du es tust ist dir überlassen, doch ich bin mir sicher, ohne Hermon ist auch dir die Ewigkeit zu lang und ich möchte nicht zum Vampir werden. Ich liebe Pascal und werde ihn nicht noch einmal aufgeben."

Leian nahm das kleine Päckchen entgegen und enthüllte den schwarzen Knochen, der unter dem Stoff zum Vorschein kam. Kein Zweifel, der Vampir erkannte sofort, dass es sich tatsächlich um einen Dämonenknochen und keine Attrappe handelte, sein Blick sprach Bände.

„Ich wünsche euch von ganzem Herzen, dass ihr glücklich werdet und bis ans Lebensende zusammen sein könnt. Danke, dass du hier her gekommen bist. Das ist für dich, Camil." Traurig lächelnd nahm der Vampir eine silberne Kette mit einem grünlichen Stein als Anhänger von seinem Hals, die Camil vorher nie explizit aufgefallen war, und legte sie ihm um.

Lächelnd legte er seinen Kopf zur Seite und entblößte seinen Hals, damit der alte Vampir ein letztes Mal sein junges Blut kosten konnte. Dieser ließ sich das Angebot nicht entgehen, zog ihn in eine leidenschaftliche Umarmung und vergrub die Zähne in seiner pochenden Halsschlagader. Seufzend schloss er die Augen und genoss den zärtlichen Biss seines ehemaligen Gefährten.

Kurz bevor er drohte in Ohnmacht zu fallen, ließ Leian wieder von ihm ab und säuberte sich die Lippen mit der Zunge. Bevor Camil fragen konnte, was es mit dieser Kette auf sich hatte, war der alte Vampir aus der Hütte verschwunden und er blieb mit seinem Freund alleine zurück. Er schluckte den Kloß in seiner Kehle herunter und schloss die Finger um den kühlen Stein der Kette. Traurig und gleichzeitig froh, schaute er seinem ehemaligen Gefährten hinterher.

„Es…es gibt sie wirklich…es gibt…Vampire…", stotterte sein Freund plötzlich neben ihm und war so bleich geworden, dass er Sorge hatte, der Junge würde einfach umkippen. Vorsichtshalber drückte er ihn zu Boden, um im Sitzen mit ihm zu sprechen.

„Ja, aber wahrscheinlich nicht mehr lange", seufzte er. Er war froh darüber, doch gleichzeitig bedeutete das Leians Tod, was ihm selbstverständlich zu schaffen machte. So viel hatten sie gemeinsam erlebt. Er selbst jedoch war nun auch dem Tod geweiht und würde nur eine begrenzte Zahl an Jahren auf der Welt verweilen.

„Oder hast du den Kerl angeheuert, um mich zum Narren zu halten?" Er sah seinem Liebsten an, dass dieser nur nach einer reellen Erklärung suchte, obwohl er die Existenz der düsteren Wesen nicht mehr leugnen konnte.

„Wie kommst du denn auf so einen Schwachsinn? Glaub mir endlich, es gibt Vampire und ich war mal einer von ihnen. Du wirst mir spätestens dann glauben, wenn alle Prophezeiungen, was den Tod meiner Eltern angeht, in Erfüllung gehen." Er dachte an den Tod seiner Eltern zurück, der nun wieder unweigerlich vor ihm lag. Diesmal konnte er anwesend sein, seine Mutter trösten und seinem Vater in der Krankheit beistehen.

„Wenn ich ehrlich bin, den Kerl hat schon eine komische Aura umgeben. Menschlich kann er mir echt nicht vor. Und diese glühenden, roten Augen...", gab sein Freund nachdenklich zu, noch immer sehr bleich im Gesicht.

„Siehst du!" Endlich hatte er es geschafft, Pascal die Wahrheit zu vermitteln. Ein wirklich angenehmes und befreiendes Gefühl, nicht mehr als verrückt abgestempelt zu werden. Jetzt konnten sie zusammen sein, ohne, dass diese unwirklichen Geschichten zwischen ihnen standen.

„Dieser Leian, mit ihm warst du jahrhundertelang unterwegs?" Sein Liebster hatte den Kopf schief gelegt und der Anflug von Eifersucht spiegelte sich in dessen Augen wider. Schmunzelnd strich er ihm durchs dicke Haar.

„Ja, wir waren Gefährten", antwortete er wahrheitsgemäß und ließ Pascal noch ein Weilchen im Dunkeln tappen. Ihm gefiel die Eifersucht, denn sie bestärkte die Liebe zwischen ihnen.

„Hast du ihn...ich meine...also, liebst du ihn?", stellte sein Freund die berechtigte Frage, die er ehrlich beantworten wollte. Allerdings würde er die heißen Nächte, die er mit Leian geteilt hatte, außen vor lassen. Er wollte dem Mann an seiner Seite nicht unnötig wehtun.

„Na ja, ein paar Gefühle sind natürlich da, schließlich haben wir viel zusammen erlebt und er war für mich da, nachdem du gestorben bist. Aber richtig lieben? Nein, ich liebe nur dich. Trotzdem schmerzt es ein bisschen, dass er bald nicht mehr sein wird."

Abwesend starrte Camil ins Feuer des Kamins und dachte an seinen treuen Gefährten, der so viel für ihn riskiert hatte. Ein Trost war es, dass er für Leian nur ein Ersatz für Hermon gewesen war, den dieser nicht hatte zum Vampir machen können. Dennoch zweifelte er nicht an der Echtheit der Gefühle des Vampirs für ihn.

„Das verstehe ich. Du hast ganz schön viel auf dich genommen, um mit mir zusammen sein zu können. Geht es dir auch wirklich gut?" Besorgt strich ihm Pascal über die Wangen, an denen kleine Tränen entlang kullerten, die er einfach nicht zurückhalten konnte.

„Ja, mein Schatz, ich bin überglücklich und freue mich auf unser gemeinsames, sterbliches Leben", flüsterte er kaum hörbar und lächelte, bis die Tränen nach einigen Minuten versiegt waren.

„Ich liebe dich auch. Danke, dass du zurückgekehrt bist und dein Vampirdasein für mich aufgegeben hast. Ich werde dafür sorgen, dass du es nie bereuen wirst!" Das war der letzte Beweis dafür, dass sein Liebster ihm glaubte. Glücklich zog er ihn an sich heran und kuschelte sich an dessen Brust. Dicht am wärmenden Feuer schliefen sie letztendlich aneinander gekuschelt ein.

Die Tage in den Bergen vergingen wie im Flug und bald war ihre letzte Nacht in der Berghütte gekommen, bevor sie wieder zurück ins Dorf und dann zum Bahnhof für die Heimfahrt mussten. Camil hatte viel von seinem Leben als Vampir berichtet, von Krawon dem Dämon, der seltsamen Dämonenwelt und den Tücken der Ewigkeit. Sein Freund war an seinen Lippen gehangen, hatte jedes Wort gespannt erwartet und konnte nicht genug von seinen Erzählungen bekommen, jetzt da der Wahrheitsgehalt bewiesen war.

Die Nacht war bereits hereingebrochen, als sie wie jeden Abend am Feuer saßen, kuschelten und redeten. Diesmal jedoch blieb es nicht beim Kuscheln. Bald schon mussten sie wieder auf Intimitäten verzichten, ein Grund mehr sich in dieser Nacht noch mal richtig auszutoben.

Nackt bis auf die Kette, die er von Leian geschenkt bekommen hatte, lag Camil unter seinem Freund und genoss die innige Umarmung, in der sie sich liebten. Mit jedem Stoß in sein Innerstes kam er seinem Höhepunkt näher und konnte ein heiseres Aufstöhnen nicht unterdrücken. Pascal löste sich ein Stück weit aus der Umklammerung, um besser in ihn stoßen zu können.

Hungrig verschlossen sich ihre Lippen miteinander. Eine Hand strich zärtlich über seine Brust, während er beide Arme um den Körper seines Liebsten gelegt hatte und dessen Rücken vorsichtig mit den Fingernägeln entlang kratzte.

Ohne die Intensität der heißen Stöße zu reduzieren, deutete sein Freund plötzlich auf den Stein, der an seinem Hals baumelte. Er leuchtete auf einmal so hell, dass sein Licht die beiden Liebenden blendete. Für Camil gab es zu diesem Zeitpunkt kein Zurück mehr. Den Kopf stöhnend in den Nacken geworfen, ergoss er sich in die Hand seines Freundes, die ihn zusätzlich zu den Stößen begonnen hatte zu massieren. Zum gleichen Zeitpunkt wurde das Licht des Steines noch intensiver und der Kristall zersprang klirrend in tausend kleine Stücke.

Sein Freund folgte ihm laut keuchend und brach völlig erledigt auf ihm zusammen. Schwer atmend streichelte er den verschwitzten Rücken seines Liebsten, während ihm bewusst wurde, dass die Kette nur diesem einen Zweck gedient hatte: sie sollte ihm mitteilen, dass Leian und mit ihm alle existierenden Vampire, ihr jähes Ende gefunden hatten. Es war vorbei. Es existierte kein Dämon mehr, kein Urvampir und niemand würde mehr nachts auf die Jagd nach Blut gehen.

Ein tiefes Gefühl der Ruhe breitete sich in seinem Herzen aus, als er spürte, wie Pascal den Kopf auf seiner Brust bettete und erschöpft einschlief. Camil war froh, dass die Ewigkeit endlich für alle ein Ende gefunden hatte und freute sich auf sein sterbliches Leben mit dem Mann an seiner Seite, den er über alles liebte.

Der Urlaub neigte sich bald dem Ende zu und in unzähligen Gesprächen hatte Pascal einen Entschluss gefasst, den Camil sehr befürwortete. Nachdem er seinem Freund von den Alkoholeskapaden und der zum Scheitern verurteilten Ehe berichtet hatte, war dieser zu Einsicht gekommen, das Leben diesmal nicht auf einer Lüge aufzubauen, nur um es seinen Eltern recht zu machen.

Gemeinsam waren sie stark genug für ihr Recht zu kämpfen und ihre Eltern durften ihnen kein Hindernis mehr sein, so viel stand fest. Vor der Sucht und unechter Liebe, konnte Camil seinen Liebsten endlich bewahren, nicht jedoch vor der Krebserkrankung am Ende von Pascals Leben. Diese verheimlichte er ihm aus gutem Grund. Er sollte nicht in Angst davor leben müssen.

Zur Wehr setzen wollte sich auch der ehemalige Vampir gegen die Eltern, die ihn nach Rumänien schicken und von seinem Freund fernhalten wollten. Er hatte recherchiert, was ihm für Möglichkeiten blieben, sollten sie darauf beharren, ihn abschieben zu wollen. Das Jugendamt und eine betreute Wohngruppe für Jugendliche, erschien ihm eine gute Alternative.

So war gegeben, dass er sein Abitur machen konnte und dafür nicht ins Ausland ziehen musste. Außerdem würde es ein leichtes sein, das Jugendamt von der Untauglichkeit Pascals Vaters zu überzeugen und seinen Liebsten mit in die Wohngruppe zu nehmen. Sollten ihre Eltern irgendwann doch noch zur Vernunft kommen, stand einem Kontakt seiner Meinung nach nichts im Wege. Falls nicht, so wollte er zusammen mit seinem Freund das Leben bestreiten, eben ohne Verwandtschaft.

Noch im Zug Richtung Deutschland beschlossen sie, ihre Eltern kurz nach Ankunft zu einem gemeinsamen Treffen zu überreden, bei dem sie ihnen von ihrer Liebe erzählen wollten. Besonders sein Freund war sehr nervös und Camil hatte Sorge, dass dieser es sich noch einmal anders überlegte.

„Bist du dir sicher, dass du es schaffst, gegenüber deinen Eltern standhaft zu bleiben?“, fragte er vorsichtshalber nach, schließlich kannte er den Verlauf des Lebens seines Liebsten und dessen Neigung dazu, Dinge zu vertuschen und sich lieber selbst ins Unglück zu stürzen.

„Mach dir keine Sorgen. Jetzt, da ich weiß, dass deine Geschichten über Vampire, Zeitreisen und so weiter, der Wahrheit entsprechen, werde ich den

Teufel tun, mein Leben noch einmal so ausarten zu lassen. Ich habe keine Lust alkoholkrank zu werden und mit einer Frau zusammen zu leben. Diesmal möchte ich stark sein und auf mein Glück bestehen!"

Um diesem Versprechen Ausdruck zu verleihen, beugte sich Pascal zu ihm rüber und küsste ihn zärtlich. Unsicher legte er seinen Arm um die Schultern seines Freundes und zog ihn an sich. Er wollte die Nähe solange genießen wie er nur konnte.

Doch bis zuletzt nagten Zweifel an ihm, ob sein Liebster nicht alles revidieren würde, als sie, zuhause angekommen, ihre Eltern einige Wochen später zu einem Treffen luden. Zunächst hatten sie sich mit dem Recht auseinander gesetzt, das sie als Minderjährige hatten und mehrere Gespräche mit dem Jugendamt geführt.

Mit fragenden Gesichtern saßen und standen alle Elternteile letztendlich im Wohnzimmer seiner Familie und warteten auf darauf, was die Kinder ihnen zu sagen hatten. Da Pascal keine Anstalten machte, das Wort zu erheben, sah er sich gezwungen, dies zu übernehmen.

„Wir müssen dringend mit euch reden, da wir wissen, wie intolerant und engstirnig ihr gegenüber bestimmten Themen seid", begann er mit fester Stimme, die nicht zu seiner innerlichen Nervosität passte. Doch er wollte selbstbewusst rüber kommen, um überhaupt eine Chance zu haben.

„Pascal und ich, wir sind seit längerem ein Paar. Wir lieben uns und werden unser ganzes Leben miteinander verbringen. Ich weiß, ihr seid gegen Homosexualität, aber bitte denkt über eure Vorurteile in Ruhe nach. Liebe bleibt Liebe, egal zwischen welchen Geschlechtern und für uns ist es nun mal keine Option, Frauen zu heiraten, die wir niemals lieben oder begehren könnten. Ich hoffe einfach, ihr gebt uns euren Segen. Vielleicht nicht sofort, aber hoffentlich mit der Zeit. Bis dahin werden wir in eine betreute Wohngruppe für Jugendliche ziehen, um nicht eurer Wut ausgesetzt zu sein."

Sowohl seine, als auch Pascals Eltern, waren immer blasser geworden. Bis auf den Vater seines Freundes, der hochrot angelaufen und kurz vorm platzen war. Camil konnte sich nicht vorstellen, dass der Mann vor den Augen aller anderen auf seinen Sohn losgehen würde und blieb ruhig.

„Mama, Papa, ich lasse mich von euch nicht nach Rumänien abschieben. Das würde an meiner Homosexualität und der Liebe zu Pascal nichts ändern. Damit macht ihr mich und euch selbst nur unglücklich", fügte er an seine Eltern gewandt hinzu und erstickte jegliche negative Reaktion bereits im Keim.

Erst jetzt hob auch Pascal den Blick. Bisher war sein Liebster betröppelt neben ihm gestanden und hatte den Blick zu Boden gesenkt. Angesteckt von seiner eigenen Selbstsicherheit, erhob dieser nun endlich das Wort und bestärkte ihn gegen ihre Eltern.

„Camil hat Recht. Auch ich habe nicht vor, mich von euch niedermachen oder gar verprügeln zu lassen. Ich werde in kein abartiges Umerziehungscamp gehen, wo bekloppte, christliche Heiler meinen, sie könnten meine Homosexualität heilen. Und ihr braucht gar nicht erst zu behaupte, dass euch sowas nie in den Sinn kommen würde. Es ist keine Krankheit und somit nicht heilbar. Ich liebe Camil und ich werde für niemanden auf der Welt eine Lüge leben, indem ich trotzdem eine Frau heirate und womöglich mein ganzes Leben lang unglücklich bin."

Lächelnd nickte er und strich überglücklich seinem Liebsten über den Kopf. Pascal lächelte verliebt und erleichtert zurück, sie hatten es tatsächlich geschafft, sich ihren Eltern zu stellen und all ihre Vorhaben sofort zu vernichten.

„Das ist nicht euer ernst?! Ihr seid widerlich und, wenn du wirklich mit einem Kerl zusammenleben willst, bist du nicht mehr länger mein Sohn", brach es letztendlich aus Pascals Vater heraus, dessen roter Kopf bereits vor Wut qualmte.

„Damit kann ich leben", entgegnete sein Freund selbstsicher. Seine eigenen Eltern hingegen sagten kurzzeitig erstmal gar nichts, schüttelten nur fassungslos den Kopf und bedachten ihn mit angewiderten Blicken.

„Du bist noch minderjährig, also haben wir das Sagen und wenn wir dich nach Rumänien schicken wollen, ist das unsere Sache. Pack deine Sachen, ich fahre dich noch heute zu Tante Anyana!“ Camil lachte bitter auf, als er die Worte seines Vaters vernahm, der sich wieder einigermaßen gefasst hatte.

„Tut mir leid, aber ich habe mich bereits im Vorfeld erkundigt. Ich darf in meinem Alter auch ohne eure Erlaubnis ausziehen. Mit Hilfe des Jugendamtes kann ich entweder eine kleine Wohnung bekommen oder eben in eine betreute Wohngruppe. Abschieben könnt ihr mich nicht so einfach.“

Mit diesem Worten ließen sie ihre Eltern stehen und gingen in Camils Zimmer. Er hatte schon im Vorfeld heimlich die Koffer gepackt und im Kleiderschrank deponiert. Jede Woche hatte Pascal seine Sachen nach und nach zu ihm gebracht, um nicht noch einmal nach Hause gehen zu müssen nach dem Gespräch, sonst lief er Gefahr, krankenhausreif geschlagen zu werden.

Ganz so leicht wie gedacht, machten es ihre Eltern ihnen jedoch nicht. Vor allem der Vater seines Freundes konnte nicht lange an sich halten und folgte ihnen ins Zimmer. Wutentbrannt stapfte der

Mann auf seinen Sohn zu und packte diesen grob am Arm.

„Du gehst nirgendwo hin, du perverser Schwanzlutscher“, brüllte der Vater plötzlich und schlug zu. Wimmernd sackte Pascal zu Boden und hielt sich die Hand an die aufgeplatzte Lippe, das Blut war kaum zu stoppen. Noch einmal holte der cholerische Mann aus, traf jedoch Camil, der sich kurzerhand schützend vor seinen Freund gestellt hatte.

„Hey! Hören sie auf meinen Sohn zu schlagen“, rief auf einmal sein eigener Vater, der gemeinsam mit den Müttern ins Zimmer gekommen war, um zu sehen, was dort vor sich ging. Wenigstens in dieser Hinsicht konnte er sich auf seine Eltern verlassen. Egal wie sehr sie sich aufregten, die Hand hatten sie niemals gegen ihren Sohn erhoben und vertraten die Ansicht, dass Gewalt für nichts eine Lösung war und Kinder nicht geschlagen werden durften.

„Selber schuld, wenn er dazwischen gehen muss. Geh mir aus dem Weg, schwule Sau.“ Unsanft wurde Camil zur Seite geschubst und gab so den Weg zu seinem Liebsten unfreiwillig frei. Der schützte seinen Kopf mit den Armen, als der Vater unnachgiebig auf ihn eindrosch.

„Ruf die Polizei!“, rief sein Vater ihm zu und ging nun seinerseits auf den wütenden Mann los, der den Anschein machte, Pascal umbringen zu wollen. Mit Mühe und Not konnte der Schläger von seinem Liebsten abgebracht werden, tobte jedoch weiterhin durch die Gegend und machte sich stattdessen am Mobiliar zu schaffen.

Als die Polizei eintraf, hatte sich die Lage nur mäßig beruhigt. Camil und Pascal hatten sich, auf Anweisung seines Vaters hin, im Zimmer eingesperrt und konnten von drinnen die Schimpftiraden und Zerstörungswut verfolgen. Erst als sie sich sicher waren, dass die Beamten die Lage im Griff hatten, kamen sie aus dem Zimmer heraus und sein Freund konnte verarztet werden.

Noch während die Polizisten den Mann abführten, schimpfte dieser über die Widerwärtigkeit seines schwulen Sohnes. Kraftlos und mit den Nerven völlig am Ende, krallte sich sein Freund an ihm fest und weinte so bitterlich, dass es Camil das Herz brach.

„Jetzt wird alles gut, mein Schatz. Du brauchst deinen Vater vorerst nicht mehr sehen und ich werde nicht zulassen, dass er dir jemals wieder etwas antut. Wir ziehen in unsere eigene Wohnung und ich werde immer für dich da sein. Ich liebe dich über alles auf dieser gottverdammten Welt!“, versprach er seinem Liebsten und drückte ihn tröstend an sich, während ein herbeigerufener Sanitäter die Platzwunden versorgte.

Nachdem der Vater abgeführt worden war, ging auch Pascals Mutter ihrer Wege, zurück blieben nur Camils Eltern, die sich das Trauerspiel mit ansehen mussten. Plötzlich stand sein Vater neben ihnen und schüttelte nachdenklich den Kopf.

„Nein, nein, so kann das nicht sein. Schwul sein ist zwar krank, aber ich werde nicht zulassen, dass meinem Sohn etwas geschieht. Du liebst Pascal wirklich und er dich ja wohl auch. Da möchte ich euch nicht im Wege stehen. Bitte geht nicht, bleibt erst einmal hier bei uns, wir werden schon eine Lösung finden, die für uns alle annehmbar ist. Hals über Kopf dein Elternhaus verlassen ist definitiv nicht der richtige Weg."

Erstaunt hob Camil den Kopf und starrte den Mann an, der trotz aller Vorurteile das Herz noch immer am rechten Fleck hatte. Nun weinte auch er herzzerreißend und griff dankbar nach der Hand seines Vaters. Auch sein Liebster hatte die Worte vernommen, woraufhin das Schluchzen langsam verebbte.

„Danke…", hauchte der Zusammengeschlagene und blinzelte sich die letzten Tränen aus den Augen. Von nun an würde alles gut werden. Sie hatten seine Eltern an ihrer Seite und konnten gemeinsam gegen alle Widrigkeiten des Lebens kämpfen.

Zufrieden dachte Camil an seine Vergangenheit als Vampir, an all die Jahrzehnte in Dunkelheit, an Leian und die Zeitreisen. All das hatte sich gelohnt, um endlich als Sterblicher mit der Liebe seines Lebens zusammen sein zu können.

„Woran denkst du?“, fragte Pascal lächelnd, soweit es ihm mit seinen blutigen, geschwollenen Lippen möglich war, als der frühere Vampir abwesend vor sich hin starrte.

„An die Ewigkeit!“, grinste er und küsste vorsichtig die wunde Stirn seines Liebsten.

Epilog:

Am Ende des Lebens

Es ist so weit. Wir sind alt, krank und werden sterben, worüber ich sehr froh bin. Noch einmal möchte ich keine fünfhundert Jahre alleine auf dieser Welt verbringen. Mein drittes Leben ist endlich so verlaufen, wie ich es mir immer vorgestellt hatte.

An Pascals Seite konnte ich die Höhen und Tiefen des Lebens genießen. Meine Liebe zu ihm ist mit jedem Tag noch stärker geworden, nie hatte ich das Bedürfnis mich anderweitig umzusehen. Er ist perfekt, mit all seinen Macken und Liebenswürdigkeiten.

Nur manchmal habe ich daran gedacht, wie es war unsterblich zu sein. Doch vermisst habe ich das Vampirdasein nie. Es ist gut, dass unser Leben endlich ist, alles andere endet in Langeweile, Trostlosigkeit und Hoffnungslosigkeit.

Selbst wenn alle Menschen unsterblich wären und man niemals seine Liebsten verlieren würde, wäre das Leben eine Tortur. Der Sinn wäre ihm genommen und alle Ziele nichtig. Ich bin dankbar dafür, dass Pascal das alles vor mir erkannt und uns vor einem Leben in Ewigkeit bewahrt hat.

Ich weiß nicht, was nach dem Tod kommt, aber ich bin mir sicher, dass unsere Liebe auch über den Tod hinaus bestehen wird. Leb wohl, schöne Welt!

Danksagung

Mein größter Dank gebührt meinen treuen Lesern. Euer regelmäßiges Feedback, eure Freude auf das nächste Buch und die vielen anregenden Gespräche mit euch, sind für mich der größte Ansporn, weiterhin Geschichten zu erfinden und zu Papier zu bringen.

Allerdings wären meine Bücher nur halb so schön, wenn im Hintergrund nicht einige Künstler an der Gestaltung arbeiten würden. In diesem Fall hat mal wieder die liebe Künstlerin Kira Yakuza das Cover gestaltet. Ich bin dir wirklich dankbar für deine Ideen und die tolle Umsetzung. Es macht jedes Mal aufs Neue Spaß mit dir zusammen zu arbeiten.

Für die Illustrationen im Buch danke ich dem talentierten Künstler Der Hexenkönig. Du hast die Textvorgaben wirklich perfekt umgesetzt und auch mit dir arbeite ich verdammt gerne zusammen, da du so ein lieber Kerl bist.

Nicht zuletzt verdanke ich es meinem Freund, dass ich so viel Zeit zu schreiben finde, da er mir stets den Rücken freihält und mich mit Schoki versorgt. Auf dass ich zu den nächsten Ideen rolle ;-)

Besucht mich doch mal auf meiner Homepage oder auf Facebook. Für Fragen oder sonstige Anliegen, stehe ich jederzeit gerne zur Verfügung.

www.kyo-sander.com

www.facebook.com/KyosYaoiBooks

Ghost - Hinter den Schatten

Gay Urban Thriller Fantasy Romance

Print 338 Seiten inkl. Illustrationen!

Seit einem grausamen Massenmord im 18.Jahrhundert, der in die Geschichte Irlands einging, gilt die Burg Konguaire als verflucht. Lord Kane Bréanain von Reagan, siebter Baron Reagan of Konguaire, soll 162 Menschen unter mysteriösen Umständen in den Tod gerissen haben, bevor er sich in seinem privaten Turm selbst das Leben nahm und seine Seele dem Teufel opferte. Nach ungewöhnlich vielen Vorbesitzern und einem glücklichen Zwischenfall fällt die Burg dem jungen Rian O`Dwyer in die Hände, der seit seiner Kindheit von "Lord Kane dem Schrecklichen" fasziniert ist. Er glaubt nicht wirklich an die Geistergeschichten und will ein Museum des Grauens in der Burg eröffnen. Doch als er dafür den versiegelten Eingang des verfluchten Turms aufsprengt, findet er die persönlichen Briefe eines Leibdieners namens Mael und muss erkennen, dass die Historik gelogen hat. Leider gefällt es dem Baron gar nicht, dass jemand in seinen intimen Nachlässen herumschnüffelt ...

Drachennebel

Print 288 Seiten inkl. Illustrationen! Gay Urban Fantasy Romance

Stell dir vor, du hast die Macht des Universums in deinen Händen: bist unmenschlich stark, robust wie ein Felsen, könntest jedem den Arsch aufreißen - doch du darfst nicht, denn du bist ein Teenager.
Genauso geht es Akai, einem jungen Drachenwandler, der im Jahre 2017 zusammen mit seiner Mutter in Oslo lebt, der Hauptstadt von Norwegen. Als heranwachsende Zwischenkreatur beherrscht er bereits die ersten Ansätze der Telekinese und der Gedankenkontrolle, doch er muss sich bedeckt halten, denn jedes Mal, wenn er Magie wirkt, kommen seine Drachenmerkmale zum Vorschein und irgendwann könnte er die Kontrolle über die Echse in sich verlieren. Dabei würde Akai so gerne seine Kräfte erforschen und wer wäre da besser geeignet als der rüpelhafte Punk Kjell, der ihm in der neuen Schule das Leben zur Hölle machen will? Der Dumpfbatzen könnte eine so leichte Beute sein und eine attraktive noch dazu. Kein anderer Junge bringt Akais jugendliche Fantasien so sehr in Wallung. Schließlich hält er den schnöden Alltag zwischen Abschlussprüfungen, Smartphonechats und andauernden Prügeleien mit seinem Widersacher nicht mehr aus und beschließt, ihn hin und wieder zu seiner Marionette zu machen, um wenigstens ein bisschen Spaß zu haben.
Leider wird ihm zu spät klar, wie weitreichend die Folgen seines Handelns sind und dass es gefährlich ist, so tief im Verstand eines anderen zu wühlen …

31676271R00200

Printed in Poland
by Amazon Fulfillment
Poland Sp. z o.o., Wrocław